Miss deer

[鹿小姐书系]

陈蜗牛的追爱日记3

奇怪的他

梧桐私语 著

江苏凤凰文艺出版社
JIANGSU PHOENIX LITERATURE AND ART PUBLISHING, LTD

图书在版编目（CIP）数据

陈蜗牛的追爱日记. 3，奇怪的他 / 梧桐私语著. --南京：江苏凤凰文艺出版社，2018.10

ISBN 978-7-5594-2715-1

Ⅰ. ①陈… Ⅱ. ①梧… Ⅲ. ①长篇小说—中国—当代 Ⅳ. ①I247.5

中国版本图书馆CIP数据核字（2018）第182786号

陈蜗牛的追爱日记. 3，奇怪的他

作　　者　梧桐私语
责任编辑　丁小卉　姚　丽
总 策 划　周　政
出版监制　杨翔森　曾筱佳
项目总监　猫懒懒
特约编辑　唐梦莎
封面设计　周　丽
版式设计　李映龙
封面绘制　栗栗子
责任监制　刘　巍　江伟明
出　　品　大周互娱
出版发行　江苏凤凰文艺出版社
出版社地址　南京市中央路165号，邮编：210009
出版社网址　http://www.jswenyi.com
印　　刷　长沙鸿发印务有限公司
开　　本　880mm×1230mm　1/32
字　　数　232千字
印　　张　9
版　　次　2018年10月第1版　2018年10月第1次印刷
书　　号　ISBN 978-7-5594-2715-1
定　　价　35.80元

（江苏文艺版图书凡印刷、装订错误可随时与承印厂调换）

写一个关于医院的故事的想法由来已久。

从2010年起，我每年都要去南方进行一次治疗，为了能活久点。在那里，我遇到了很多很有意思的室友，其中有个老奶奶得的是帕金森综合症。有天晚上我洗完澡回病房，发现老奶奶两腿打筛子似的抖啊抖，我赶紧去叫医生，一问才知道因为老奶奶嫌药不好吃，偷偷把药量给减了。第二天，奶奶的老伴儿来了医院，把奶奶好一通批评，奶奶嘟嘟囔囔假装不乐意，我却看见她扭脸时的偷笑。去年我去住院，又遇见了这位奶奶，她还记得我，说我见好不少，又说了两句别的，说着说着，奶奶突然说：“我老伴儿没了。去年走的。再没人管着我了。”

去年，和我同屋的一个姐姐热情爱笑，见我拿了电脑，第二天也让她先生把电脑抱来了。住得久了，我知道她是一个特别厉害的设计师，她设计的品牌我以前很喜欢，嗯，是吃的，后来忌口只能改看了。和她在一间病房一起住了一个礼拜，她好好一个人，我一直不知道她哪里不舒服。直到一天中午，我在吃大辰从上海给我送来的萝卜丝饼，想分姐姐一个，叫了几声她都没反应，而且看人的眼神也怪怪的，十几秒后，她恢复了正常，也是那次，我头回知道癫痫还有一个症状就是断片儿。

每次住院，日子都过得无聊，偶尔也会压抑，因为有的病友病情不好时，你也会被那种情绪感染。可另一面，医院里也总发生着一些让人温暖让人感动的事，我想把这些温暖的感觉留存下来，于是就有了这个虽然现实中不存在，但却制造着和生活中一样温暖故事的有家甜品店，他们在陈蜗牛系列第二季故事里已经出现过，为了让没读过前文的读者更加清晰地阅读这本书，我再对他们做下介绍：

鹌鹑：店主兼甜品师傅，傻二傻二的性格让她摔过不少跟头，也因而凝聚了身边一群好朋友，特点——太乐于助人、好骗。

四张：因为医闹事件甩袖子辞职去陪女朋友开店的任性boy，腹黑指数☆☆☆☆☆，生存能力指数☆☆☆☆☆，人生格言是人不犯我，我不犯人；人若犯我，你就等着吧。

于大庙：店员，以前是个混混儿，使坏不成被四张收编进了甜品店，癫痫病患者，特点——一言不合即断片儿，暗恋鹌鹑。

安富裕：鹌鹑的爸爸，当过大老板，后来破了产，娇妻、儿子跑了路，没有留下一分钱，特点——迷信，喜欢算命，算出鹌鹑是他的克星，四张是他的财神，余生致力于拆散四张和鹌鹑，誓要翻盘。和大庙一样是店员，与其并称“甜品店二丑”。

秋小美：收银员，腿长一米八，一身侠气，性格略糙，绰号“秋正义”。特点——美且能吃。特长——空手道十段，光吃不胖。

阿发：力工，来无影去无踪，形似阿飘，在甜品店还不是甜品店的时候就在这里做工。口头禅——嗯，是。深藏不露的万事通。

介绍完了，现在让我们一同进入故事吧。

目录

CONTENTS

目录

CONTENTS

十四岁突如其来

路人："宠妻狂魔四张结婚了！"

四张："注意下你的用词好吗？我宠她？明明是她宠我好不好？我叫她往东你看她敢往西吗？"

路人瞅瞅四张膝下，他家的搓衣板正闪闪发亮。

【1】

鹌鹑一直觉得她离“好运”这俩字有点远。

好比小时候吧，住在隔壁的小明喜欢喝汽水，小明妈妈就总给他买。然后小明的汽水瓶盖里十次有八次都印着“再来一瓶”四个字，对此，她羡慕，却没这样的运气。

当然，鹌鹑和小明之间差的除了运气，还有一个肯陪她玩、带她去买汽水的妈。

长大了，幸运女神似乎离她近了些，Fu-mart年终庆上她终于中了个末等奖——一本漂亮的台历。虽然那次活动是100%的中奖率，虽然在她前后抽奖的两个人各自抽到了一等奖——人民币三千元。

人们常说，傻二傻二的鹌鹑身边人的运气都不错，至于她自己，这辈子也就这样了。这说法就像鹌鹑爸常年吐不完的烟圈，缠了她好多年，直到她遇到了四张，嫁给了他，才有了变化。

9月3日，难得的吉日，金海大酒店的五色水晶门前，充气拱桥红胖子似的迎风抖着，空气中，火药、红纸屑和饭菜油香混在一起，形成了一种难以用文字形容的味道，激动而热烈。

四张站在台阶底下的红毯尽头，正皮笑肉不笑地在送客——

“说不定是我看错了，5月7日是你俩的结婚纪念日，我弟怎么可能穿着阿玛尼的灰格T、香奈儿的裤子在上午10点半出现在红风车餐厅门口搂着别的女人呢……”

“刘落程，你干得好！”“弟妹”杏目一竖，狠狠地在那个叫刘落程的男人脚面上跺了一脚，然后扬长而去。

瞅着“刘落程”疼得单腿直蹦还得去追媳妇的滑稽样儿，四张没事人似的依旧笑眯眯地挥着手：“弟妹你怎么了，就走了？不聊会儿？落程，要不你留下，咱哥儿俩聊会儿？”

鹌鹑实在看不下去了，伸手戳了他一下：“人都走没影了。”

“我知道。”不说还好，一说，四张笑得更开心了，“在喜宴上他让你给他拿酒，使唤新娘，欺负你老实，就是没安好心。身为老公，这我都嫌做得不够呢。”

刘落程真是四张的弟，虽然是异父异母的。

在四张的记忆里，似乎从第一次见到刘落程开始，他就知道他们间的相处不会愉快。

鹌鹑红了脸：“我觉得没什么的，我脑子不够用。四张，你会不会嫌我傻？”

遇到的许多人都嫌她傻。

“还有人说我总不结婚是gay呢！”

“嘁”了一声，四张把眼睛移去了一旁，声音也跟着小了不少：“以前我只是不喜欢谈恋爱，后来我才知道，我只是想和鹌鹑谈恋爱而已。喂！这句话我想好久，再笑以后不说了。”新婚大喜日，四张和媳妇儿玩着傲娇，却没留意什么东西正“咻”地朝他飞来。

一声尖叫。

9月3日，难得的黄道吉日，两个打闹的年轻人一时失手，丢出去的板砖砸中了四张，结果婚礼没结束，新郎四张直接被120救护车拉去了医院。

接诊的是个一头花白发的弯眉毛老头儿，圆脸，厚厚的眼袋上面是双精明的小眼睛，他是四张曾经的同事，脑科的专家。

时间已近正午，他迎光举着CT片，眉毛被阳光扫成两道金色的毛茸茸的弧形。

翻来覆去看了半天，他终于摇摇头，有了结论：“没事，只是撞击引发的暂时性昏厥，人等下就能醒。”

“真的？医生你没骗我吧？”

瞧了一眼问话的四张妈妈，“弯眉毛”翻了下眼皮，来了一个此时无声胜有声。

这下四张妈妈放心了，拍了拍鹌鹑的手：“听见了吧，四张没事了，四张没事了。”

“嗯嗯。”鹌鹑点着头，差点儿就喜极而泣了，天晓得她腿都吓软了。

幸好四张晕着，不然肯定要说她没出息、胆子小了。

看着她们又哭又笑，一旁有个人别提多扫兴了，他就是中途特地折回来看热闹的刘落程。

这就没事了？他大老远赶回来可不是只为听一句没事的。

“不摔成植物人至少也摔成个傻子啊……”他咬着指甲，火正没地方出呢，肩膀突然一沉，还没来得及回头呢，就听见一个声音幽幽地问：“你这是盼谁成傻子呢？”

“四……四哥，你醒了啊？”刘落程回过头，结结巴巴的声音一下子引来了其他人的注意。

鹌鹑看着顶着半个木乃伊头的四张，又惊又喜，边跑边说：“四张，你没事啦？！”

可是……

和她的热忱比起来，四张的反应有点奇怪，他没看鹌鹑，而是和他妈打了声招呼，更拽走了刘落程——

“我们说点事。”

这是闹哪出啊？脑子跟着出门的两人飞转，鹌鹑禁不住咯吱咯吱地咬起了手指甲：不会还是因为酒席上的事吧？不是完了吗？四张还记仇呢？越想越不放心，她撒腿追了出去。

也不知是四张他们的腿脚快还是怎么，就一会儿的工夫，人就没影儿了。

“去哪儿了嘛！”她急得直跺脚。也就是在这个时候，她听见了逃生门里的声音——

“说，我的科技作品被你藏哪儿去了？”

她跑过去，推开门，看着揪着刘落程脖领子的四张，还有早吓蒙了的刘落程。

“你……你说啥呢？”

四张冷笑一声：“我做了一个暑假的科技作品，你最好交出来，不然我不能保证明天学校老师不会知道你偷考题的事。”

“……”刘落程更蒙了，鹌鹑则是彻底糊涂了。

她推开门，奇怪地看着他：“四张你在说什么啊？”

四张也看着她，说的话更奇怪：“你谁啊？来帮刘落程的吗？”

“四张你怎么了？”鹌鹑吓哭了。

一分钟后，急诊室。

“今天几号？”“弯眉毛”盯着四张猛瞧。

“你没事吧，大爷？”四张回瞧着“弯眉毛”，像在瞅一个神经病。

“回答我。”“弯眉毛”生气了。

被他看得有些不安，四张回头看了眼老妈，极不情愿地说：“1996年9月2号，昨天才举行完开学仪式，妈，你哭啥？到底怎么了？”

四张急了。

他不知道那一砖头竟然把他的记忆砸回了21年前——他14岁那年。

嫌四张碍事，“弯眉毛”好说歹说，连哄带骗总算把他弄去了门外。再回来，“弯眉毛”不耐烦地打断了四张妈：“哭什么，现在人不是好好的嘛。他这个情况，失忆是暂时的，过段时间肯定好。”

“多久能好？”鹌鹑眼巴巴地看着“弯眉毛”。

“说不准。”

“会一辈子都想不起来吗？”

“弯眉毛”深深地看了一眼鹌鹑，她礼服都还没脱呢：“嗯。不是没这个可能。”

“哦。”鹌鹑低下了头。

完蛋了，他又打击人了，就在“弯眉毛”嘀咕时，鹌鹑又抬起头：“那有什么办法能帮他恢复吗？”

唉，还是轻点打击吧，人家才结婚，不能太残忍。

“那个……”他摸摸鼻头，“多和他说说过去的事，多去他待过的环境可能有帮助。”能帮多少是未知，但聊胜于无吧。

“弯眉毛”违心地低下头，三两下折起了听诊器。他要是医术再高明点就好了，好气哦！

听诊器的塑料管被他扭出歪七扭八的形状，如同老头儿的心情一样，干了大半辈子医生，他还是没办法淡然地面对疾病，尤其病人是曾经的同事四张。就在他郁郁的同时，一个一惊一乍的声音吓了他一跳，他捂着心口回头瞪着鹌鹑，却发现她正抓着四张妈妈的手上下摇得起劲儿——

“妈，你听见大夫说的了吗？只要多和他说过去的事、见见过去的人、待在老环境里，说不定四张就能提前想起我们呢！”

我随便说说安慰你的，这么当真，这丫头太好哄了吧？惊讶了半天，“弯眉毛”摇着头走了，快出门时，他瞅着门外一脸臭的四张一笑，这两人，真配。

“加油啊，小子。”

加什么油？你为什么笑得像神经病似的？喂！弯眉毛！

“四张，你过来。”

四张被叫回了屋，瞧着一脸慈爱看着他的妈妈，心里那种不好的预感一点点地升了起来。

这群人，怎么了？干吗不让他听？是有什么计划吗？

没等他闹明白，他妈就走出来，把他交给了那个来“救”刘落程的女人，自己扬长而去了！

他这是被抛弃了？！

“刘落程对我妈说了啥，你告诉我。”被塞进车前，他脸红脖子粗地说。

【2】

“还是你对我妈说了啥？”人已经站到公寓门前了，四张还在问。

“没人说什么，还有，我和刘落程不熟，不是他的人。”鹌鹑扭着钥匙，留给他一个“撇清”的后脑勺。

鬼才信你说的。四张翻了个白眼儿，看着那扇在他面前徐徐打开的门，划清界限似的跺了跺地面：“我希望你告诉我，刘落程这次做了什么让我妈不要我的？”

“她没不要你。今天是咱俩结婚的日子，你被一块砖头砸失忆了，婆婆把你交给我是让你更快地找回记忆，我没骗你，四张。”

鹌鹑站在屋里，一手拎着一只拖鞋等他。

阳光剪出一个金黄黄毛茸茸的影子落进四张眼底，他的眼睛先是落在那对企鹅翅膀一样的小短手上，再移到头顶那撮呆毛上，就这样看了好久，久到鹌鹑以为他是不是想起什么的时候，他才幽幽地开口：“服装什么的看上去像那么回事，可让一个未成年人信他自己结婚了，是你和刘落程傻，还是我长了张好糊弄的脸啊？”

“还是没想起来啊？”鹌鹑失望地耷拉下了脑袋。

“没发生的事我怎么想起来？我看你和刘落程还是有区别的，你不像他，心怀狡诈，一脸狼狈之相。识趣的话告诉我你们对我妈说了什么，不然的话……喂，你有没有听我说话啊？”

“你说的我听见了，我是在想其他能唤起你记忆的事。对了，脸！”一瞧他那张脸，鹌鹑突然有了主意。

她飞奔进屋，出来时手里多了面镜子。

“你看啊，未成年长你这样吗？都有眼角纹了？”

是呢，她这么一说，四张一瞅还真是，他心里嘀咕着最近也没遇见什么烦心事啊，怎么一下子老这么多呢？

“面相老，不许吗？你要是还有什么能让我信你的花招尽管使吧，给你五分钟。”

鹌鹑摇摇头，她脑子慢，五分钟根本想不出。

“没有就快告诉我到底怎么回事。”

“不是和你说了吗？今天是咱俩结婚的日子，你被一块砖头砸失忆了，婆婆把你交给我是让你更快地找回记忆，我没骗你，四张。”

我天！还遇见个油盐不进的？好啊，好，一来气，一激动，他就进了屋。他倒要看看这帮人在耍什么花招！

可站在屋里，他看着弯腰给自己摆鞋的鹌鹑，身子就忍不住往后缩，边缩嘴里边说：“你干吗？”

“换鞋。光着脚不冷吗？”

“不用不用。”被逼到墙角，他被硬伺候着穿了拖鞋，脑子还是一阵阵发蒙，鞋里没放钉子？他也没拒绝这人？

为什么会这样啊？正在研究这一切是如何发生的时候，一阵踢踢踏踏的拖鞋声又靠了过来，他抿着干巴巴的嘴抬起头，看着那个“道行很深”的女人和在她怀里不停挣扎的那只狗。

“迷你杜宾？”他搞不懂为什么抱只狗来，咬他吗？

听见主人的声音，Wi-Fi耳朵一竖，两行眼泪忍不住流了下来，自从主人和鹌鹑开始谈恋爱，有多久没正眼看过它了，主人啊主人，你这是又记起我了吗？

没等Wi-Fi感动够，四张接下来的一句话再次把它打入了冰窖。

四张说：“品种不错，长得丑了点。”

丑？主人竟然说它丑！Wi-Fi的心脏几乎停止跳动了，想当初主人收养自己时还夸它漂亮呢！

然而打击并没结束，因为鹌鹑接着说：“咱们刚认识的时候你就这么说它的，你说本来不想养它，可是捡到它的时候Wi-Fi身上的伤很重，你不忍心就把它带回了家。如果你想不起来，明天我带你去捡到Wi-Fi的地方看看，说不定你就有印象了。”

“所以除非我‘想’起来，不然你们不打算放我走了？成，我留下。”四张一摊手，留下不为别的，为的是看他们能耍什么花招。

这么一想，四张嘴角一弯，走着瞧吧！

就在他为未来谋划得意的时候，“咕噜”一声……

他低头看了眼叫唤的肚子，尴尬了……

“四张你是饿了吗？”

“不饿。”午饭才吃了仨包子怎么可能不饿？他摇着头，听着肚子“咕噜噜”又叫了一声。这次不用他解释，鹌鹑也了解了：“你肯定饿了，咱俩早饭都没吃，从早忙到现在……我去做饭。”

说着，她风一般地进了厨房。

“没饿。我说了我没饿，你去哪儿？喂！你去……吧。”摸摸咕噜乱叫的肚子，识时务者为俊杰，四张跟着进了厨房。

鹌鹑舀了勺面放在盆里，看了眼一旁眼巴巴看着她的四张，心想：

老公是真饿了。

四张忍着饿，不错眼地看着鹌鹑的手，心想：我就这么盯着，你没机会做手脚的。

日光透过树影，灿黄灿黄地落进来，落在心思迥异的两人身上，落在鹌鹑手里渐渐成型的白面团上……随着时间一点点变薄。

“好了，出锅。”

鹌鹑的一声叫惊醒了瞌睡的四张，他头一滑，清醒了。望着眼前那屉热腾腾的包子，四张也忘了方才还在担心对方下药的事，鬼使神差就拿起一个，塞进嘴里：“可以啊姐，味道不错！”

不错吧……鹌鹑欣慰的笑容没在脸上保持两秒就土崩瓦解了。

“四张，你叫我啥？”

26岁的她被35岁的她老公……叫姐……

“我不是你姐，我是你老婆。”本来想先歇会儿再继续唤醒四张记忆的鹌鹑坐不住了。

“你看这是什么？”她跑进又跑出，再回来，手里多了两个红本本，“你看，这是我们的结婚证，上面有你的出生年月日，也有我们领证的日期。”

“质地粗糙，伪造的。之前我和刘落程被评为三好学生，他的证就是假的，我没揭穿而已。你这个专业点，有钢印哈？”四张斜眼一睨，如果这时候给他手里塞把瓜子，他都有心情边反驳边嗑。

“那脸呢？”放下结婚证，鹌鹑又拿起镜子，“看看你的脸，都有纹了，像十四的吗？”

“说了，老相。你没看见刘落程的脸也是老得可以吗？”四张四两拨千斤，在他眼里，这些太小case了，“怎么样？还想继续骗我？还是放弃吧。”

他跷着腿，得意地看着鹌鹑：“姐，我瞧你和刘落程不一样，趁早告诉我他使了什么手段，让我回去，免得咱俩这么僵着。”

“我不。我脑子慢，说不过你，等我睡醒了再想想怎么和你解释。”鹌鹑说的是实话，和四张打交道，太消耗体力了。

可当她真要这么做的时候，四张又说话了：“你干吗？”

“睡觉啊。”

“和我睡一个屋？”四张那深意满满的眼神从鹌鹑身上移到了房间里唯一一张双人床上，“一张床？”

不然呢？又不是没睡过。

四张瞧着她，冷笑一声，搭在腿上的右脚尖上下晃了晃：“你不怕我报警告你强奸未成年人啊？”

……

“你要我说多少遍你才信呢？我们结婚了，我是你的媳妇儿啊。”

“砰——”

比起她不停地解释，卧室的门关得倒是很斩钉截铁。

碰了一鼻子灰，鹌鹑没招了，只能转身回了客厅。

隔着茶几和圆椅，她看着曾经的客房、如今的书房，心中别提多埋怨以前的四张：“都怪你，说家里留一张床就够了，这样就算吵架也没地方分房睡，这下好了，架没吵，没地方睡倒是真的了。”

当晚，沙发上的鹌鹑辗转反侧就是睡不着。

她想了很多。

她一直知道四张这个人有着很强的自我保护心，可她没想到14岁的四张自我保护意识会这么强，他到底经历了什么，他什么时候才能想起她呢？就这么想啊想的，直到天边一抹鱼肚白浮起，她突然想看看四张，也不知道他睡没睡，睡得好不好。

就在这么想的时候，卧室里传来一声怪响，声音虽然很轻，但鹌鹑听得清楚，的确是从卧室传出来的。四张没睡，还是醒了？她腾地起身，蹑手蹑脚下了地。地毯被踩得发出极轻的沙沙声，天晓得鹌鹑为什么要这么偷偷摸摸贴到门上听动静，因为接下来的事让她越发有口难辩了——门自己开了。

一点温柔的灯光从里面照出来，四张盘腿坐回灯下，身影和他周遭的光一样，有点朦胧。

他在找东西。

“你……”

四张抬起头，动作惊飞了灯下的灰尘，绕着他上下跳舞，四张的眼神无比温柔。那一刻，时间就像回到了过去一样，四张还是记得她的四张，还会温柔地看她。

鹌鹑吞了吞口水，不说话多好，他为什么要说话呢？唉。她听着四张自信满满地说：“姐，刘落程让你来就没告诉你我是什么人吗？早猜到你会半夜偷溜进来图谋不轨。”

她才没有呢，冤死算了。

“藏哪儿了？”

啊？

眼里的泪花还没收净，鹌鹑又被问得莫名其妙。抹抹鼻子，她哑着喉咙问：“什么呀？”

“我的书包。我的课本。就知道没那么简单。这学期学校评奖学金，刘落程是不是因为这个想挤走我？告诉你们，我有享受义务教育的权利，你们这么随随便便剥夺了不怕我告你们？给你五分钟，交出来，不然后果自负。”

“你都毕业多少年了让我去哪儿给你找书包啊……等等，你去哪儿？别走，我给你找还不行吗？”拼命拉住想离家出走去告他们的四张，鹌鹑满头大汗地在房里团团转：叫她上哪儿找书包啊？

被她按在沙发上的四张看了眼挂钟，对现在的局面很满意：要不说人不发狠不行，照这个速度吃完饭应该还赶得及上早自习。

就在他对构想感到满意时，鹌鹑抱着包包出来了。

看着她手里的东西，四张很无语。

他还真不知道自己什么时候混得这么奢侈，能背着COACH上初中了。

“只有这个了，虽然有段时间没见你背了。四张你别气……四张你去哪儿啊？”鹌鹑扔了包，跟着四张跑出了房间。

【3】

清早的和平大道就是执剑扛锤的晨练老人的天下。追着四张，鹌鹑一路逆行，中途差点儿被太极球砸中两次，被桃木剑戳中一次，哦对了，还有一次她直接踩上了一位老大爷的陀螺，自己摔了不说还挨了老大爷好一通埋怨，好不容易道歉完了，四张也彻底没了影子。

见她一脸的着急，一身丝绸功夫衫的秃顶大爷仙风道骨地揪了揪下巴上不大茂密的山羊胡，然后一抬小指，拦住了她。

“你找什么呢？”

别看大爷干干瘦瘦，力气不小，一根指头就把鹌鹑拦得死死的，那架势分明就是在无声地说着今儿你要是不告诉我就别走了。

大爷你好奇心太重了。

没办法，鹌鹑只好把她和四张怎么在一起，怎么……

“老公丢了吧？”

鹌鹑傻傻地看着大爷：“大爷你是咋推理出来的啊？我还没说到那儿呢。”

“年轻时每次离家出走我老婆就和你刚才一样一样的，有经验了。”大爷摆摆手，显然这不是他想说的重点，“这附近没公交站点，他身上带钱了吗？没带是吧，那打车的可能性就小点。这附近有个公园，有个医院，还有家学校、一家商场和三小一大四个超市，你等我码人帮你找，哎，小姑娘你去哪儿啊？”

“我知道他在哪儿了。”边跑边扬起手，鹌鹑打着招呼跑走了。大爷一说学校她想起来了，四张的母校离这儿不远。

四张，我来了！

像旋风少女一样，鹌鹑一路狂奔，一直冲到了振远中学北门。她第一次来这儿，说不上为什么，方才那一肚子气在见了那斗拱飞檐的古老校门时突然就没了。她只是站在那里，看着校门前那棵古老的石榴树和立在树下的“少年”。

四张……好像有些不开心呢……

她咬了咬唇，犹豫着要不要上去。

就在她犯寻思的时候，四张竟像感知到她的存在一样扭过了头，眼神一对上，鹌鹑就觉得更不对劲了，四张怎么好像哭了？

“四张你怎么了？你等等我啊。”鹌鹑紧跑两步，终于赶上了又要“离家出走”的四张，然而这一次的离家出走显然和之前那次有区别，四张的步子不再是急匆匆的，甚至还慢了许多，像刻意在等她一样。

识时务者为俊杰，鹌鹑也调了调步伐，终于和四张步调一致了。

头顶一阵啾啾叫，母鸟归巢，一群小鸟就在不远的枝头上喊着食。鹌鹑有些不敢说话，因为四张也一直没有出声。气氛不知怎么就变成这样了。

“那个……”她想打破僵局。

“死了。”

死了？

“什么死了。”鹌鹑被四张这突然的一句吓了一跳，她傻傻地看着手插口袋正望着天的四张，“谁死了啊，四张？你别吓我。”

也许是可怜鹌鹑，也许是良心发现，总之一直没正儿八经理过鹌鹑的四张终于扭过头看着她，他眼里墨色一潭，满是绝望。能不绝望吗？郝万东都死了。四张吸了吸鼻子。

鹌鹑就更不懂了。

“郝万东是谁啊？”

“我们校长。”

刚才他在振远外墙的宣传板上都看到了，百年老校振远中学第二十一任校长郝万东（1930–2007），他不光卒了，还卒在了2007年！如果他真是14岁的话，现在应该是1996年才对。

“我去报刊亭看过了，刘落程本事再大也不可能印出2017年的报纸，他那种天文盲也编不出卫星发射这样的新闻。”四张无比沮丧地说。所以说，事到如今，他是不得不相信了。

“谢天谢地，你终于信了。我说了我不会说谎的嘛。”鹌鹑拍着胸脯，无比庆幸，幸好四张聪明，要是她，指不定要证明到什么时候呢。

呼了一口气，一切总算要恢复正常了。

“四张，我们回家吧。”

“等会儿，我先问你几个问题。”躲开了伸过来的手，四张的声音有些沙哑，“你能解决黎曼假设吗？”

那是啥？鹌鹑脑子里似乎有个模糊的印象，她皱着眉头想了半天，最终靠着手机百度弄清了状况。

“我数学不好。”她不好意思地答，答话时四张的脸色也跟着不好起来，鹌鹑吓了一跳，忙又补救道，“我是文科生。”

“那我问你，征服波斯帝国的人是谁，他死后，他的帝国又分裂成了哪几部分，文科生？”说“文科生”时，他的声音重了重。

他的这个问题彻底难倒了鹌鹑：“那个……我历史不大好啊，四张，你怎么了？”

瞧着脸色又阴下去的四张，鹌鹑心里那叫一个害怕。她吞了吞口水，听四张无力又气愤地说：“我理想中长大后要娶的妻子要高、瘦、漂亮，和我一见钟情，最重要的是聪明，35岁的我脑子是被驴踢了吗？”他看了鹌鹑一眼，“找你？”

鹌鹑被他噎得说不出话了。

“要不……”突然，他眼皮一翻，一双黑眼珠骨碌碌看向她，“咱离婚？”

“他真这么说？”鹌鹑还没讲完，正义就丢开嘴里的油条，急了，“你咋答的？”

她是“有间甜品店”的收银员，真名秋小美，人美能打，一身正气，因为替被劈腿的闺蜜收拾过渣男，有了“正义”这个名。鹌鹑结婚前，正义生了场病，变得能吃爱饿，差点儿就辞职不干了。

至于“有家甜品店”，它的由来说来话长，总之是四张35岁的时候为鹌鹑开的店，后来因为医闹，辞了职的四张也来了店里，帮着打发些因为困惑来找鹌鹑帮忙的人。

四张曾说：“医闹不是问题，我不放心的是鹌鹑，一个人打理这家店还要应付那些人，鹌鹑这样的傻瓜容易受骗。”

说过这话的四张如今竟然因为一块板砖要和鹌鹑离婚？正义无法接受。她瞪着鹌鹑，那样子好像鹌鹑一旦答应了她就敢去和四张掐一架似的。

掐架这事，混混儿出身的大庙哥向来热衷，离婚这事——他也暗搓搓地赞成，他喜欢鹌鹑。于大庙以前是街上的混混儿，受雇于人，想对甜品店使坏，屡战屡败，后来癫痫发作，混混儿当不成了，家也没了，最穷困潦倒的时候是鹌鹑收留了他，让他在甜品店做了店员。如果他们真能离婚……于大庙傻兮兮地笑着，一条腿也抖啊抖个不停。

“别抖了。”

大庙哥一回头，看着笑得比他还邪性的鹌鹑爸，骂了声：“还是人吗？闺女要离婚了还笑得这么开心，你是亲爹吗？”他全忘了自己刚才也笑来着。

“我们已经脱离父女关系了好吧？”鹌鹑爸冷冷地回了句，马上又换上了前一秒的笑脸，急巴巴地望向鹌鹑，“是啊，你咋答的？同意了吧？我刚才打了一卦，昨天宜破立，大破大立出吉事，昨天你要是和四张分手了，我财神爷必转运，阿弥陀佛保佑保佑，我肯定也能翻身了！”

“还是亲爹吗？不是人！”

屋子里乱糟糟的，鹌鹑有点头疼，她揉着脑袋，没精打采地说：“我没同意。”

“你没同意就完了？以我对我财神爷的了解，他定了的事可是轻易不会改的。”笃信堪舆玄术的鹌鹑爸自从生意失败找大仙儿算过一卦后，便一直尊称四张为财神，也因为此，他特别反对自己的扫把星闺女和四张在一起。

“是啊，我也是这么和他说的。”

“说什么了？”一时间，秋小美、于大庙还有黑着脸的鹌鹑爸异口同声问道。

“我就说，35岁的四张既然决定娶我肯定有他的理由，14岁的你有的脾气35岁的你也有啊，他不会同意离婚的。”

三人彻底被鹌鹑惊了，这招以彼之道还施彼身用得妙啊。

鹌鹑爸忍不住吞了口服气的口水：“我财神爷认同了？”

“他说要来找找‘理由’。”意思应该是同意她说的了吧。

“加油。”不知从哪儿飘出来的阿发丢下两个字就又飘走了。鹌鹑歪头看着窗外，艳阳高照的6月，店里最后一个“健全”的四张失了忆，加上她的“笨”病、正义的“狂吃症”、大庙的癫痫、她爸的迷信、阿发有社交恐惧症，她的甜品店真是病入膏肓了。

“要有信心！”正义拍了拍鹌鹑，“就算失忆了，他总不能六亲不认吧？鹌鹑，麻烦把那个巧克力棒递我，一天天总饿，烦。”

这就是让她烦恼的地方，回到14岁的四张对她是各种防备，六亲不认。撕开包装纸，鹌鹑把东西递给秋正义：“以前他从没这样过。小美，慢点吃。”

秋正义含着巧克力，声音含糊：“别管我了，四张来了。”她朝门边一努嘴，拿着没吃完的巧克力退回了柜台，路上捎带脚地牵走了想凑热闹的于大庙和鹌鹑爸，“敢搅局小心我削人。”

正义的贴心让鹌鹑脸上发烧，为了她朋友们都辛苦了。她深呼一口气，要准备“战斗”了，可奇怪，四张为什么不进来呢？她看着门外，门外的人也看着门内。

奇怪，太奇怪了，这家店真会是他之前曾经一度工作过的地方吗？先看柜台，那个收银员模样的人长得倒是正常，可那满嘴巧克力是怎么回事？还有她身边的两个，看他的眼神都怪怪的，一个那么不屑，一个眼睛都冒蓝光了，他又不是金子。他就这么站着看了不知多久，久到里面的人已经朝他这边走来了，四张头一疼，算了，来都来了，进去吧。

“借过。”

就在他推门准备进去的瞬间，一个声音在他身后响起，四张让开身，给人让路，擦肩而过时，他发现那个抱着箱子把头深埋起来走路的男人脸色苍白，蓬头垢面的。

这店里都是些什么人啊？

“你确定我之前是在这里，和这群人一起……工作的吗？”他一句一顿，问着从门里走出来的鹌鹑。

鹌鹑：“是啊，怎么了啊……阿嚏！”

一个响亮的喷嚏后，鹌鹑看着面前一脸水的四张。

“对……对不起！阿嚏！”

拒绝掉鹌鹑好不容易摸出来的面纸，四张以手掩面，自上而下慢镜头般抹着自己的脸：“我不喜欢这里……我想离婚……你和我离婚好不好……阿嚏！”

他也被传染了。

【4】

四张：“和我离婚好不好？”

鹌鹑：“你不是才给你妈打了电话吗？来，张嘴，吃药。”

“真把我当小孩了！”四张一把夺过药，全丢进嘴里，边哭边咽，就是因为打了电话他才郁闷呢。他实在看不出这女人哪儿好，他妈死活不同意他们离婚。

裹紧被子，他看着不停进进出出、忙前忙后的鹌鹑：“你什么体质啊？”同样是热伤风，她吃几片药就没事了，再看他——发烧、流涕、精神不济，总之怎么难受怎么来。

鹌鹑挠挠头，四张的这个问题难住她了：“体质是啥？”

哎哟，算了。他不想和鹌鹑说话了，一说话就上火！二十一年后的自己为什么会选这么一个傻货做老婆呢？他软倒在床上，连续两天高烧，他不会被烧傻了吧？

看着烧得萎靡不振的四张，鹌鹑别提多自责了：“都怪我把你传染了。”

“嗯哼。”当然怪你，不怪你怪谁？四张歪在床上，有进气没出气。

“对了！我想起来了！”

四张抚着胸口：“想起啥了？”能别一惊一乍的吗？病人不禁吓。

鹌鹑说：“我知道有个地方治感冒治得快！”

“哪儿啊？”瞧她那胜券在握的样儿，四张抹着鼻涕，心莫名就开始发慌。

“你们医院的针灸师……”鹌鹑话没说完，只见四张就筛糠似的开始拼命摇头，“不去，我不去，我吃点药就好了，你再帮我换种药好不好？我不去！你别拉我呀！我自己穿还不行？你怎么又回来了？我没有要跳窗，你看错了，我……”

“他脑袋被砖敲失忆了，所以又晕针了。”

一小时后，医院顶层针灸科，鹌鹑对医生解释着。

“我不晕针……”已经被按在座位上挨了好几针的四张有气无力地说着，都怪这场感冒，不然他怎么会干不过她？“嘶……大夫您轻点。”他龇着牙，看着收针的大夫没走的意思，就问，“还扎啊？”

鹌鹑：“是给我扎。”

“给你？”

鹌鹑：“以前我感冒，你就带我过来针灸。我当时害怕不敢扎，你就陪着我一起。你说两个人做伴就不怕了。”

“我没怕。”四张嘟囔着，心想他怎么可能说那傻话。

“不怕更好了，这个真有效。”

四张：“……”

两分钟后，同样一脑袋针的鹌鹑小心翼翼动着嘴皮子：“你不会真怕吧？”以前四张陪她来，没见他怕啊。

四张翻个白眼，想回她一句，没想到话还没说，眼皮子就一阵狂跳，疼疼疼疼疼！

鹌鹑：“四张，医院里好像除了小偷，几个大夫都被偷了。”

四张没好气地“嗯哼”一声。

鹌鹑：“你听见没有，刚才他们说就在上午，针灸科的一个大夫被偷了。”

四张：“你说话脸不疼疼疼疼疼疼……”本来是疑问句，硬是被脸疼抽成了省略句。他虚捂着脸，发誓再理鹌鹑这个话痨就是孙子！

鹌鹑还在说。

“你第一次带我来这儿扎针时我特别喜欢说话，脸疼得直抽抽，那时你教我这种用舌头根说话的方法，果然就不疼了，你肯定不记得了。要不我教你？”

不用。

他抿着嘴，不吭声，只是看着白墙绿窗间那个已经有了锈斑的古董金属钟：扎针的老头儿说要扎二十分钟，再挺十九分零三秒就好了，很容易就熬过去了。

嗯……

几秒钟后——

四张：“……啥办法？”

嗯？鹌鹑看着45°角仰脸望天的四张，“啊”了一声。

“你刚才说有办法可以……”他扬了扬下巴。

“哦，那个啊。就是这样。”鹌鹑比比画画，解释了半天。

终于，在鹌鹑解释了第三遍仍没解释明白时，四张说出了心里话：“我当初怎么答应和你在一起的啊？”

“开始我想追夏东柘，装病住进了医院，却成了你的病人……”

瞧瞧，她居然一板一眼回答上了。四张哀叹一声，头顶一层虚汗，说实话，他还小，没想过未来的伴侣会是怎样的，可无论是怎样的，都绝不会是像鹌鹑这样的。她这个性格，别说自我保护了，真结了婚，面对刘家那些豺狼虎豹，不得拖累死自己？

越想，就越想不明白了。他幽幽地看着鹌鹑，努力地催眠自己，不能轻易否定35岁时的决定，不能打脸。

就这样，两人各怀心思，二十分钟竟就这么熬过去了。

拔了针的四张身体都坐僵了，他虚弱地瘫在椅子上，矛盾地看着鹌鹑。她就如同一只花蝴蝶，飞来飞去，忙着打听起小偷的事来了。

闲的。他摇摇头，晕乎乎地朝门口走了。

矛盾啊，他不想做毁约的人，又十分想离婚，咋办呢？踉踉跄跄地走了会儿，终于发现鹌鹑追了出来。

“四张，你等等我。四张，四张。”终于，她赶上了，“知道吗，小何医生刚发的奖金都丢了。”

小何医生就是针灸科给他们扎针的那个大夫，四张还记得她那张哭肿了的脸，俩眼睛核桃似的，不咋好看。

四张长叹口气：“你想帮忙抓贼？”

鹌鹑：“嗯，你会帮忙吗？”

四张停下来，扭头看着她：“你觉得我会吗？”

“我觉得……”

“你最好不要觉得我会，不然我真会坚持离婚的，我妈反对也没用！”摸了下脑门，温度似乎降了点，人却还难受得要命，不然他也不会说话都没劲，“和我结婚就一定知道我最不喜欢多管闲事。雷锋让别人去当吧，我没时间。让我帮忙抓贼，除非我是猪。”

“四张，你……”鹌鹑不知道说什么，也忘了走路，她呆呆看着生病的四张慢慢走远，身影一点点被淹没在五楼高低起伏的人流里。

天很热，人很多，鹌鹑的心却一片空落。

就在她茫然无措的时候，已经走远的那个人突然站住不动了，鹌鹑看着他，发现他也在看她，眼神古怪得很。

【5】

四张觉得鹌鹑就是个有毒的女人，他成了猪。

午后，高悬的日头隔窗落了他一身热腾腾的日光，他隔着人海，汗涔涔地看着远处那人。如果方才他答应了多管那个闲事钱包是不是就不会丢呢？

那个BV的同款钱包，之前刘落程的表姑送过一个给他，刘小子拿着它和四张显摆了老半天，还说四张这辈子也用不起，为这，四张一直暗暗较劲，盼着长大赚钱用一个给刘落程看看，如今，“提前”长大的他发现愿望实现了，还没高兴够呢，怎么就被偷了？

再者说——

“我又不是医生，干吗偷我啊！”看着远远朝他跑来的鹌鹑，四张忍不住吐槽。

#求分手#

四张：我要分手。

鹌鹑：为什么?

四张随口编道：我有病，不治之症。

鹌鹑：哦。

以为成功分手的四张东逛西逛地自在玩了几天。

某天，在街上遛弯的他突然被一群蒙面人带走了。

坐在飞往美国的飞机上，他看着紧紧抓住他手的鹌鹑，拼命嘶喊：我没病，我不用去美国治病，我不分手了还不行！我、我、我恐飞机……救命啊！

夏日捉贼小分队

14岁的四张：你为什么会和那么笨的女人在一起！

35岁的四张：和她在一起将是你这辈子做过的最对的事。

14岁的四张：对个屁！……你干吗呢？喂，谁让你写我8岁还尿床，9岁因为没得满分哭鼻子，10岁……喂！你写这些干吗！那都是咱们的黑历史！

35岁的四张挙着笔得意扬眉：还敢不敢对我媳妇爆粗口了？你敢我就敢大义灭自己。

14岁的四张：……

她到底哪儿好了？

【1】

“别忘了，你才辞的职。”甜品店里，空调壮汉似的戳在墙角，拼命吐着红舌头，小丑的模样和说这话的于大庙如出一辙。

直觉告诉四张，这个小丑对自己的态度略有微妙，敬畏里带着些敌意，敬畏不奇怪，于大庙是甜品店的店员，据说这家甜品店是四张开的；敌意就不好解释了，你见过哪个企业的员工敢明目张胆地表现对老板的敌意的?

但于大庙的话却提醒了他，是啊，他们说自己之前是个医生，因为一起医闹事件辞了职。

说起辞职这事，四张的表情就开始变得不自然了，他们告诉他这个所谓的医闹其实是他之前的相亲对象，两人缘分浅，没走到一块儿，这事本没什么，相亲嘛，没情不成眷属，正常，可那女的在知道他和鹌鹑在一起后，心思就开始不对了。事情说起来有点长，概括起来就是因妒成恨，女方的爸因为这个闺女，边住院边操心，一着急病情加重死在了医院，四张就这么成了炮灰，辞了职。

如今的他作为一个旁观者，再听这段故事，也没觉得辞职这事不对，人生在世，开心最重要，况且他觉得成年后的自己即便不做医生也饿不死，他在意的是未来的自己辞职是为了和那个叫鹌鹑的笨女人耳鬓厮磨、天天见面。这个理由……太奇怪了！

他瞄了鹌鹑一眼，说：“你是不是给我下药了？”

忙着写字的鹌鹑从桌子后面抬头：“四张，你说啥？”

没啥。四张单手撑起脸，眼珠一转，从鹌鹑那儿移去了窗外，窗外艳阳高照，他的心头却乌云一片，他真想一切恢复正常，哪怕现在的他是在35岁，一个不知是脑袋被驴踢了还是怎么娶了这个女人的年纪。

他想安静地思考一下，可是事与愿违，耳朵边的嗡嗡声就没停过，而且他还听见有人提到他的名字。

“你们……”他扭回头，面无表情地问，“说我什么呢？”

“我在和他们商量怎么抓到那个贼，得把你的钱包找回来。”

四张依旧面无表情：“我没说要找。”

找也是我自己去找。

“你肯定会找的。”像没听见他说什么一样，鹌鹑兀自点着本子，“四张是天蝎座，睚眦必报，肯定要找出是谁偷了他的钱包的。”

四张小小愣了一下，看样子35岁的他会选这个女人做伴侣也不是一点道理都没有的嘛。

他凑过去，盯着鹌鹑写的字瞅了半天：“你在整理线索？”

鹌鹑点头：“对啊对啊。”

默默看完纸条上的字，四张紧紧地抿了两下嘴，开始反思自己方才怎么会有这个女人做伴侣也不是一点道理都没有的错觉呢？他是不会喜欢这么蠢的一个人啊！

只见纸条上写着——小偷的外貌特征：凶、丑。

你家小偷最好脑门上写着“我是小偷”就更方便你抓了。

看着默默转身的四张，鹌鹑急了：“你去哪儿？”

“抓贼。”

四张从没想过有天世界能变成这样——私家车遍地跑，电视变得那么薄，电话可以拿着跑……世界“变”得太快，他必须加倍适应，拼命学习才行。

“喂，你就不能走慢点？你听没听见我说话啊，鹌鹑你说说他！”于大庙追得岔气，蹲在地上耍赖，“鹌鹑，不是看你的面子我才不出来呢，你看他那样，也不想让我帮忙啊。”

鹌鹑：“我给你捶捶。大庙，你江湖经验多，肯定帮得上忙，再说那么多人都被偷过，监控肯定也被看了不少，四张想通过监控把人找出来也不知道行不行。”

鹌鹑那一句“江湖经验多”把大庙捧得轻飘飘的，他挠着后脑勺，掸掸裤脚站起来，拧着脚尖低着头：“我有那么厉害吗？”

“有啊。所以你的帮忙真的很关键的。”鹌鹑拉着大庙，眼睛看着停在前头的四张。他正和人打听着什么。

鹌鹑：“四张也真聪明，二十年前监控还没普及呢他却用看的就知道。”

“是啊，干吗那么聪明呢？”于大庙就像个被撒了气的皮球，之前有多鼓现在就有多瘪，“既生瑜何生亮啊，真是！”

就在于大庙忙着吃干醋的时候，一声爆响突然传来，于大庙吓得一激灵：“怎么了？地震了？”

鹌鹑也不明所以，只知道不是地震，就在他俩都闹不清楚情况的时候，又一声传来了，这次他们听清了，是四张对面的女人在骂人：“谁是你奶奶！鬼才是你奶奶呢！”

银发女医生踩着尖跟鞋一脸气愤地从他们身边走过，于大庙不清楚发生了什么，跟着鹌鹑小跑到了四张身边，只见一脸蒙的四张竟是从未有过地迷茫：“我说错什么了？我不就问了句‘奶奶，你知道监控室在哪儿吗？’”

“哈哈哈哈……”愣了一秒后，于大庙笑到打嗝儿。

【2】

“我以为你多不食人间烟火呢，原来也会犯错啊。”一声“奶奶”

突然就让于大庙不那么讨厌四张了，甚至还有点喜欢他了，这可怎么办啊，哈哈哈！

“我不会给你第二次笑我的机会的。”四张咬牙答着，他想找个地方歇会儿，头疼。屁股还没坐下呢就听见鹌鹑的尖叫——

“四张，那是垃圾桶！”

垃圾桶？他盯着那个顶漂亮顶漂亮的“小方凳”吞了吞口水：“我知道。我就是要丢垃圾。”

“垃圾呢？”于大庙笑得岔气了。

哼，笑吧，就笑吧。反正已经被揭穿了，四张也不在乎了，大踏步地就把于大庙邪性的笑声甩去了后面。

笑死你得了。

拜那位奶奶所赐，他们问到了路线，从B超室过去再穿过骨外科就是。

星期一，医院里的人格外多，于大庙追上来，还在哈哈哈大笑：“不是说不给第二次机会吗？哈哈哈！”

四张紧紧地皱着眉，心想这人的讨厌程度快赶上刘落程了。他一定不能再犯这种低级错误让他们笑话了，想不犯错很轻松……的吧？

四张：“那个……鹌鹑。”

“怎么了？”鹌鹑快跑几步，走在和他并肩的位置。

回头瞅瞅，确认于大庙听不见，他这才小声说：“你要是见到升国旗，提醒我不要大声跟着唱国歌，小声就可以。我是学生会主席，我怕我控制不住自己……”这是身为一名三好学生的本能和骄傲。

瞅着脸红得像灯泡似的四张，鹌鹑愣了一下：“为什么不能大声？”

四张：“不想让他笑。”再者，他不喜欢犯错误，他喜欢考100分，大人做起来会傻的事他必须不能做了。

“其实大庙他没恶意的，大庙虽然不良过一阵子，但是现在已经学好了，关键时刻我想他能帮上忙。”

四张轻呵了声，对这个“从良”的大庙，他习惯性地没指望什么。万事靠自己最牢靠。

不知不觉，你一句我一句就到了监控室。

开门的是个年轻的保安，上下打量了一遍他们，并没开门让他们进去的意思：“你们干吗的？”

四张：“我丢了点东西，想看看监控。”

保安：“也是丢钱包了吗？”

四张点头。

保安：“哦，不用看了，里头有民警，正看着呢。”说完，他不由分说地关了门。

四张摸摸鼻头上的灰：“不是说我以前在这里当过大夫吗？他不认识我？”

于大庙“扑哧”一声笑出来：“瞅那样子就是不认识呗。”看四张吃瘪他怎么那么开心呢！

四张：“你是不是对我有意见？”

于大庙：……

四张：“没有的话为什么这么爱看我笑话，我是抢你钱了还是抢你女朋友了？”

“谁说你抢我……”被戳中心事的于大庙紧张地瞄了鹌鹑一眼，“你没抢我什么。我就是觉得你挺傻的，有警察帮忙，一个钱包的事你操什么心啊？”

“没法子进去就别说风凉话。”

于大庙一甩手：“我要是进得去呢？”

四张：“就你？”

于大庙信心十足地瞅了他一眼，清清嗓子，抬手“咚咚”就是两下。

“又谁啊？”门里小保安不耐烦的声音朝门这边靠过来，“吱”一声，“又是你们？没说……”

于大庙一把捂住保安的嘴，脑袋伸进门里：“警察叔叔，有条线索我要举报。”

二十分钟后，由大庙打头，鹌鹑、四张殿后，几个人离开了监控室。

门关上的瞬间，于大庙故意抱着肩膀、晃晃荡荡地转过身：“怎么样，看到贼了吗？”他有意向四张示威，却没想到四张这次居然没生气，而是十分钦佩地朝他竖了竖指头：“能看出那人想骗病人的医药费，很厉害。”

本来准备了一大堆回呛的话，现在全没用武之地了，于大庙干巴巴地舔了舔舌头：“也没什么，那骗子之前我们就认识，还在一起骗……不说了，哈哈哈！”

原来如此啊，呵呵呵。

看不懂二人间暗涌的鹌鹑只顾鼓掌：“就说大庙很厉害吧，不过四张，你不是想自己抓贼吗？怎么后来改报警了？”

“我丢的钱不多，就算报案也不够立案，但是他们在查这个案子，我这个可以并案处理，有人帮忙我干吗还操那个心？怎么了？干吗那么看我？”和傻子一样。

于大庙看看鹌鹑，又看看四张，是啊，干吗那么看他？大庙不喜欢鹌鹑那么看四张，很不喜欢。

鹌鹑摇摇头，她不知道自己怎么突然就难过了，现在的四张好像没变，和未来的他一样聪明、能干，可她就是觉得四张不该这样。

“我14岁的时候什么也不懂。”14岁该有14岁的样子，会哭会笑会犯错，14岁不该是四张现在的样子。她瞅着他，眼睛里有着好多意思。

那是种无比神奇的感觉，前一秒他还觉得蠢得不行的人这会儿居然让他有了被看穿的感觉，四张愣了，紧接着他心里冒出了一个又一个的问号，难道35岁的自己真会心甘情愿和这个人在一起吗？

“汪！”

四张一惊，瞅着把大脸挤在他们中间的于大庙。

于大庙：“请爱惜你们带出来的小动物。”

四张脸一红：“瞎说什么呢？”他不会喜欢鹌鹑吧？她那么笨……可她也看得懂自己……晃晃头，他脑子现在有点乱，连于大庙和鹌鹑没跟上来都没发现。

又是B超区，时间已近中午，在排队等候的人却丝毫没见少，排椅上的人或抬头或垂眸，眼里无一例外地充满了焦虑和一点点恐惧，是在担心检查结果吧？四张想着，终于停下了脚。

于大庙在他身后鬼叫半天了，他原本不想搭理的，可这声音太吓人了，是谁掐他脖子了吗，那么叫？他不就是走得快点，没等他们吗？不耐烦地转回身，四张眼神变了，B超室转角的地方，于大庙拼命朝他招着手，鹌鹑……似乎撞了一个人。

汗！

挣扎了几下，他还是返了回去。

“怎么了？”他瞅着老太太。老太太看上去有六十几岁，身子倒向墙，一只手扶着，看样子是刚才躲闪急了摔倒的。

鹌鹑：“我忙着走路，没看见这位大姨。大姨你没事吧？”

和鹌鹑的一脸紧张不同，老太太除了因为疼龇着牙缝外，倒是一脸慈祥，不停用那只闲着的手朝鹌鹑摆着：“没事，没事，姑娘别怕，我不讹你的。”

“脚没肿。”四张说。

“是吗？”鹌鹑将信将疑。

四张很无语，她那叫什么表情，希望他说不是？

此时的老太太已经从方才的惊魂未定里回过神来，她嘘着气，笑眯眯地朝鹌鹑摆手：“好孩子，我没事，真的。哎哟！”

于大庙紧张地拉了拉四张。

四张：“怕她被讹你拉她啊，拉我干吗？”

于大庙：“不因为追你她能被讹？”

……算了算了，他不喜欢欠人情。四张一偏头，小声地对傻鸟说：“这事我见多了，她的脚没事，你别管了。”

“真的吗？”

“嗯。”他懒得列举以前刘落程他们怎么算计他的那些事，但他肯定这老太太没事。

也不知道听没听见他们说的，老太太摆摆手，真就没提什么看病的事：“好姑娘，我没事，放心吧，我走了。”

瞅着老太太一瘸一拐的样子，鹌鹑连着咬了几下唇：“四张，我想去看看，万一大姨真的因为我受伤了呢！”

唉……手按住额头，他服了。

“我不会主动带她去看医生，她也没要我这么做。我就跟她到那里。”她指着大约十米外的一个窗口，“要是没事我就回来，行吗？”

四张张张嘴，什么都没来得及说呢，鹌鹑就跑了。都决定了还和他说个什么劲儿啊？他不乐意地瞅着远处的鹌鹑：“傻。”

“她就是傻。总是掏心窝子似的对身边的人。”

四张瞅了眼说话的于大庙，眼睛重新回到鹌鹑身上：“你没跟去？”她和老太太已经快过拐角了，或许真没事吧。

“我……我为什么要跟去？”

“你不是喜欢她吗？”

……

四张笑了：“别担心，我现在不喜欢她，所以不揍你。”

“最烦你那双眼睛，那么贼。”于大庙嘟囔着，鹌鹑和老太太已经从视野里消失，取而代之的是层层叠叠的陌生人。

“其实鹌鹑挺好的，你不喜欢她是你的损失。”两人站在那里挺尴尬的，于大庙忍不住又嘟囔起来。

这倒让四张很奇怪：“如果我喜欢上她了那你不就没戏了？”

也对。

“可我不喜欢你觉得鹌鹑不好。”

“她哪儿好？”

“她简单，善良，没心没肺，爱帮助人……她哪儿都好。”

四张苦笑：“可我想得多，自私，和自己无关的事从来不管，我真想不出未来的自己为什么会喜欢她。”

于大庙低头小声：“其实咱俩挺像的，不过鹌鹑的事我还是管的。”

四张朝远处一指：“那你不跟去？你骨子里也不赞同她那样的热心肠吧？”

这……

“咱俩这性格倒是可以考虑做朋友，哪里安全待哪里。”四张笑了，因为于大庙脸上的表情变化太好笑了。

别扭了半天终于发现不对的于大庙一挥手：“你耍我呢！哎？你瞅，那是不是老太太的包？”

四张低头一瞅，还真是。

他弯下腰，老太太的包……等等，这不是他的钱包吗？他从包包侧面夹层里拿出BV，还没来得及说话，一股冲力也从身后袭来，把他按在了地上。

才说完哪里安全待哪里，这是秒打脸啊。

【3】

“东西不是我偷的，是个老太太的。”四张趴在地上，没挣扎，“于大庙能证明，鹌鹑也能。”

“于大庙是谁？哪个又是鹌鹑？”

“鹌鹑送那个老太太去了，她假摔，肯定是个老手。于大庙就在我旁边，你们可以问他。”

“你叫于大庙？是有这么个老太太吗？”

“我说，嘿嘿，妈，我想吃地瓜……”

……

于大庙你胡说啥呢？四张挣扎着抬起头，瞪着傻兮兮的于大庙，他不会是故意玩我吧？

妈妈，我是猪，我就是猪，竟然会考虑和鹌鹑的可能性，考虑和于大庙交朋友！妈妈，咋办啊？

他被从地上拽起来，带走。

唯一让他略感宽慰的是一件事是于大庙也被一起带走了。

该！

就这么一路郁闷，一路被带到了一楼，有辆警车靠着台阶停在外头，四张深吸口气，被动地进了车里。于大庙紧跟着他坐进来，四目相对，瞅他的眼神好像不像刚才那么傻了。

一个激灵后，于大庙瞅瞅已经关闭的拉门和身边扣着他的警察，弹簧般跳起来：“这是去哪儿啊？你们抓我干吗？我犯啥事了？”

“你涉嫌偷盗……”四张哼了声，扭开脸。

“偷盗？我偷谁了？”愣了下，于大庙一拍脑门，“那个包！是那个老太太的，和我们没关系啊。”

“要你说时你不说，被抓了又积极了。”越说越气，四张都觉得这个于大庙是不是装傻想栽赃他。

“我没有啊，你什么时候让我说了？”大庙哭丧着脸说。

“还装？”警察都能做证！

“我知道了，我刚才是不是又断片儿了？”于大庙想去拉四张，手还没伸出去就被民警按了回来，只能委屈地坐在位子上，“我有癫痫，总会断片儿。鹌鹑不是和你说了吗？”

……四张直了眼睛，癫痫他知道，可断片儿这事他不了解啊：“警察叔叔，你看，他现在能做证了，我们能下车了吗？”

警察叔叔微微一笑：“不行。”

……

他能不能再倒霉一点了？四张气鼓鼓地支着下巴，想。

派出所倒不远，没一会儿就到了。

被推进门的瞬间，四张的腿打了个哆嗦。

于大庙紧跟着进来，瞧见他这样，嘿嘿一乐：“这就怕了？之前没来过？”

四张：“我可是三好学生。”

噗！于大庙抹抹嘴，连带他们来的俩民警也忍不住笑了。其中一个听了一路，大约知道了事情经过，态度也好了些，他轻轻推了下四张，催他快走，边问：“你多大了还三好学生？”

“我……”四张被这么一噎——他又忘了。

想解释又无从说起，他气哼哼地加快了脚步。很快，领路的民警进了一间两尺见方的屋子。

白天，屋里还开着灯，几个酒蒙子被摁在角落里醒酒，再往里是条走廊，隐约听得见有问讯声从里面传来。没等看清楚，背上又挨了一下，紧接着，四张被推进了那道走廊里的其中一扇门里。

房间里的摆设简单而熟悉，以前电视上见过，墙上有一个个宽幅身高尺，用来让目击者甄选哪个是犯人的情节里总看到，屋子中间是个铁凳子，宽宽的横梁锁此时没落，只是斜搭在锁扣上。一会儿他就要坐在里头了吧……四张抬起头，望着黑黢黢的天花板，喉咙干干的——这事一定不能让家里知道，更不能让刘落程他们知道。

“干吗呢，仰着脑袋？”

四张回头，看刚才抓他进来的民警拿着笔和本低头进来，摇摇头。想想，他又不死心地问：“我一定要被锁那里吗？”

瞅了他一眼，民警嘿嘿一乐：“你想被锁一回？”

他拼命摇头。

“那不就完了？”民警又拉了把椅子过来，再拧开屋里的录像机，调试了一会儿后，他坐下，“开始吧。你为什么会出现在那儿？”

一条一条地说完了全过程，四张长嘘口气：“这几个时间点我在××、××、××，你们可以去调监控，那些地点附近应该有监控，我不是贼，前几天我还在忙着结婚。”四张舔舔嘴唇，“结婚”这个词由他这个未成年人说出来怎么那么怪呢，“然后我被一块砖头砸了，失忆了，还在医院待了一阵，这些你们都可以去查。”

民警点点头，又检查了一遍笔录，这才合起本子：“难怪你说自己是三好学生呢。”

四张：“那我能走了吗？”

“得等我们核对下你说的。三好学生也保不齐会撒谎，你说是吧？”

……

腿一弯，他蹭着墙蹲下去——天晓得他的生活为什么会变得这么倒霉啊。进局子？他怎么可能进局子呢？而这一切的发生都因为那个女人——鹌鹑！

捏了捏拳头，现在唯一值得庆幸的是过会儿他就能出去了，而这个小插曲也不会被刘家人知道。

正想着，门开了。那个民警去而复返，朝他招招手："你们俩能走了。"

这就能走了？比他想得要快呢。他扶墙站起身，跟着民警走出门，在拐角地方，他碰上了于大庙。他倒是一脸轻松。

于大庙："我就说进来了也出得去吧！"

嗯哼，就算能出去他也不想进来。

民警："家属在给你们办手续，过去等着，办好就可以走了。"他手一指，四张顺着一瞅，心里咯噔一声——怎么是这个家属啊！

刘落程手插着口袋，八字步站在一张桌子前，看着鹌鹑签字，连个猫腰藏身的时间也不给，他一眼看见了黑脸的四张："嗨，老哥，这儿呢！瞅哪儿呢！"

生怕四张听不见似的，他还biubiu打了两个响指。

唉……四张低着头，这情况肯定不能躲了。只能硬着头皮上了。

"谁让你来的？"

"鹌鹑啊。她一知道你被抓就赶紧跑过来帮你证明。"刘落程笑嘻嘻地看着他，四张瞪鹌鹑的样子真好看，"四哥，家里不缺那点钱，你不会真去偷吧？"

"四张没偷！"鹌鹑以为刘落程是来帮忙的，没想到他会这么说四张。

要不是经历了差点儿被她"玩死"的一天，四张真就险些被她感动了。

“于大庙，我帮你追鹌鹑吧。”既然他不能否定未来的自己所做的决定，他又不想违背现在的自己的心意，那就只剩下一条路可走了，让鹌鹑喜欢上别人，自己顺便脱身。他侧头看着已经目瞪口呆的于大庙，挑了挑眉毛，“你觉得这个主意怎么样？”

【4】

于大庙愣了一会儿，拨浪鼓似的摇摇头：“别闹。”

“我认真的。”

“我也认真的。”于大庙面向他侧了侧身，用离他近的肩膀朝后耸了耸，顺便挤了挤单眼。意思他看懂了——有这工夫涮我，还是花点时间对付你弟吧。

好心当成驴肝肺，四张挠挠脑门，说实话，事到如今被刘落程知道了，他就有点懒得搭理这个弟弟了，无奈某人就是不依不饶啊。

刘落程掸着西装袖口，用倨傲的神情显示他和这个地方是格格不入的、他和四张是不一样的：“他没偷警察干吗抓他？”

鹌鹑：“那是误会！”

刘落程：“我怎么就给不了让警察误会的机会呢？是不是四哥他真的哪儿做得不好……哎哟我的妈你干吗？想咬我啊？”他一脸嘚瑟地看着鹌鹑。早气疯了的鹌鹑咬着牙，不是四张扯住她，她真要对刘落程不客气了。

“你那点小力气还是省省吧。”四张一使劲儿，前一秒还冲锋在前的鹌鹑后一秒就平移到了四张身后。

鹌鹑：“我不能让他那么说你！”

四张挑挑眉：“这会儿知道不能让他这么说我了？刚才是谁把他招来的？”

鹌鹑一瘪气，头也跟着埋起来："我……"

所以你还是后面待着去吧。四张挺挺腰杆："谢谢你啊！这儿已经没事了，你回去吧。"

"一家人，那么客气干吗？"刘落程手插着口袋，脚嘚瑟地点着地，"四张，不是我说你，就算你没偷，可牵扯进这种事里，也是丢脸呢。"

"丢也丢不着你的脸。"

"可会丢阿姨的啊。"确认过眼神，刘落程更得意了。

"你告诉我妈了？"

刘落程无辜地看着他："是阿姨刚才来电话问了。"

"鹌鹑，你给我妈打个电话，就说我没事，等下警察核查回来我就能走了。我电话被没收了。"四张抿着嘴，转身求助。这个时候只有鹌鹑能帮他了。

"我这就打！"鹌鹑掏出手机，低头猛摁。

看着她认真拨电话的样子，四张的内心可谓五味杂陈，说他怪鹌鹑，肯定是怪的，不是她就不会有今天这些事；说感动，他也真被鹌鹑感动了那么一小下，在她为了给自己出头要和刘落程拼命的时候。就在昨天，他才听了一句歌词，用在鹌鹑身上无比合适——我想说其实你很好……下半句就要改一改——你却不是我对的人。

叹着气，他看着鹌鹑挂了电话，一脸讷讷地说："四张，妈说她在往这儿赶的路上呢……"

……

再好的猪也不能当队友，四张边仰头看着天花板边想。

9月5号，这一年的这一天被四张永远地牢记在了心里，这一天，他几乎把人生几大悲催之事都经历了一遍——被警察当众"拘捕"、进局子、被刘落程冷嘲热讽，还有就是让他妈亲眼看到这一切。

这一天，唯一值得庆幸的是四张和鹌鹑给警方提供了很多能自证清白的证据，负责案件的民警去了没一会儿就折返回来，把他放了。

站在满是绿意的派出所门口，四张看着走在前头和他妈说着话的鹌鹑，踢着脚边的草，没有过去的意思。

“那个……”

他看了眼不知什么时候站在身旁的大庙，又把脸扭了回来：“干吗？”

“你刚才说的，是发自肺腑的吗？”说这话挺让于大庙害臊的，毕竟是惦记人家老婆的事嘛，他喉结一滚，“就你说帮我追鹌鹑的那句，你不是逗我玩吧？”

“你不觉得我是在逗你了？”

“这个……”

“认真的。”他望着天，“我俩不可能。”

“真的啊！”于大庙兴奋地跳起来，动静太大，引得远处的四张妈和鹌鹑都朝这边瞅了过来。“嗯，闭嘴，小声……阿姨我们没事，你继续聊！”他挥着手。

四张：“不过有件事我挺犹豫。”

“啥？”

“你有癫痫，我不喜欢鹌鹑，但也不能推她进火坑啊……”

“你放心，明天我就攒钱治病，不，我现在就去！”

瞧着于大庙渐渐跑远的身影，四张摇摇头：爱情那么无聊，怎么有那么多人往坑里跳呢？

他迈步朝老妈走去，边走边说：“妈你们悄悄话要聊多久啊，能不能搭理搭理你亲儿子啊妈……”

已经很久没像现在这样和妈妈聊天了，“赶走”鹌鹑，四张好好和老妈唠了一个小时这才依依不舍地把她送上车。站在路边，他望了好久，不知道什么时候，妈妈已经这么老了，他也不是14岁了。

就在他胡思乱想的时候，一阵呼声突然在耳畔响起——“抓住她！抓住那个人！”

声音离他很近，迎面而来，他抬头一看，白发圆脸，这不就是那个害他进局子的老太太吗？！

从不多管闲事的四张眼一眯，伸出了手。

君子报仇十年不晚，四张报仇，刻不容缓！他手一带、一收：“哪儿跑？”

【5】

他冷笑着看老太太。

让他没想到的是，被抓住的老太太也笑了。

老太太：“老公，我找你好久，总算找着你了。你去哪儿了呀？担心死我了。”

两个民警看看老太太，又看看和她明显有很大年龄差距的四张，同时挠了挠头。

这情况，头回见。

#很坚决#

自从发现鹌鹑和他性格不合后，四张明里暗里制造了无数起事故企图让鹌鹑讨厌自己，这一度让四张妈很是担忧。

四张妈：儿子，你不再考虑考虑了?

四张：肯定不考虑。

四张妈：哪怕鹌鹑变聪明了也不考虑?

四张：不考虑。

四张妈：可妈挺喜欢她的。

四张：妈，你就死了心吧，你儿子说话从来算话，任何情况下我都不可能和鹌鹑在一起的。

四张妈：那要是让你在刘老太和……

没等老妈说完，四张就果断地一摆手：还用比？当然选鹌鹑！

一旁的四张妈边笑边摇头，有个思维太早熟的儿子有时候真的很考验她的教育方法，时时刻刻都讲求诱敌深入，不诱不奏效让她很疲劳啊！

我的老伴儿叫四张

刘老太：我的老伴儿叫四张，他脸圆手长，肤白戴眼镜。

四张淡定地摘了眼镜。

刘老太：我的老伴儿叫四张，他脸圆手长，肤白刚摘了眼镜。

四张：……

【1】

“要不，你再跟我们回去一趟？”

瞅着挠头说这话的民警，四张一阵无语，面无表情地松开手，把人移交走：“我想拒绝，行吗？”

警察笑着拍拍他的肩：“我很想说行，可惜真不行。”

……

“行吧。不过你们能让她别这样吗？”他一指，肩膀上，老太太的脑袋胶皮糖似的贴在上头。

“不能。”老太太笑眯眯地抢答，“我可是好不容易找到你的，老伴儿……”

民警连拉好几下都没拉开，四张的胳膊都被她搂疼了。

“……你再这样我告你骚扰未成年了。”

“告去哪里你都是我老伴儿。”老太太依旧笑眯眯地抓着他，连警察都没办法。

“她这样我没法去。”连“人身安全”都没法保证，去什么去？

两个民警对视一眼，这个样子是有点有损市容市貌。

“老太太，你先松松手。”其中一个民警朝另一个使了个眼色，两人一前一后，一个去扯一个去拉。

“你们干什么？你们不能分开我和我老伴儿！”老太太拼命挣扎着，死活不松手。拧巴半天，钩着四张的那只手总算有了松动，四张嘘了一口气，瞧把他累得这一身汗。谁承想，高兴不过三秒，一股力量猛地就朝他压了过来。四张胸口一痛，被压倒在地。

老太太贴在他胸口，左右蹭了蹭：“老伴儿，这次我再不和你分开了！”

“快帮忙啊……别愣着啊……救命啊……”四张瞅着俩从傻眼里缓过神却营救不力明显无处下手的警察，心里控制不住地泪奔起来，他一个花季少年，就这么被扑倒了啊。咳咳……

就在他以为自己快被压死的时候，四张的救世主出现了——

“妈，你怎么跑这儿来了？妈你干吗趴人家身上啊！”

看起来是老太太子女的人从远处跑过来，连扶带拉，总算把老太太从四张身上拽了起来。

“对不起啊！你没事吧？”其中一个中年女人一脸的不好意思。

手指摊开，迎着对方举过去，四张阻止了对方的靠近：“先说好，你不认爹吧？”

“嗯？”

“没事了。”四张放下手，心也跟着放下了。

他看向也累得够呛、正捏着衣服前后扇风的民警：“要走快些走吧，我快饿了。”

跟着回了派出所的四张不知道，此时此刻有个人已经为了他急疯了。

有家甜品店。

“哗啦”一声后，鹌鹑拧紧钥匙，锁实了卷闸门。

从方才就看她忙活着关店的于大庙咬秃了指甲，不甘心地凑上去：“四张不会有事的啦，他不是和他妈在一起吗？肯定两人聊天聊久了，过会儿指定回来。”

“婆婆说他们早分开了，我刚打电话问的。”鹌鹑手没停，头也不抬，看也没看于大庙一眼，“我担心他脑伤复发，万一找不着家了咋办？”

“那心心念念想吃咱家蛋糕的客人咋办？订了蛋糕的一来取发现：我去，店关了！咋办？”见她停下来，于大庙趁热打铁地凑过去，“要不你留下看店，我们去找？”

鹌鹑：“也对。”

“对吧。”以为大功告成，说服鹌鹑的于大庙轻轻吹了声口哨，“我帮你把店门开开。”

鹌鹑：“不用。小美，有笔吗，写个告示，让取蛋糕的人晚点来。”

“好。”秋小美应着声，一把挤开目瞪口呆的于大庙，拿起笔开写，边写边说，“无事献殷勤，于大庙你非奸即盗哦。”

“你！我是为店里、为鹌鹑考虑！再说，万一四张回来，发现店关了咋办？”

“好吧。”手中笔一顿，顿出笔锋，秋小美抬手又落笔，“你和老安头儿留下看家，反正你俩也不诚心找四张，我们三个去找就够了。”

于大庙气得跺脚：“老安头儿你倒说话啊！”

蹲在地上玩手机的安富裕头都没抬就说：“不是不找，是不用找。我刚刚卜了一卦，四张马上就能回来。”

鹌鹑：“真的吗？”

“你信他？”秋小美咯咯笑出了声。

也对。鹌鹑敲了敲脑壳，她是急昏头了，还是抓紧关店找人吧。

鹌鹑爸：“你们什么意思，不信我是吧？告诉你们，周易在线，准得不行！”他举着手机。

哦，敢情还是手机占卜啊，连于大庙都不想评价他这位室友了：“阿发，你说有必要找吗？”他抓紧拉拢最后的战友。

阿发：“有。”

那就找吧。

“四张你回来了！”就在于大庙准备认命的时候，忙着关窗的鹌鹑突然放下手里的东西，朝背对他的地方跑去，“你去哪儿了？”

“四处转转。”指着店面，四张有些心不在焉，“这就关门了？”

“没有没有。”鹌鹑忙掏钥匙开门，再嘱咐小美把告示收进来，然后她推开门，回头找四张说话，“四张你……怎么了？”

她瞅着坐去窗边，两眼放空看着窗外的四张，想：是出什么事了吗？

她不知道就在刚刚，四张又一次进了警察局，还被一个阿兹海默病人认作了老公。

她也不知道此刻的四张是既矛盾又茫然。刚刚那么做，是对的吧？

“什么对的吧？”

“……”四张回过神，瞅着近在眼前的那张大脸，摸了摸胸口：“干吗？”

“想事呢哈？”于大庙摸摸鼻头，不好意思地朝后退了退，“我就是来问问，你说的那事，准备啥时候开始？”

“事？啥事？”

“就是帮我追鹌鹑那事啊。你不会反悔了吧？”

不知怎么的，再提起这事，四张显得有些没兴致。他支着下巴，声音懒懒：“没反悔，不过得等我想想。”

【2】

四张不开心。

这是那天他回来后鹌鹑的感觉。心不在焉地做了一个下午的蛋糕，鹌鹑有了主意。

“民以食为天，好吃的绝对能治愈坏心情。我要是碰到烦心事或者钻了牛角尖就会出来大吃一场，吃饱了就啥烦心事都没有了。”

五点一过，鹌鹑关了店门对四张说。

傍晚的阳光那么灼目，晒得人睁不开眼，四张抹了把汗，眯眼看着西头那几栋高高的建筑。

“你说什么？”天气太热，耳朵胀，脑袋沉，他就像坨被晒化的奶油一样恨不得找个地方瘫一下。至于鹌鹑说了啥，他没听见。

“我说……”没等她说完，一辆120的急救车呜呜咽咽地鸣着笛开了过来，声音吞没了鹌鹑的话。四张又没听见。

算了，我直接带你去吧！鹌鹑一笑，拉起四张的手。

“过了这条街，十字路口过去有条美食一条街，咱们今天不回家吃，吃了好吃的管保你心情就跟着好起来了。”出了大门，街道四敞空旷，鹌鹑的声音显得大了不少。

“吃？你把我当小女生呢？”四张停了脚，抽着袖子死也不走了，“再说我没心情不好，我很高兴。”

“可是麦当劳出了新品，本来想着和你去试试的……你也喜欢是不是？”

“谁喜欢了？不喜欢。”

“不喜欢你眼睛咋绿了？”

绿了？眨巴眨巴眼睛，四张愣住了，他可不喜欢鹌鹑说啥他信啥的状态，脸一扭：“你看错了。还有我也不喜欢麦当劳，你别操心了。”

“真的吗？”鹌鹑迷糊了，“要不去吃香不辣的水煮肉片吧，那家胖师傅做的水煮肉片味道超赞！”她紧跑几步，追上已经走开的四张。

“不爱吃辣。”

“那红烧肉呢？阿发上次说中央街新开了一家上海菜馆，红烧肉做得……”

“我不吃甜。”四张前行的步子更快更大了。

“那你喜欢吃什么？你说，咱们去吃。”

“我什么也不想吃。”四张叹声气，好端端的他为什么非要出去吃？

“要不……”

“不要！”

“那么……”

“不那么！”四张就差双手合十，跪地求饶了。

“或许……”

“麦当劳。”他投降了。

“你说啥？”鹌鹑揉着脑门，四张停得太突然了，她像撞上了一堵墙，脑袋都在嗡嗡响。

“麦当劳。去吃麦当劳吧。不过我吃得多，你可别后悔。”吃什么红烧肉、水煮肉？都没麦当劳好吃。

瞅着加快脚步的四张，鹌鹑挠挠头，一时半会儿没想明白他这一系列情绪的转变是怎么发生的。当然，以她的智商，想搞懂青春期的少年有着怎样的骄傲很难。

四张喜欢麦当劳，特别喜欢。14岁的四张还没吃过几次麦当劳，所以他不想让鹌鹑发现他这么没见过世面。他也不想承认自己情绪有点低落。

他四张，永无弱点。

麦当劳。

鹌鹑看着专心啃着板烧鸡腿堡的四张，咧嘴乐了：“慢点吃，不够我再去买。”

“不用。”他大大咬了一口，瘫在椅子上，“真好吃。”

“我就知道，美食能让人心情变好。你高兴我也高兴。”眯眼笑了一下，鹌鹑又低下了头，“对不起啊！”

“干吗说对不起？”

“我看你下午有心事，一定是因为我……”

“和你无关。”

“无关？”鹌鹑抬起头，圆圆的眼睛看向他，“有其他事让你心烦吗？”

四张一哽，低头啜了口饮料：“没。”怕她再问，他马上扯开话题，“谢谢你，请我吃饭！”

“不客气！”单细胞的她嘿嘿笑了，“你以前就特别喜欢吃麦当劳，每次吃完心情都很好，虽然我不知道为什么，但你开心我就开心。”

“你知道我喜欢麦当劳？”

“知道啊。”

“不好奇原因？”

鹌鹑摇摇头：“你不说我就不好奇。”

……

“四张，我是不是又让你不高兴了？”

“没有。”他叼着管子别开头。

“你下午怎么了？能告诉我吗？”

“帮个忙。”四张继续吸着可乐，可乐见底了，剩下的冰块被吸管搅得哗哗作响。

“什么？”

“再来俩汉堡、一个甜筒、一杯热饮。”手指举成四的模样，他叼着管子，看着离座的鹌鹑，劝自己——“多管闲事没有好下场的，四张。”他念叨着，眼睛从候在柜台前的鹌鹑身上移去了排在她后面的那个胖墩儿。

饱饱的一顿麦当劳让四张忘了烦心事，一夜安眠后的第二天。他压根儿不知睡着的他是怎么样满足地抱着枕头说：“麦当劳是世界上最好吃的东西。”

有家甜品店。

于大庙叉着腿站在桌旁，单手流畅地操作着手里的东西，他从来没像现在这样有存在感过，教四张？呵呵。“看见没有，这个叫虾米，听歌的，要看电视剧电影什么的点这个，不过有许多是VIP，我没交费，看不了。”

“VIP是什么？”四张低着头，声音也低低的，他不想承认自己无知，可事实如此，连没读过书的于大庙都能当他老师！

在于大庙兴奋而聒噪的声音里，四张听了一会儿什么是VIP，捎带着被推广了一下王者荣耀和吃鸡游戏，总算对小方块里的一个个图形有了大致了解。

上午客人有点多，忙不过来的鹌鹑爸硬是拽走了于大庙，大庙走得心不甘情不愿，走前又问了一遍追鹌鹑的事，四张低头应着，脑子里想的是像锯齿这玩意儿叫设置，总控功能……

窗外天很蓝，缀着几朵棉花絮般的云彩，不知什么时候飘来朵大的，厚厚地遮住了四张面前那块玻璃，久久不去。开始他没留意，继续熟悉着手机功能，可久了他就发现不对劲。

抬头的瞬间，他浑身一抖，害他倒霉了一天的刘老太此时就趴在玻璃窗外，脸紧贴着窗板，鼻子和嘴都被压到变形。

“老公。”

隔着窗，四张认出了刘老太的口型。

面对着越来越混乱的生活，素来冷静的四张终于有些不淡定了。

【3】

说起刘老太的事，时间需要倒退回一天前。

刘老太的子女找着她的时候，四张以为麻烦事就到此为止了，所以借着录口供的工夫，四张听热闹似的跟着听了刘老太的故事。

刘老太是个阿尔兹海默症患者，俗称就是老年痴呆，发病后的她开始忘这忘那，忘关水阀忘关煤气甚至还管儿子叫过爸。

因为老太太的病，老太太的子女没少操心，就是最近，老太太突然开始偷东西了，她的这个偷和别人的偷还不一样，别的小偷偷完东西后第一个想的是销赃，刘老太偷完东西过一阵会把东西还了。老太太的女儿开始还不懂咋回事，时间久了慢慢就发现了缘由——老太太是为了“找”她已经去世的老伴儿。

“她老伴儿年轻时是个警察，因为一次反扒抓了当时差点儿误入歧途的刘老太。因为我抓了她，所以……”四张叹气一声，和自己赌气似的跺了跺脚，“我就是多余。”

“真可怜。”鹌鹑抹抹眼睛。

“姑娘也觉得我千里寻夫可怜吧？帮帮我吧。”刘老太拽着鹌鹑，“昨天我喊了他那么久他都不认我。”

“这……”鹌鹑为难地看看四张，“可是奶奶，这个没法帮啊。”她总不能把老公让人吧，这个就算四张答应她也不会同意的。

“好的。”一旁的秋小美挂了电话，看向四张的眼神也变了，她看着四张，对鹌鹑说，“联系好了，她家人马上就来。还有，刚才我听到了一些事，这个四张没说……”

四张眼眸一垂，心跟着沉了沉。

正义和四张间的微妙变化这次竟然被迟钝的鹌鹑微微察觉了，她看看四张，又看看正义：“什么事啊？”

“老太太除了阿兹海默，还有脑瘤，三天后手术。恶性的。”

“四张……”鹌鹑又看向四张，“你为什么没说这些事呢？”

“说与不说又怎样，我又不会管。”

“可奶奶很可怜……只有三天的话为什么不能……”

“可怜的人多了。我也可怜。莫名其妙一睁眼被告诉已经35岁了，整整21年一天没过就这么没了，我原来是三好学生、学生会会长、全市物理竞赛一等奖，现在呢，家用电器都不会用，电话还要一个二流子教，我不可怜？你想干什么我管不着，但是请你别带上我，这两天因为你的‘善意’给我带来的麻烦够多了，我只想把自己的日子过好，别那么看我。”被鹌鹑那种说不上伤感还是失望的眼神刺到，四张别开眼，喉咙一哽，“我很自私的。”

空气都跟着他这句话凝滞了，不用看四张大约也想得出他们此刻都在做什么——跳脚的是于大庙，四张方才喊了他“二流子”；安老头儿在鼓掌，他试图拆散他们的事四张早有耳闻；续航能力极差的秋正义骂饿了，边补充能量边安慰鹌鹑；至于鹌鹑……他不想去想。

推开门，迎面扑来的热气吹得四张有些晕，身后，很少说话的阿发叫了他一声。

混蛋吗？如果混蛋可以过得无牵无挂没有烦恼，那么，他是。

漫无目的地走了一会儿，一时不知该去哪儿，又走了几步，他停下来，路边有个卖冷饮的亭子。

摸摸口袋，他有些失望。不是说未来的他混得不赖吗？咋连钱都没有？越想越无力，四张直接挨着冷饮亭蹲了下来。

他倒不是什么都没带。

瞅瞅手里挤扁了的鸡块盒子，他挪了挪脚，打开盒盖，拿出一块。

不知道是心情的关系，还是凉了的麦乐鸡味道变了，总之嚼起来干巴巴的，他越嚼越慢，最后直接叼着那一半鸡块不动了。

“对了，欠鸟一顿鸡钱。”拿着吐出来的半口鸡块，四张默默翻开脑子里的账本，记账。他不喜欢笨鸟，但他更不喜欢欠人。唰唰“写”得正欢，肩膀突然挨了一下。

一点准备也没有的四张蹲着就下了马路牙子。

“谁啊……”吐掉嘴里的土，他爬起来找踹他的王八羔子。

没想到人没起来就又挨了第二下。

“我去。”抹抹脸上的灰，他迅速爬起来，转身，“想打架？”

逆着光，一个人影高高地杵在他面前，于大庙手叉着腰，一脸气愤地冲他抬起了脚：“第一脚因为你骂我，第二脚因为你把鹌鹑搞哭了。”

傻鸟哭了？

“她哭什么？有什么好哭的？”四张低头拍着裤子，他似乎知道答案，又不确定。

“哭什么？当然因为你说的那番话啊。你毁了四张在鹌鹑心里的形象你知不知道？”

“那不正好，让她烦了我，接受你就更容易了。”

“呃……”于大庙挠挠头，“好像有点道理，可我没让你把她弄哭啊。”

“第一，我说的是事实。”四张哈着腰站起来，于大庙这两脚，使他浑身上下没干净地方了，“第二……”

“弄哭人还分个一二三……”虽然不愿意，大庙还是凑过来帮四张掸灰，“第二是啥，咋不说了？”

四张：“刚才说了，不让她讨厌我你上哪儿去找机会？你真该多读读书了。”

“……”于大庙被噎得翻白眼儿，“还有，我想问你，你就那么讨厌鹌鹑吗？”

“并不。”

“那你为什么……”

“因为不是一类人。”四张眨眨眼，捡起地上的东西，吹了吹。

“四张你……那玩意儿掉地上了。”

盯着已经结巴的大庙，四张扭开脸，迅速嚼碎、咽掉。光顾着心疼东西，忘了有人在了。

“浪费不好。”咽完，他抹抹嘴说。

服了服了，于大庙深深地点了两下头：“下次你再让她讨厌你能不能控制下尺度，我不想看到鹌鹑哭。”

“……尽量吧。”

他回答得心不在焉，其实是在想鹌鹑哭的原因——真的是因为他让她看清了自己吗？如果是这样，她以前认识的35岁的自己又是怎样的？和现在的他有什么不一样吗？

“阿嚏！”四张抹着鼻子，瞥了眼头顶的青天白日，心里嘀咕：这好天气，谁闲得没事骂他呢？

于大庙：“那你要不要回去哄哄她？”

“不要。”双手向后摸着后脑勺，四张蹦下台阶，朝马路对面走去。

【4】

四张这一走，直到晚五点甜品店要关门了也没回来。

鹌鹑瞅瞅天：“要不再去找找？”

鹌鹑爸手持罗盘，神神道道地比画着，听她这么说，第一个跳出来反对：“你离我财神爷远点，罗盘告诉我，运势在东，东为升，老子的财运终于要有起色了，你再敢捣乱看我不揍死你！”

“揍死谁呢？”正义锁好钱匣，咬了口士力架，顺便抬起胳膊炫了炫拳头，“说话客气点儿。”

“怕你啊？”边嘟囔边往门外退，安富裕不是怕正义的跆拳道黑带，他是约了个投资商谈合作，“等老子东山再起的。”

撂下句狠话，他先撤了。

“纸老虎。”又咬了口士力架，秋小美跟着出了门，“我也不赞成你去找他，四张那种人，不能太上赶着。你越上赶着他越烦你。”

“我也怕这样。”鹌鹑蹲下，锁好门，“小美，要不你今天陪我回家吧，我怕他生我气。”

秋小美摇摇头：“不行呢，晚上有约，再说怕他干吗啊！”

“不怕不怕。”鹌鹑憨憨地笑着，和正义道别，有时候她真羡慕正义的勇敢，可她就是做不到，苦笑着转身，发现阿发正和她挥手，她也赶忙挥挥手，“阿发明天见。”

“别找。”丢下这两个字，阿发“咻”地飘走了，速度之快像驾了筋斗云。

“大庙，就咱俩了。”

“是啊。”求之不得，大庙哥挠挠头，“要不我们去夜市转转？”回家的路上有个夜市，以前四张没失忆时常常和鹌鹑一起去。他脸红着邀请：“顺便散散心，喂，鹌鹑，是这边！”

“大庙，我不想逛夜市，你想去你自己去吧。”鹌鹑边疲惫地答着，边朝公交站点走去。她心情不好，不想散步，只想早点回家，好累啊。

“可是……好吧，鹌鹑，你等等我啊！”大庙追上去，边跑边郁闷，从这儿到家就一站地，能聊啥啊！算了……来日方长呢。爬上车，他抓紧扶手，看着魂不守舍的鹌鹑，心里又把四张骂了一百遍。

骂完了，发现人也到站了。

鹌鹑和于大庙住在同一栋楼，鹌鹑和四张住二楼，大庙和鹌鹑爸住一楼车库。自从明白了自己的心思，大庙头一回这么珍惜和鹌鹑一起走过的每一步。

这个时候的小区很静，大庙扯扯衣领，没来由就很紧张："鹌鹑，其实……我去！"他手指远处，吓了一跳，拉着鹌鹑半天没说出话来。

"怎么了啊，大庙？"

"家……家！你看那是不是咱家！"

他指着浓烟滚滚的一户人家，大叫一声："着火了！"

后反应过来的鹌鹑也慌了神："是……是咱家，咋办啊？报警？对，报警！火警是110还是119来？"她哆嗦地拨着号，嘴里祈祷着：别有事，别有事，那是她和四张的家啊。

就在她边哭边抹眼泪、讲话还语无伦次的时候，奇妙的事发生了——阳台的一扇窗被人打开，四张从里面探出头来！

四张："你干吗呢？"大老远就听见她在吵吵。

"四张，你咋在里面？快跑，快跑啊！难道……没着火吗？"瞅着无比淡定的四张，鹌鹑焦急疑惑了一会儿终于发现原来没事，傻呵呵笑了几声，又忙抱起电话对那头道歉，"……不好意思，不好意思，我家没着火！不好意思！"连连鞠躬后，她挂断电话，扬起脖子看着楼上的四张，"家里咋了？你干吗呢？"

"没干什么。"说着，四张扭身回去了。不知是不是错觉，总觉得在他转身的那个瞬间，她在四张脸上看见了一丝慌张。

"大庙，我先回去了。"

"不用我……"大庙瞅着已经跑远的那个身影，呆呆地站在原地好久好久，才说出没来得及说的那三个字，"跟着吗？"

门开的那瞬，鹌鹑差点儿以为她家厨房被打劫了。怎么就成这样了？

吞下惊讶的口水，她赶忙脱鞋进门，从四张怀里接过了沾满面糊、菜叶、大米等的锅碗瓢盆十二件，绕开一堆碎瓷片，再让过一个倒在餐桌旁的可怜煮锅，走进已经黑黢黢一片的厨房，拧开水龙头，把东西丢进去，她这才腾出工夫问：“四张，你是饿了吗？怎么不等我回来呢？”

四张试图用手语表达，可惜鹌鹑完全没看懂。

“你不舒服吗？”

“没不舒服。”躲开她伸过来的手，四张别开眼，边抬手遮住半张脸，“也没饿。”这种情况让他怎么说呢？很尴尬的好吗？

“没饿你做饭？”

“不是我饿。”你见过哪个做饭的会把锅碗瓢盆往厕所搬的？放下手，他心想死就死吧，“是给你做的，可惜糊了。”

“给我？”水哗哗地沿着小臂一路流淌向下，鹌鹑关了水阀，转回身，一脸的不信，“你是说给我做吗？”

“我欠你一顿麦当劳，还有下午……我不是故意的。”瞅瞅被他搞得一团糟的厨房，“不过我高估了我的厨艺。”

“四张你……”

四张：“我做的饭你估计是吃不上了，但有些话我想了想，现在说清楚比较好，毕竟我们已经……”

“结婚了。”鹌鹑主动补充。

四张：“……对，结婚了。和你生活的这几天，我发现有些事35岁的我没告诉你，那就由现在的我来告诉你。”他挪了挪脚，身子倚着厨房的门，神情淡淡的，有点落寞，“我亲生的爸不在了，现在的那个人是我妈妈后来嫁的人，这个你知道吧？”

点头。

“刘家很有钱，人很多，TVB的那种家族电视剧看过吧？刘家的规模就差不多，我这辈光堂兄弟姐妹就快十个。刘叔对我妈很好，连带对我也好，因为这种好所以刘家那帮孩子就看我不顺眼。其实换位思考一下，如果是我，原来对我很好的爸爸突然更疼一个陌生人，忽略了自己，心里也不好受吧。进刘家没多久，我被下了好几次绊子：什么奶奶最喜欢的花瓶碎了是我干的，寿宴上的菜被偷吃也是我做的——总之，在刘家所有的坏事十有八九都是我做的。”

鹌鹑使劲儿摇着头：“你不可能那么做啊。你不是说刘爸爸对你很好吗？他没帮你主持公道？”

四张一笑：“不是没帮，是帮不了，刘落程的奶奶比刘落程他们还讨厌我。”一想起那个刁钻跋扈的老太太，四张的笑就冷了冷。

“她不喜欢我妈，所以乐于看见我犯错，因为我的每一个‘错’都能成为我妈教子无方的佐证，也就能让她更理直气壮地管我妈叫狐狸精。其实我妈认识刘叔时，他和他前妻都离婚五六年了。所以鹌鹑，你懂我的意思吗？作为半个刘家人，我学会做的第一件事就是不能犯错，不能滥发好心，好心背后都是麻烦和陷阱，会牵连我妈。”

“四张……”鹌鹑眼泪汪汪，她以为从小没有父母关爱的自己已经够可怜了，可一想那么小的四张要承担那么多，真的比自己可怜多了！她要好好对四张！

“所以你明白了吧，我不能和你在一起，我们太不一样了。”

鹌鹑愣住了，她以为他们是推心置腹了，却没想到这番推心置腹是为了这个。

“可是35岁的你为什么选了我啊？”

四张：“我不知道。”

有人敲门。

“本想做顿饭和你赔不是的，可惜做成这样。我叫了外卖。不是你说的吗，好吃的会让人心情好，希望今天的事不会再让你烦恼。”他勾勾手，转过身，“我去开门。”

虽然知道这一切说出来会让她伤心，但总比不清不楚好吧。揉揉头，他压下门把手。他们的关系差不多，到此为止了吧。

有些失落地拉开门，他看着门外的人，目瞪口呆。

“老伴儿！”刘老太叫着，花蝴蝶一样扑进来。

“鹌鹑……救……命……”吊着最后一口气，四张抠着地板求救。再被这么压几次，他铁定骨折啊。

在被鹌鹑救起来的那一刹那，四张脑子里的小本本不得不又做了涂改，在鹌鹑那栏后面，原来的“两清”字样勾掉，后面补上了“又欠一次”几个字。

嗷……

【5】

有了上次的经验，这次很容易地就联系到了老太太的家人。

医院肿瘤科。

老太太的儿女连连道歉：“实在对不起，我妈最近糊涂得有些厉害，打扰你们了，抱歉！”

“没事没事！”连连回礼的鹌鹑脚下一轻，人被拎去了后面，看着挡在她前面的四张，顿时想起刚才在家里说的那番话，她捂起嘴，往后蹭了蹭——自己又多话了吧?

四张道：“请你们以后看好人，不要再打扰我的生活了。”

“我知道我母亲给你添了许多麻烦，我也知道白天在派出所我们几个向你提出的要求很强人所难，可是……能不能请你再考虑一下，三天后我母亲就要上手术台了，能不能下来都不知道，如果可以，我们做儿女的特别希望能帮我母亲圆了这个梦，付出什么都可以。”老太太的大儿子乞求地看着他，旁边的刘老太眼神也是可怜巴巴，她一面想挣脱儿子的手，一面看着四张，嘴里轻轻喊着：“老伴儿，你别那么凶好不好，我怕。”

“四张，要不……”身后有人扯了扯他，四张知道某人又心软了。

“要管你管，我不管。”想了想，他又补充，“我劝你也别管。”

“那……好吧。”鹌鹑挣扎着，跟着四张离开了肿瘤科。

#志向#

提问：四张，你有什么理想吗？

14岁的四张：我想足够强大，能保护我妈，让她不再担心我受人欺负；遇见那个人，哪怕我不说她也能懂我。嗯。

提问者怜悯地看着这个“早熟”的孩子：就这些啊，不多。

14岁的四张：不是。

提问者：……

14岁的四张：我还想吃奥尔良翅桶，要十对满翅装，还有老北京鸡肉卷、嫩牛五方、巧克力圣代、上校鸡块……（努力回忆肯德基菜谱中）我想吃个够本，什么时候想吃就能吃！

提问者被一脸豪情壮志的四张吓到了，心想不就是肯德基吗？至于吗？

他不知道14岁的四张此刻心里念叨的是——刘落程每天放学都要吃十二个翅中、三个圣代、两份上校鸡块，他也要靠本事吃上这些！

客户来自处女座

14岁时的四张：考得不好，差一点100分。

14岁时的鹤鹑：考得不好，差一点100分。

35岁的四张看看自己的99分和鹤鹑的10.0分，微笑：我媳妇有幽默细胞！

14岁的四张：这个被爱情冲昏头脑的家伙！

【1】

“我再和你说一遍，别和那个老太太有联系。”顿了一顿，似乎是在考虑着这个措辞是否合适。

夜很静，四张沉默了好久，路很长，从医院出来的那条路亮亮的满是月光，鹌鹑一步一步踏着他的影子，像在捕捉他一辈子的时光。

“问题在你的智商。”他摸摸鼻头，决定还是直截了当点，“和她差得有点多。”

本以为她会生气，没想到鹌鹑只是傻傻一笑，一点别的反应都没有。

四张：“我认真的，她年轻时候做过偷儿，而且几次找到我，这追踪术不是盖的！”

鹌鹑：“我知道。”

四张：“不和你搞对象也是认真的！”

“嗯嗯。”

瞧着他浑身无力的样子，鹌鹑突然感觉四张还是原来的那个四张，冷脸冷心背后是那么一副侠骨柔肠。

夜风渐起，吹响一路枝丫，又走了几步，鹌鹑停下来看向身后：“四张，你听没听见什么声？”

“什么声？没声。”以为是鹌鹑在没话找话，四张没好气地说着。可走了几步，他也听见了。是有什么声音在身后的某个地方。

他有点紧张了。这种情绪会出来，原因很好理解，任何人在面对未知时多少都会产生这种情绪，就算是受训严格的海豹突击队员也是。可问题是，当他回头想一看究竟时，这情绪就“咻”的一下——溜了。

他站在原地，别扭了几秒，摇摇头，走过去：“就这样，撒娇不会，装柔弱不会，还傻乎乎的，以后怎么找男朋友啊？”

深更半夜，月黑风高，安大胆同志（鹌鹑原名安春）没等四张，自己就开始找起了怪声的来源。她弯着腰，头扎在灌木丛里，声音被感染了些墨绿色的沙沙响，听上去些许遥远：“你说什么？”

“没什么。”四张手插着口袋，不想解释。

可连着踢飞路上的几块小石头，四张还是忍不住想和鹌鹑说点什么，她这样的性格是不行的。

怪声就在他张开嘴的时候又来了，这次比刚才大，也更近，关键离鹌鹑太近了。再看鹌鹑，还撅着屁股在那儿找呢。

“白痴！”他冲过去，一把拉住鹌鹑往后一带，“别动！别出声！”

他凶巴巴地说着，吓得鹌鹑不敢再说话，只能心里偷偷对手指：她做错啥了？又让四张生气了……

四张叉腿站在鹌鹑原本对着的那片灌木前，咬着嘴里的草丝：“是你自己出来还是我抓你出来？跟我们半天了。”

四张在和谁说话？他们是被跟踪了吗？鹌鹑探出脑袋想看清楚，却头顶一重，被四张反手又按了回去。

不看就不看，鹌鹑揉着脑袋，有点委屈。

“老伴儿，被我抓到了吧。哎哟我的腰！老伴儿我腰闪了你快扶我一把。”

鹌鹑被这突然的一声也吓闪了腰：“奶奶，你不是……你怎么？”会瞬移吗？她看到了刘老太和刘老太伸出来的那只手。

四张：“我说了不会和你有牵扯的……鹌鹑……”他头疼地扶额，谁能告诉他，刚才点头答应他不和老太太有牵扯的鹌鹑，是怎么把食言而不肥做得如此一气呵成呢？

鹌鹑："四张，快来帮我一把。我自己抬不动。"

瞅瞅，还拖他下水！

望了眼黑漆漆的天，四张无奈叹息一声，蹲了下去。

谁让他还欠鹌鹑一次呢？

扶刘老太坐稳的瞬间，四张飞速地抽回了手，感觉不大好。"还是走吧，鹌鹑。鹌鹑？"

鹌鹑："老奶奶，你怎么跟出来了？你不能跟着我们，四张他是我先生，我证明，他真不是你老伴儿。"

"他就是我老伴儿，他就是！"

能不能别和她扯了？"鹌鹑！走吧！"

"你们不能走！"又是一声大喝，再看刘老太已经一屁股坐在了地上，手捂着腰，噘着嘴，"你们撞了我，不能走。"

得！就说吧，就说管闲事没好结果吧？

"被讹了吧？之前告诉你什么来着？"他扯起鹌鹑，边教育边对身后的人轻飘飘地说："你没证据。"

"谁说我没有？"老太太得意地一笑，举高手里的东西，"这就是证据。"

四张瞅着屏幕，惊讶："那是啥？"

"视频，手机除了拍照外的另一个功能，等同于微型录放机。"鹌鹑心虚地抹了把脑门，有些不敢看四张了。她果真又给四张惹麻烦了。

四张磨着牙：这功能今天你咋没教我？

"忘……忘了……"

……

沉默了一阵，四张呵呵一声："里面没我。"伸手扶老太太的是鹌鹑。他转开身，迈开步。

他从不多管闲事，他也不掺和跟他不相关的事，他才不要为了别人

“牺牲”自己呢，他不要！

他停下，原地打了个转又回来，停在鹌鹑面前：“我帮你这一次，然后咱俩离婚。不许说不。说定了。现在给她家人打电话，我还不知道该怎么扮她老伴儿。”

迷蒙的夜色里，他看见鹌鹑的眼睛亮亮的，一双弯弯的眼睛像在说——我就知道你不会不管的。

“帮完她我们是要离婚的！”

“哦。”

赌气地转过身，四张郁闷至极。他都说离婚了，这个女人怎么不伤心？以为他说的是假话吗？

深夜里的小区显得那么宁静，风掀起窗帘一角，又被一只手压回原来的位置。说完话，四张对着灭火的屏幕鼓捣了半天，终于找到了挂断键。

20分钟35秒。

他看着屏幕回到主界面前上面的数字。

他用20分钟时间从她女儿的嘴里听完了刘老太的故事。

就当做善事吧。放下手机，他拉过把椅子坐下，他想找本书看，让心静静。手摸了半天，书摸到了，鹌鹑也从卧室探出头。她就是个单细胞动物，明明刚刚还伤心，这会儿就又没心没肺地在笑：“怎么样？联系好了？”

“嗯。”他头都没抬，只是看着手里的《五年中考，三年模拟》。他不想看鹌鹑了，太傻。

鹌鹑：“四张，我又给你惹麻烦了。对不起！”

四张：“嗯。”

鹌鹑：“我保证下回不这样了。也不对，没下回了。”

书被他抓得一皱，四张咳了一声：“有空吗？”

“怎么了？”

瞅着堪比闪电速度出现在自己腿边的鹌鹑，四张的内心又是一阵翻腾——现在反应快了？多管闲事时反应也快。

甩开书，四张拿起手机：“我要是知道有录像这玩意儿，今天就不能惹这麻烦了。”

所以呢？

瞅着她那一脸的不明所以，四张叹了声：“所以教教我啊。”

【2】

第二天清早，甜品店门前。

来上班的秋小美瞅着进进出出不停搬运的人们，奇怪：“他不是坚决不帮吗？”

“谁说不是？大清早的就把我们叫过来打包，说要帮老太太圆梦，圆就圆，干吗非要把甜品店改书吧？她不是给你好些选择吗？”于大庙呼哧带喘地停下来，他都看见了，写了那么长一张纸呢。

“六十几岁的老太太愿望是蹦极、唱K、坐过山车，你想试哪个？”四张从旁扫了他一眼，招呼被秋小美拉住说话的鹌鹑，“叫他们把那个搬过来，这个挪过去。”

“收到！”鹌鹑跳了下应道。

“先别兴奋。”一巴掌拍住兴奋的鹌鹑，秋小美摸出块好丽友，边往嘴里塞边目光凌厉地看鹌鹑，“到底发生了什么？四张怎么就突然转性了？”

鹌鹑对着脚尖：“也没什么，就是刘老太昨天……”

把昨晚的事细说一遍，鹌鹑一脸满足地看向四张：“正义，你可能不信，但他真的是原来那个四张，没变，还是那么善良。”

秋小美挑挑眉，扭头瞅着远处的四张，那“善良”的家伙正低头摆弄着手机，晨风拂面，他嘴角抿成一条刻薄的直线。他没变？呵。

就在秋小美忙着质疑四张的时候，四张也抬起了头。他招招手：“鹌鹑，过来下。”

鹌鹑说：“小美你进去换衣服，一会儿也帮帮我们，我走了！”

瞅她那一脸兴奋样儿，正义同学很担心地摇摇头——四张昨天誓死不帮忙的话言犹在耳，反正她是不信事情有这么简单。

“怎么了？”鹌鹑“咻”的一声停在四张旁边，脸上带着红晕，“什么事，四张？”

“帮我看看收到这个东西是不是就代表钱到我卡里了？昨天我记得你说过那个短信通知。”

接过四张递来的手机，鹌鹑瞅了瞅，点头：“就是这个。”

“谢谢！”四张收回了手机。

“四张你有好多钱。”鹌鹑佩服地说，四张和她不一样，总是有能力赚许多钱，不像她，卡里存款很少有过五位数的时候。

“老太太儿子给的。”戳了下锁屏键，四张揣好手机，一抬头发现鹌鹑在愣神，手一伸，在她脑门上就是一弹，“干吗？不会以为我是义务劳动吧？”

鹌鹑：“……”

“听说这家甜品店以前帮人都不收钱，这样不好，时间成本是钱，店里的误工费是钱，感情成本更是钱，借着这件事我也改变一下你们的观点。还有，别忘了咱们的约定，事毕离婚。师傅们加把劲儿，10点钟，书吧准时开张。”他吆喝着走远，留下一个目瞪口呆的鹌鹑。

已经换好衣服的秋小美走出来，恰好听见了四张的话，她狠狠瞪了四张一眼，边拍了拍鹌鹑：“我就知道。打脸了吧？不过他说的离婚，你答应他什么了？”

鹌鹑情绪低落：“没什么。”

四张的离婚约定固然让鹌鹑难过，然而现下比不上另外一件事让她烦心。

“收钱总感觉不大好。”这句话被鹌鹑一直念叨到了上午10点，也被四张当作耳边风到了10点。

上午10点，老太太的子女准时把刘老太送到了甜品店——啊不，现在应该叫安知书吧 ——门口。刘老太仰头看了眼牌匾，不满地噘了噘嘴：“这匾不好看。”

“老伴儿，咱们现在钱不多，先凑合凑合，等我再攒两年退休金，给你换块好的。”四张熟练地进入角色，给刘老太拉开门。

刘老太站在那儿，半天没动：“你叫我什么？”

“老伴儿啊。”有什么不对吗？

刘老太：“你以前都叫我宝宝的。”

站在一旁的鹌鹑心里一突，赶紧看向四张，只见他嘴角一弯，唇线轻启：“宝宝。”

如果不是看见他倒背在身后的手正啪嗒啪嗒地盲敲着字，鹌鹑说不定真要吃下醋，心里不好受一下呢，可惜她就站在他身后，四张敲的每一个字她都看得真真的。

四张敲的是——叫“宝宝”服务，每声一元。

信息接收方——刘老太的女儿。

……

鹌鹑觉得她的三观在那短短一天里都碎了。

不行，她要改变这种局面。

趁着四张去送刘老太的家人，鹌鹑一猫腰回了屋，有些话她想找刘老太谈谈，却不想让四张听见。

“一块钱一声宝宝，十声就是十块钱，一百声一百块，一千声——天啊……”她捂住小脑袋，碎步走到刘老太身后，能不叫就别叫了，太费钱了。

“那个……”她酝酿着语言。

刘老太：“干吗？”

鹌鹑瞅着突然转回身的刘老太，刚才想说啥这会儿全忘了，只是呆呆傻傻地看着老太太怀里的东西：“奶奶，你抱个搓衣板干吗？”

“来得正好，帮我挂上。”

接过搓衣板，鹌鹑还迷糊着：“可是……挂什么啊？”

刘老太：“搓衣板。挂墙上，嗯……”她手叉腰，认真观察了半天墙面，“就这里好了。”

她指着墙面上一个地方说。

那是块被粉刷成淡蓝色的墙面，左边挂着甜品店成员的合照，右面悬着一捧满天星干花，选这么个地方挂搓衣板……鹌鹑吞吞口水，扭头看向刘老太：“干吗用啊？”

刘老太手托着下巴，有点严肃地说：“警示。看我老伴儿以后还敢不敢半夜不回家，动不动就失踪了！还有不听话！不听话，腿打折。对了，你刚才要和我说啥？”

鹌鹑揉着膝盖，疯狂地摇起了头：“没什么没什么。”

就是觉得做人老伴儿这么一项高危职业，一句“宝宝”一块钱就显得不那么多了。

“四张会被折磨得……”

正嘟囔着，肩头一重，鹌鹑回过头，发现不知什么时候，四张就站在她身后，一只手正搭在她肩膀上。

见她看见了他，四张收回手，斜眼看她：“发什么呆呢？还抱个搓衣板？”

虽然已经习惯了鹌鹑的傻样儿，可就这么抱着个搓衣板的尊容，他实在不敢恭维。

这个傻四张哎！见他一副不明就里的“懵懂样儿”，鹌鹑一跺脚，趁着刘老太没看这边，赶忙把四张拉去一边，瞅了眼怀里的搓衣板小声说：“瞅着没有，给你的。四张，我觉得这个老太太有点……那个，要不咱不帮了吧，只要你同意，我去说。”

一番话后，四张看鹌鹑的眼神变得更诡异了，眼中带笑。

“你同意了？那我去说。”

才一转身，对着刘老太，嘴还没来得及张开呢，鹌鹑就又被四张拉着转了回去。

四张单手插着口袋，居高临下地瞅着她笑笑。

“怎么了？”怀里一空，鹌鹑低头一看，方才还在的搓衣板此时已经到了四张手里。

四张：“挂哪儿？”

鹌鹑冲着一个方向一指，舌头跟着都打架了：“你……你不想拒绝？”

“为什么拒绝？还有，我不喜欢一天到晚变主意的人，决定干什么，不管中途有什么变故都要坚持下去才是我喜欢的。所以事实证明，我不可能喜欢你。”四张还想说什么，就在这个时候，之前忙着鼓捣花瓶摆件的刘老太转回了身，一双眼睛警惕地盯着他们俩——

“你们背着我说什么呢？”

四张一笑：“她太笨了。宝宝，这个你要挂起来吗？我来。”

那声“宝宝”估计把老太太融化了，她眼一眯，手指着墙：“那儿。”

“好。”四张像个绅士似的走到老太太指的那面墙前，抬起手，很轻松地把搓衣板挂了上去。他动作轻缓，神情自然，那样子俨然是一副好老伴儿的模样，可和叫宝宝那事儿一样，现在的四张做每一件事都是有利可图的，就在他转身朝老太太走去的前一刻，鹌鹑听见他小声说道：“还有呢，不干可以，违约金你付啊？”

……

鹌鹑已然没话可说了。

现在这情势，四张是铁了心要帮刘老太了。

鹌鹑叹声气，把情况转述给门外的几个人，在里面时她就瞅着小美、大庙他们伸长脖子藏在门边了。

“帮吧。我财神爷的事我得挺，再说一个老太太能搞出多少花样儿，是吧？”

于大庙瞅着说话的鹌鹑爸，翻了个白眼儿。多少花样儿？敢情他老头儿睡到现在才来，他堂堂大庙已经小工似的被指挥了几个小时了。大庙想撂挑子不干，可一对上鹌鹑那双泛着水光的眼睛，他又心软了，举到一半的手就此落下——

“反正老太太要把腿打折的人又不是我。”于大庙舍生取义烈士似的朝鹌鹑挺挺胸，样子像在说——鹌鹑，我这都是为了你啊。“再说我怀疑折腾我们的其实是四张，你瞅他刚才把我指挥的！他要是欺负你，你告诉我，我替你报仇。”

在吃萨其玛的秋正义轻轻看了于大庙一眼，咦咦，前两天还和四张围前围后，现在又在背后捅刀，这个大庙不是两面三刀就是另有猫儿腻。咬了口萨其玛，她把包装纸团成一团，丢在地上，碾扁踩平后狠声道：“先说，冲四张这事我肯定不掺和，不过鹌鹑想干那就干。怕她毛。”

鹌鹑抽了抽鼻子，感激地瞧了正义同学一眼，才认识那会儿，小美的性格还不是这么火爆呢，不知什么时候就成这样了。不过不管小美变成什么样，她都喜欢。想着，鹌鹑下意识地回了下头，就在刚刚，阿发不知从哪儿哼了一声，又飘走了。

就这样，五票同意，有家甜品店帮助老太太的计划维持原判。

鹌鹑的喉咙有些紧，不为别的，就冲她一个“傻瓜”想做一件事时，不管对错好坏，她的朋友都这么支持她……可惜这样的她四张不喜欢。

“干吗呢？”一个声音停在开会的这帮人身后。

鹌鹑擦掉鼻涕回过头，看着冷眼看他们的四张。

“没擦干净。”四张指着鹌鹑的脸。

鹌鹑：“啊？哦哦。”

不再看笨手擦脸的鹌鹑，四张揉揉脖子：“你们聊完了吗？聊完就忙起来吧。”

几人相互看了彼此几眼，几乎同时问道：“忙什么？”书吧不是都改造完毕了吗？

“店里没客，需要两人过去扮一下；门口那个花瓶，老太太嫌位置挡人，得有人过去换个地方；甜点存货不多，要补齐；还有……”

“打住。”正义手刀一劈，“斩断”了四张的话头，“你的意思是这些要我们做？”

“嗯哼。”

“你为什么不做？没长手吗？”正义哼道。

四张手一摊：“我有更累的事要做啊。”

“你能有什么事？”

“装孙子、扮老公、随时准备搓衣板的伺候，这个，你们，谁行？咱换。”

说话的正义哑口，抿抿嘴，走了。她这么一走，其余几个也就四散了。

鹌鹑瞅着四张，想说什么，话才到嘴边就被一个声音打断了。

“鹌鹑，点心没了，你能去做点吗？”刘老太摇摇晃晃地走了过来。

老太太还是蛮客气的，搞得鹌鹑刚冒出来的那点疑惑更疑惑了，老太太到底是真事儿精还是假事儿精啊？

半天没到，她知道了，老太太是真事儿精，她扮猪吃老虎，用一副和善的面孔把店里的人都快折腾疯了……

大庙和鹌鹑爸扮中学生客人死活扮不像，因为试题不会做被刘老太提溜着说肯定不是书吧旁边那家重点校的学生。

秋正义的花瓶换了五个位置至今仍然居无定所，老太太已经开始琢磨是不是瓶子太高了，考虑让正义去景德镇买一个。

鹌鹑的点心甜度总出错。

阿发被指说话太少，要求每小时必须说五句以上……

中午一过，累得趴在院子里吐舌头的于大庙满眼金星地叫着鹌鹑：“鹌鹑，她肯定是处女座的……”

“大庙你快喝口水吧。”鹌鹑无比羞愧地递过去一瓶矿泉水。

“我也要。”

鹌鹑又给她爸递了一瓶，接着又给秋小美和阿发拿了两瓶。

瞧她那副丧气样儿，秋正义同学撇撇嘴：“该羞愧的不是你，这人又不是你招来的。”说着，她扭头看向店里，玻璃窗那头，四张正在给刘老太递水，那样儿，真把自己当老伴儿了。

“鹌鹑，你以前见过他这么狗腿吗？”

顺着小美的目光，鹌鹑瞧着四张，慢慢摇头。

眼神一晃，鹌鹑打个激灵坐起身，手使劲儿拍拍趴在地上喘粗气的几个人：“有客人了！大庙你们能轻松点了！”

是吗？于大庙兴味索然地爬起来，揉着眼睛一看，嘿，别说，还真是客人，不止如此，还是个熟客。

只见远处垂头丧气走过来的是以前在呼吸科住过院的小淘气梁丁点小朋友。

有段时间没见，丁点个头儿似乎长高了不少，衣服跟着就显得小了不少，紧巴巴地裹在他那不算肉实的身板上。七岁的丁点小朋友没看见他们，仍闷头往前走着。

连叫几声都没回应，大庙一骨碌从地上爬起来，捡起个小石子，一丢，石子骨碌骨碌就到了梁丁点脚边，小家伙这才发现有人在看他。

“鹌鹑姐姐、大庙哥哥、小美姐姐、富裕爷爷，你们怎么在外面啊？”

大庙一扬下巴：“你小子不是出院了吗？怎么又回来了？”

说起梁丁点，话有些长。当初甜品店能帮人解决困难的名声传出去后，梁丁点就找上了门，而他的求助内容特别好笑——想找一个能帮他做作业的人。

结果当然是没人帮他做了，不过梁丁点也因此多了个辅导老师，在鹌鹑的恳请下，四张担任了这个角色并且在小朋友住院期间虐待了他整整一个月……

这次他又来……

鹌鹑循着他身后望去：“你自己过来的啊？怎么了？又病了？”

梁丁点摇摇头：“四张叔叔呢？”

鹌鹑手往店里一指，还没来得及说什么，梁丁点已经倒腾着他那两条小短腿跑步进店了。

瞅着他慢慢消失在玻璃门后的背影，于大庙扫兴地踢了下草坪：“小没良心的，也不多和我聊两句，就知道找四张，想当初我也有帮他的忙好吧？”

“嗯。”秋小美点点头，“如果说把梁丁点的作业本泡水桶里算帮忙，那你可真是帮大忙了。”

“秋小美！”

“咋的？”

伙伴在打闹，鹌鹑爸在叫好，鹌鹑傻傻地看着梁丁点离开的方向，觉得哪里不对劲：“丁点认识四张的时候四张是不是还没失忆？”

四只眼睛齐刷刷看着她——是啊，怎么把这事忘了？

“老太太。”一直做挺尸状的阿发突然出声，显然，他说的这个老太太不是他们在场的任何一个。鹌鹑一惊，回过头，就在他们说话的这个空当儿，甜品店的门已经被人推开了，只见刘老太迈着她那蹒跚的步子正往外走，手往外推的就是丁点！

“阿姨你干吗？”鹌鹑见状跑过去，一把拉过丁点。

此时的刘老太像变了个人，哪里还有半点善良的样子，她喘着粗气，手指着鹌鹑他们：“正找你们呢，和你们说，我的店不帮人，你们快让这个小孩走。”

她那张冷冰冰的脸看得鹌鹑的心都翻了个个儿：“可是，这家店就是为了帮助人才有的啊。”

有家甜品店，不只东西好吃，还让每个来店的人都有家的感觉，我们帮你也是因为这个……鹌鹑看着刘老太。

“这是我的店，有我在就不行。”刘老太也很坚定地说。

“哎呀我这暴脾气！”秋小美撸起袖子就要往上冲。就在她快挨着老太太的时候，鹌鹑突然拽住了她。

她微微低着头，刘海遮住了眼睛，看不出她在想什么。秋小美一愣，跟着退了回来。

鹌鹑深深吸了口气，先是转身面对着她的小伙伴们深深鞠了一躬：“谢谢你们，因为我的一个决定让你们辛苦了！”

“没事！”于大庙摆着手，脸上挂着笑，谁知没笑两声脸就变了，“哎哟妈呀秋小美你踩我！”

大庙疼得闭了嘴，顺道做了个“请”的手势。

鹌鹑“嗯”了声，表情特别痛苦地看着大家：“有一个人说他不喜欢变来变去的做事方式，可能我真就是这样一个人吧，我现在想说刘阿姨的事我不想帮了，你们同意吗？”

短暂地安静了那么一秒，紧接着雷鸣般的叫好声和口哨声从于大庙和鹌鹑爸嘴里传来出来，鹌鹑爸有生以来第一次抓住她的手上下摇了摇。

阿发从角落飞出来鼓了下掌又飘走了。

秋小美无比欣慰地看着她：“早该这么干了。”

大家的反应搞得鹌鹑有点不好意思，她挠挠头，看了眼还不明所以的丁点，拍了拍他的肩膀，重新转回身，看着对面的刘老太：“对不起，阿姨！这家店是我的，现在请你离开吧，我们要准备营业了。”

“这……这是咋回事啊老伴儿？”老太太蒙了，向跟出来的四张求助。

这时，鹌鹑才想起，四张还没表态。

“四张……”她看向他。

他也看着她，良久的沉默后，四张微微一笑：“就算你们都退出，我也会把这个店开下去，这里不行我再找地方，总之，之前宝宝说怎样，我还会怎样。”

什么？

鹌鹑紧盯着四张的脸，期望能在那张脸上找出什么东西证明他是在说假话，可是看了半天，没有。

嗓子有点干，她舔舔嘴唇，觉得自己话都不会说了：“你是说……”

“我是。”

……

这要怎么办?

一直团结的有家甜品店……出了叛徒。

【3】

“鹌鹑，他不是原来的那个四张了……”

“如果财神爷留下，那我……”

“你瞧瞧，四张也不怎么样嘛，连是非都不懂。”

周围，同伴们七嘴八舌，叽叽喳喳，而鹌鹑的脑子像灌了糨糊，什么都听不见了。她只知道，现在的四张，真的不是过去那个了。

也不知用了多久才找回了思维和声音，鹌鹑哑着嗓子，说：“店留给你们三天，三天后我们回来……嗯。”

鹌鹑说这句话的时候，不知是不是错觉，四张感觉有什么东西从她眼里消失了。

胸怎么闷闷的，他用手捶了捶，收效甚微。

就这样，他看着失魂落魄的鹌鹑转身走开了。

鹌鹑一走，秋小美他们也不骂了，一个进屋拿东西，一个去追鹌鹑，再有就是留下的鹌鹑爸和梁丁点。

梁丁点拉着他带着哭腔说：“四张叔叔你怎么了?”

没怎么。他没回答，伸手扶着老太太回了店里。

走出了好远，鹌鹑觉得有人从后面追了上来，她以为是四张，脚下顿了顿，却不敢回头。

“是你吗?四……”

“是我啊，鹌鹑，你怎么走得这么快啊?”

鹌鹑心一沉，不是四张。

擦擦眼角，挤出一抹笑，她转回身："大庙是你啊，怪我刚才走急了忘了说，这几天店里放假，你想去哪儿玩就去玩玩吧。"

"我不是……"

"带薪的。"鹌鹑又补充说。

"我想说的不是这个。"做了个打住的手势，大庙总算让鹌鹑闭嘴了。虽然承认现在告白有些乘人之危，可他真想让鹌鹑了解他的心意。

"那个，鹌鹑，你别为四张心烦了，不值得。"

鹌鹑扯扯嘴角，比哭还难看，看得大庙一阵心疼。

"有件事憋在我心里很久了，今天我想告诉你。"

"什么啊？"

"那个……就是那个……我……"他咬咬牙，不就"喜欢你"三个字吗，说啊！

鹌鹑就那么看着他，眼神清澈而单纯。

"我……我喜欢……"

就在于大庙酝酿着表白的时候，离他们不远的地方，两个路过的人不知什么时候已经停下了脚，其中一个头发染撮黄毛的家伙瞅着于大庙，吐了嘴里的牙签："好小子，总算让你小爷我找着了。"

不知道危险正一步步朝他逼近的大庙还在掰手指："鹌鹑，我喜欢……"

嗯？大庙的声音好笑，鹌鹑忍不住往近处凑了凑："你喜欢什么？"

"大庙你喜欢什么呀？你喜欢不喜欢我啊？"

鹌鹑被这个和她几乎异口同声的声音吓了一跳，才要回头，人就被大庙猛拉一下。

于大庙不是故意要拉她的，他是觉得有耳风过来，当混混儿那几年积攒下来的经验告诉他这是有人要揍他啊。身子赶忙一矮，躲过了那个抡来的大巴掌。

“哪个王八蛋想偷袭老子，不想活了是吧？”在闪开偷袭的同时，于大庙脚后跟点地，身子一转，人已经转了180° ，改成面对那人的姿态。可等他看清是谁偷袭他的时候，方才的气焰也跟着弱了下去。

干咳一声，他搓着手往那人的方向凑了凑，腿却悄悄画了道钩，把鹌鹑扫得离他远点：“这不是‘倒爷’吗？哪阵风把你吹这里来了？”

被称作“倒爷”的那人见大庙躲过了自己的袭击，也不生气，只是抱着胸，似笑非笑地看着他：“我怎么来这儿的你心里没数吗？”

“这……”大庙脸上的笑容有点僵，“爷是谁啊？想干吗哪是我们这些凡夫俗子看得懂的？”

“你小子倒会说话。”倒爷撂下手，再往于大庙肩头一搭，“走吧，找个地方唠唠去。”

“不……不用了吧，爷，我还有事，就不……”大庙边说边往旁缩，没缩两步胳膊就是一硬，顺着方向看去，他一闭眼，心想这下算是跑不掉了。倒爷有备而来，身边还带着个同伴呢。

站在一旁一直没机会出声的鹌鹑终于看出了不对头——这两个浑身刺着刺青的家伙一左一右，是想把大庙架走啊。她心一横，上前一步，细着嗓子问：“你们要把大庙带哪儿去？”

“哟？还有管闲事的？”倒爷脸一横，似笑非笑地扭回头，上上下下打量起了鹌鹑，可能是鹌鹑的外形和印象里路见不平一声吼的人区别不小，他干脆连身子都没扭回来，只用半张脸对着她，“这是我和大庙之间的事，劝你别管。”

倒爷这么说，大庙也一个劲儿地朝她使眼色：“鹌鹑你回去，我没事，就是和我哥聊聊天，你回去吧。”

“聊天不能在这儿聊吗？干吗要走？”鹌鹑身上都在打战了，因为那个倒爷看她的眼神已经变得很不耐烦了。

倒爷：“告诉你，少管闲事。”

鹌鹑："大庙是我们店的人，不是闲事，总之……"她脸一红，"你不能随随便便把人带走。"

鹌鹑的冥顽不灵显然已经开始让倒爷不耐烦了，他横着脖子，右臂上青色的鹏鸟跟着"抖"了下翅膀："丫头，告诉你，这是我和他之间的恩怨，你最好别管。这小子前几天跑到警察那里告我的密，害老子被逮进去蹲了好几天不说，还交了一笔罚金。这遭的罪、扔的钱我得找回来不是？欠债还钱天经地义不是？你要不让我收拾他也行，损失费你出。"

"多少，你说。"鹌鹑急巴巴地问。她隐约记得之前的确有次，在四张找钱包时，大庙向警察检举了一个专向患者下手的"骗子"，现在看，应该就是眼前这个倒爷了。

倒爷哈哈笑了两声，朝她竖了竖大拇指："够仗义。你既然这么说了，我也给这小子一个机会，你给我拿这个数来，我和他之间的事就算了了。"

多少？鹌鹑瞅着倒爷举着的指头："一百？"

"鹌鹑，这事你别管，我自己能解决，哎哟！"

倒爷收回脚，掸掸球鞋上的灰，又吹了吹方才掸鞋的那只手，这才直起腰："一百万。"

什么？一百万？鹌鹑傻眼了："怎么这么多啊？"

"这还是看在你是个小姑娘的分儿上没要你精神损失费呢。"倒爷呵呵一乐，"怎么样小姑娘，你一手拿钱，我和他的恩怨就一笔勾销，要是没钱……"倒爷话音一转，"那我想卸他胳膊卸他腿都和你没关系。"

"别，大哥！"鹌鹑拽住他，那样子像是怕他下一秒就会揪掉大庙的胳膊腿似的。

"那就拿钱来。"

瞅着伸到跟前的那只手，鹌鹑觉得她舌头都打结了：“我……没那么多钱……”

“那还说个屁！滚你娘的，别在这儿耽误老子时间！”倒爷手一掀，轻轻松松就把鹌鹑掀出两米远。

地上布满了沙砾似的碎石，硌得鹌鹑生疼，她龇着牙撑起身，手背上全是血和粘在血上的碎石，顾不上看伤，她爬起来去追已经走远的倒爷他们。

“你们不能把大庙带走。”

“去你娘的，少跟爷这儿找晦气。”

倒爷踹在鹌鹑身上的这一脚简直比踹在他自己身上还疼，大庙彻底火了，他左右一挣，想把两人挣开。

不料倒爷眼一横，抬起腿对着大庙的肚子又是一下：“你小子还想造反？再敢吱声老子废了你信不信？走！”

那天，晴了一个月的城市下了一场雨，雨水漫湿了鹌鹑的眼睛，她一步一踉跄，带着一身伤在雨里边跑边喊，开始大庙会回她一声，可慢慢就听不到大庙的声音了……

“大庙！”鹌鹑站在雨里，带着哭腔，“你不能死啊！”

少了员工的甜品店显得比少客时更加冷清，偶尔有客上门看到店里这样，十有八九半路就退了出去。

你可能要觉得这下老太太肯定不乐意了吧？错。

此时此刻的老太太正坐在门口，门开着，门外是滴答而下的檐边雨，门里的人手拿一块蓝莓蛋糕，边赏雨边一小口一小口吃着蛋糕。

“老伴儿，你知道吗，我盼着现在这样的生活好久了，我们有间小店，我们天天在一起，想喝茶喝茶，想干吗干吗。”舔掉蛋糕的小尖，刘老太眯眯笑着转过身。身后，四张端着茶杯正朝她这边走来。

她接过杯子，抿了一口：“老伴儿，我们下午干吗？”

四张微微笑着看她：“你想干吗？你想干吗我们就干吗。”

“我想……”刘老太仰着头，抿着嘴，点着地的脚尖一上一下点着，连带她坐的椅子都跟着一前一后晃着，隔着雨幕从远处向这边看，她和每一个恋爱中的小女孩一样，在心上人面前撒着娇。

看着看着，鹌鹑的步子就慢了下来。她站在雨里，不知道脚该不该朝前迈。这个时候，她想到的第一个能求助的人就是四张了，可是……

就在她犹豫不决时，店里的人也看到了她。刘老太一撂茶杯：“那个是不是鹌鹑？”

老太太的声音不大不小，刚好让几米开外的鹌鹑听见。她一屏息，干脆一不做二不休，硬着头皮冲进了甜品店。

店里，四张坐在一张圆桌旁，往茶壶里添水，眼睛看了她一眼又落下：“有事？”

“我找……我找……我找我爸，他在吗？”憋了半天，鹌鹑还是撒了个谎，因为四张那副样子真有些冷漠。

又抬起眼看了她一眼，那样子似乎在说你糊弄鬼呢后，四张又垂下眼，盖好壶盖，把水壶放在一边，说：“店里没什么事就让他先回去了。有事？”

“那个……”鹌鹑一咬牙一跺脚，“大庙被人带走了。带走他的是他之前举报过的那个人，就是你丢钱包时候的那个，你记得吗？”

瞧了刘老太一眼，四张淡声说：“所以呢？”

“所以我需要你帮忙，我怕他们会打大庙，那人一看就不是好人，还说想把事平了得要一百万，怎么办？我笨，想不到该怎么办，求求你，帮帮大庙吧！”

“我……”

没等四张开口，刘老太突然抓狂般冲过来，挡住了四张站在鹌鹑面前。不是没见过刘老太的刻薄样儿，可没想到她会这么刻薄。只见她拼命挡住四张，说：“他不会去的，你要去就自己去吧。”

“大庙他有危险！”

“那也不关我们的事。”

“你……”鹌鹑低下头，咬紧唇，用几乎耳语的声音说，“怎么能这样，大庙是我们的伙伴，而且……”

“而且什么？”老太太不耐烦地扫扫，想把她扫出门去。

鹌鹑也犯了倔劲儿，不管老太太怎么推搡，她就站在那里，死活不走：“而且，我问的是四张，不是你！”

鹌鹑从来没试过这么咄咄逼人地看一个人，可她就是忍不住这么看刘老太，凭什么她鸠占鹊巢还想左右别人的生活！

“我们店只帮值得帮的人，所以从这刻起，请你离开我们店，不管你是不是三天后就要手术，也不管你是不是付了钱，总之，我们店不欢迎你！”

“哗啦”一声。

是早上才挂上去的书吧牌匾被鹌鹑用棍子捅了下来。

她情绪有些激动，胸脯上下起伏着，脸上挂着红晕，她就那么看着四张：“四张，帮帮大庙好不好，嗯？”

虽然四张失忆了，虽然四张最近做的一些事让她不解和失望，但内心深处鹌鹑依旧愿意相信，四张还是四张，在伙伴遇险时他是肯定会挺身而出的。她充满希望地看着四张，等着他的回答。

【4】

四张摇摇头，边摇还边拿起个喷壶，对着近处一盆花浇了起来：“我有很多事要忙，浇花、擦桌子、摆摆件，你们走了没人干的活儿都要我干，对了，等下我还要哄宝宝睡觉，所以没空。”

“这些事难道比救大庙重要？”

他背对着她，点点头。

“你听见了吧，我老伴儿不想掺和你们的事，快走吧。”刘老太抿抿嘴说，她倒是没有像方才那样跋扈了，一双眼睛紧紧盯着四张，生怕他会改主意似的。

鹌鹑点点头：“我知道了，因为钱，因为她给了你钱是不是？”

话音没落，前一秒还专注于花草的四张突然转回身，壶也扔了，空下来的两只手一左一右捂住了刘老太的耳朵。

“你走吧，我现在没空。”

“是啊，没空帮大庙，有空给人扮老伴儿。”鹌鹑呵呵笑着退后几步，“你真的不是四张了！”

抹抹眼睛，鹌鹑冲出了店门，四张不管，她不能不管，至于店里这两人，等她回来，要离婚要怎样，随便！

雨下了一重又一重，黑黢黢的，吞没了鹌鹑远去的身影。四张望了一会儿，低头说：“宝宝你要不要午睡一会儿？”

鹌鹑要去救大庙，哪怕没有四张的帮忙。

可是大庙在哪儿呢？要不报警？她想着，脑子里浮现起倒爷走前说的那句话：“欢迎报警。”

那一脸奸笑的模样鹌鹑记忆犹新，她搓着手指尖，犹豫了半天，终于打消了报警这个念头——不能让大庙有危险。

她握紧拳头，这次只能靠自己了，鹌鹑。想着，她哆哆嗦嗦地掏出了手机，好在倒爷留了个电话给她。

一阵嘟嘟声后，电话“嗒”的一声被接了起来，一个烟气熏熏的声音在那边不客气地说了声：“找谁？”

在这声音背后，鹌鹑似乎听见了大庙的闷哼声。

她深吸一口气：“我是于大庙的朋友。”

拦下一辆车，在城市的水泥森林里来回穿行了一会儿，配色酷似白菜的白绿色出租车停在了一处烂尾楼群外围，没拿司机的找零鹌鹑就跳下车，雨还在下，没带伞的她身上湿漉漉的。

抹了把脸上的水，鹌鹑在一块还算大的石头上站稳，瞅着面前那座钢筋外露的高楼，大喊一声：“倒爷，我来了。我来找大庙！”

场地太空旷，她的声音被荡出许多回声在空荡荡的楼宇里来回传荡，过了好久才彻底消失。就在回声消失时，一个有节奏的“噔噔”声从楼中一块光线照不到的黑暗地方传了出来。

有人来了。

鹌鹑咽了口口水。

“鹌鹑你不能怕，大庙还等你去救呢。”她挺挺胸脯，给自己打气。就在她打气的几秒里，楼里的人也走了出来，不是方才见的那两人里的任何一个！

他们到底有几个人啊？

鹌鹑盯着那个高个子的刀疤脸，一阵发怵，只能硬挺着脖子说：“我找倒爷。”

“刀疤”叼着支被雨淋灭的烟，左右瞅了瞅，确定就鹌鹑自己后，一甩头：“跟我来吧。”

说着，他先一转身，竟是上了烂尾楼旁边的一条小道。

“大庙不在这儿吗？”

雨声很大，她听见“刀疤”呵呵的笑声，也是，警匪剧她看过，和犯罪分子约见从来就没有约哪儿是哪儿的道理。

收紧衣襟，鹌鹑打了个哆嗦，加快了脚步。

“刀疤”个子高，步幅大，虽然走得慢，也是没几步就把鹌鹑甩出了一段距离。

就这样，两人一前一后，先是绕开了烂尾楼进了临街的一个小巷，接着七转八转的，鹌鹑彻底没了方向感，终于，十分钟后，鹌鹑被带到了一个露天大院里。

“刀疤”站在院里的一扇门前，手拉着门，下巴一扬：“进去。”

门里没开灯，黑咕隆咚的啥也瞅不清。鹌鹑站在门外，迟疑着不敢进去。

“磨磨唧唧干毛呢？”已经摸出一支烟准备过烟瘾的“刀疤”手被占了一只，没法点火，立马儿没了耐性，手一伸，下一秒鹌鹑就鸡仔似的被拎进了屋。

啊！受惊的鹌鹑捂紧嘴，本能地回头，可“砰”一声，门已经被刀疤带上了。

她缩了缩肩膀，只得认命地回头，屋里，倒爷坐在一张用木条重新加固过的太师椅里，似笑非笑地看着门口的鹌鹑，他正在等她。大庙就在他身后，被两个人架着，脸上挂了彩，腿软趴趴地耷拉在地上，看样子没少受罪。

见她来，肿着脸的大庙口齿不清地喊：“你怎么来了？不是不让你来吗？回去啊！”

倒爷手一抬，两个混混儿会意，当即堵上了大庙的嘴。

房间再度陷入了安静，只有窗外雨声依旧，倒爷满意地笑笑，拿手来回摩挲着右手拇指上一个类似扳指的东西："钱拿来了吗？"

电话里，鹌鹑说会拿钱来赎大庙。

"嗯……嗯……"鹌鹑答应着，边掏着口袋，"我把定期都取了，就这么多……"

站在倒爷右边的混混儿颠颠跑过来，拿走了鹌鹑手里的钱，三两下点完，紧接着就扯着嗓门儿吆喝："头儿，才三千二百八。"

"敢耍老子！"

倒爷一伸腿，踹飞了跟前一个木板凳，木板凳飞起，撞碎在离鹌鹑就一米远的墙上，有一块尖头木屑崩到她小腿上，疼得鹌鹑一跳脚："可是我就这么多……"

"老虎不发威你把我当病猫，有哪个定期能存三千挂零的！"

"有。"鹌鹑颤巍巍地举起手，小声说，"我。"

倒爷冷笑一声："以为你是女的我就不敢把你怎么样了？给我教训她，实在没钱也行，让她拍点照片卖钱赔我也行。"

"不行老大。"原本抓着大庙的一个混混儿此时已经一步步朝她走了过来，边走边说，"她长得不行。"

"也对。那就教训教训吧。"倒爷一挥手，混混儿已经到了面前。

"你们不能这样，一百万我真没有，再说那是敲诈！"鹌鹑步步后退，鼓着勇气说。可不管她怎么说，和流氓是没道理可讲的，蒲扇大的巴掌已经朝她的脸上呼了过来。

会被打死吗？

鹌鹑闭紧眼，以往看过的那些警匪电影在脑子里一幕幕地重播着。她会被打死的。

就在她吓得僵掉的时候，一个她认为绝不可能在这里听见的声音在耳边就那么神奇地响起了——

“我说，你们几个大男人这么欺负一个小姑娘，好吗？”

是四张！鹌鹑睁开眼，看着已经重新打开的门和被揍得倒地不起的“刀疤”以及——

四张拇指在嘴角蹭了下，朝地上吐了一口血后迈步走进屋。

瞧着站在自己旁边的四张，鹌鹑那叫一个兴奋，然而兴奋过后，鹌鹑又不信了：“你不是说你不来吗？”

四张一撇嘴：“我刚才说的是‘现在没空’，我没说我不来。”想想他又补充，“老太太睡着了。”

“哦哦。”鹌鹑敲着脑袋，笑了，怪她语文没学好，误会四张了。

“老子这儿是你们没事闲唠嗑的地儿啊？”被无视的倒爷不乐意了。其实他也紧张起来了，他是职业骗子，专给病人下套的骗子，不是职业混混儿啊，欺软他会，怕硬也是他专长啊！这事必须速战速决！

悄没声的，他朝方才那个数钱的同伴使了个眼色。

等忙着感慨的鹌鹑发现危险时，一个板凳已经朝四张挥了下来，鹌鹑吓得声音都变了，这还没完，因为不知道什么时候，趁着同伴和四张厮打时，倒爷也朝鹌鹑摸了过来。

“叫你耍老子！”

鹌鹑头一痛，头发被倒爷揪住了。

这下看你还敢不敢玩花样儿？自以为这场“战役”到此为止的倒爷奸笑着，准备和四张亮牌，没想到不抬头还好，一抬头，在道儿上混了十几年的倒爷第一次吓傻了。

“你带刀了？”他扯着嗓子冲同伴嚷嚷。

刀？顾不上头疼，鹌鹑扭头朝四张的方向一瞅：……四张！在流血！

汩汩鲜血正从四张肚子里往外冒，他的白衬衫都被洇湿了。

“我没啊！我就打了他几拳……老大，咋办啊？”混混儿吓得声儿都变了。

“咋……咋办？我哪知道？”倒爷松开鹌鹑，想走近了去看看那个小子有气没气。不过就现在这个距离看，已经都翻白眼儿了。

“栽了栽了。”他手背叠着手背，来回拍着，他可从来没犯过这个错误啊！怎么办？要不找个地儿把这小子处理了？可是处理了他，这俩呢？倒爷擦着汗，瞅着屋里另外两人。怎么办怎么办？该怎么办？这种时候那个女人能别叫了吗？！

“先把她嘴堵上！”

紧张后，一条不得不走的险路似乎就变得清晰了。摸了下下巴，倒爷压低声音：“先看看那小子咋样，不行就得……”就在他以为自己手上要沾人命的时候，一个他怕了小半辈子的声音隔着窗和雨幕钻进了耳朵——

“哇儿……哇儿……哇儿……”

“你们报警了？！”倒爷一跺脚，之前还权衡的那些事现在都顾不得了，跑吧！

于是三秒不到，屋里就只剩负伤的鹌鹑、大庙和躺在地上鲜血直流的四张了。

重获自由的大庙爬过来，瞅着四张和那一地的血，什么话也说不出来了。

“四张你听得见我说话吗？你再坚持一会儿，我给你叫救护车！你等着！”鹌鹑吸着鼻子，手在手机屏幕上来回滑着：“怎么开不开？怎么打不开！”手指沾了眼泪，怎么也滑不开屏幕，一着急，鹌鹑的情绪更崩溃了——

四张流了那么多血，在等着她救呢！鹌鹑你怎么这么笨啊！呜呜……

这一哭，手机屏就像发了水，更打不开了。

“四张你不能睡，我马上就拨通电话了，大庙你快来帮我啊，我开不了机。呜呜……”

“哎……”怀里突然传来一声叹息，“你这个嗓门儿我有可能睡着吗？”

“四……四张……你怎么……”

“我怎么？我没怎么。”前一秒还死人状的四张此刻竟然自己坐了起来，不只如此，他还撩开衣服，从里面拿出一团血糊糊的东西。

鹌鹑吸溜着鼻子：“这啥？”

“血袋。”他低着头，边整理衣服边说，“以为我和你一样，办事硬来？嘶……”他胳膊僵了一下，自己果然还是不擅长打架啊。

“你受伤了？”

“没事。”四张一抽胳膊，“大庙，还能动吗？能动帮我去趟院里，我手机别被雨泡了。”

“手机？”

“你顺着声找就找着了，就那个哇儿哇儿。”四张想站起来，站到一半又停下了，腿好像也伤了。

大庙张着嘴：“啊！你！”

“兵不厌诈。对了。”他叫住大庙，边揉下巴边说，“这次来是还欠你的人情，不是因为我你也惹不着他。以后再有这事我可不管。”

他看了眼鹌鹑，这话也是对她说的。

“知道了，知道了，14岁的四张死鸭子嘴硬。四张，我得给你包扎一下。”

“不是，说谁死鸭子嘴硬呢？我真不管的，哎，你干吗？不用包，小伤。”他算怕了鹌鹑了，还是先跑为敬吧。

跑了没一秒就被逮回来：“虽然要去医院，不过那之前我先帮你处理一下。我手艺不错的。”

四张被按在地上，挣扎着：“真不用。”

“用。”

鹌鹑又把他逮回来。

被按得死死的四张就奇了怪了：“你以前学什么的，手劲儿这么大？哎你不会想用你的湿衣服给我包伤口吧？会发炎的……啊你想干什么！不用脱衣服不用脱衣服就用湿的包……！”

一番惊心动魄的脱衣大战后，四张嘘着气，认命地让鹌鹑把他往过水粽子上包。

他现在一定丑得没法见人了！四张噘着嘴，抬起头，想抗议，却发现，他和她的脸离得那么近，他甚至看清了鹌鹑长长的眼睫毛。

四张的心突然扑通扑通剧烈地跳了起来。

喉咙正发着干，大庙顶着一身雨水去而复返：“警察……警察来了。”

四张被吓得一阵干咳，生怕大庙发现他的异样，只能尽量用平和的语气说：“我可没报警。”

“我报的。”鹌鹑不好意思地举起手，她怕倒爷对大庙不利，用手机定位到了这里。

四张“哦”了声，摸摸鼻头：倒没傻透。

可转念一想，他又愣了：“那我不是又要进公安局？！我‘三好学生’的名誉啊！”

鹌鹑咯咯笑着，边看四张发疯边为他做包扎。四张还是那个四张，冷漠外表下是一副她最喜欢的古道热肠。

我知道你不会因为钱不管大庙的。

甜品店。

之前还在假寐的刘老太坐在椅子上看女儿帮她整理东西。

女儿边收拾边问母亲：“怎么才待了半天就要走啊？”

“已经见到你爸了就回去呗，过几天不是还要手术吗？我要吃点好吃的，这样才能有体力。”

女儿手一滞：“妈，我爸好吗？”

老太太一笑：“还是那副傻样儿。”就算她不想他多管闲事涉险，就算她的梦想只是开家普通的小店和她那个当警察的老伴儿过安稳日子，就算她想尽办法哪怕装得刻薄不近人情，她那个傻老伴儿还是会想尽办法从她眼皮子底下溜掉。

“你以为我不知道你给我唱催眠曲是什么意思吗？”她颤巍巍地从口袋里掏出张照片。那是张黑白照，照片上的人面容俊朗，正微微笑着看她。

她摸摸那人的脸还有他胸前的警徽，扯了扯嘴角：“和你说了多少遍都不听，你惦记别人的安全我不惦记你的吗？傻瓜，真希望你能自私点。

“老伴儿啊，我想你了……”

【5】

五天后，脸上还贴着胶带的大庙推门进店，一进门就看见一脸沮丧趴在桌上的四张，他愣了一下，手朝四张一指：“他怎么又来了？”

从警察局出来，四张就明确表了态，再不掺和店里的事了，大庙也有几天没见他了。

秋小美把他拉到一旁："刘老太的家人来了电话，他怕是受不了这种生死吧。"

"你们小声点儿。"鹌鹑端着一盘才做好的甜品出来，提醒道。手术失败的事看样子真挺打击四张的。

告诫完同伴，鹌鹑小心翼翼地搁下盘子，端起其中一块朝四张走过去。

"四张，刘老太的事你不要太难过了。"

四张趴在桌子上，声音闷闷的："没难过。和我又没关系。那个……"

"嗯？"

四张抬起头："我要不要把钱退点回去？"

"嗯？"

"总感觉这事我没办好。"四张玩着手指，他不喜欢欠人的。

"不是，我的意思是……不是应该把钱都退回去吗？为什么是退点儿？四张你是在翻白眼儿吗？喂，别走啊，你干吗去？"

"买花。"他记得从这里出去左转直线有卖花的，不知道有没有菊花，"等下你陪我去看看她吧。" 下次，下次，他一定把事情办好，不留像刘老太这样的遗憾。

他抿抿嘴，停下脚："那个……之前说的那句话，算了。"

"哪句啊？"

"就是……看我心情……心情好了偶尔可以帮帮店里，算谢你帮我包扎。"他低着嗓门儿机关枪似的一口气说完这些话，然后看了眼鹌鹑，"没听懂？没听懂算了。"

"不是。"鹌鹑摇着头，"不是不是不是。"

什么不是啊？你没事吧？四张耸着眉，正在想这只鸟在发什么神经呢，没想到傻鸟就朝他“飞”过来，紧紧地抱住了他。

“喂，你干吗？松手！松手啊！不然我不客气了！蹬鼻子上脸是吧！我未成年呢啊姐……”

不管四张怎么喊，鹌鹑就那么抱着他。

她的四张一直都在，从未离开……

至于四张说过的离婚，至少目前被某些人选择性地遗忘了。

#存款#

大庙：说真的，我还是不信鹌鹑没钱，你说她不会是不想救我吧？

秋小美：不会，她真没钱。她的钱都在四张那儿。

大庙：四张真可恶。（说是这么说，大庙心里还是美滋滋的，鹌鹑不是不救他，是真没钱。）

秋小美：嗯，鹌鹑每天在店关门后都把当天的流水存到四张名下的银行卡上，她说她记性不好，会把密码忘掉，她说四张肯定不会忘。

大庙：……（你为什么要说后面那句话！）

我要有弟弟了？

梧桐：世上只有妈妈好。

大庙：这话要看对谁说。

梧桐：怎么呢？

大庙吸溜了口茶水：如果生孩子给钱四张铁定让他妈生一打。

梧桐：……

四张：……

【1】

“四张为什么这么爱钱？”

在得知四张真的只给刘老太的家人退了那部分叫“宝宝”的费用后，大庙噘着他那张猪嘴说。

四张没理他。

“哎，四张，你为什么那么爱钱啊？”

“你也爱。只不过咱俩的区别在于我还能赚。”四张翻了一页，终于轻飘飘地回了一句。

大庙的世界在那一秒哑然了，他别扭地扭了扭身子，眼睛扫了扫四张手里的书，封面上写着“21世纪人类交通方式变革记”。除了他在看的那本外，桌上还摆着两本书，一本叫“流行乐皇周Jay”，还有一本竟然是人工智能与未来计算机。

“这些你都看得懂？我去，这都是什么，这页画这么多耳朵干吗？”

那叫β，无知不可怕，可无知的人为什么话这么多呢？四张捂住一侧耳朵，把头背了过去，他后悔了。要不是出了这个门没地儿去他肯定走！他必须抓紧时间学习适应中国时代，以免再问出为什么火车会在地下开这样的白痴问题，太丢人了。

鹌鹑端着盘甜点正往橱柜里摆着，听他这么说，特别骄傲地抬了下头：“四张说要了解这几年的社会变化，让我买了几本书，他都看完好几本了。”

“会读书的都是变态。”不会读书的大庙挠挠鼻头，他本想笑笑四张，结果现在反而自己被赢了一回，没劲。他晃脑袋时，甜品店的大门刚好也开了。

他随便看了一眼，当即放下手：“哎，丁点？”

大庙一喊，店里的人也都跟着抬起了头。

鹌鹑：“梁丁点，你怎么来啦？”

来的正是几天前来过的梁丁点，他身后，他爸把肩头的大包往上顶了顶，轻轻带上了门。

“又来打扰你们了。”梁思辰转回身，一脸的不好意思，“我想找四张帮个忙。”

被点了名的四张从书里探起头，又很快低了下去，隔着书堆，众人听见他说了句：“可以啊，按忙的大小等级收费，起价一百元，上不封顶，帮忙前提不能损害我的利益……”

他吧啦啦说得起劲，把鹌鹑的脸都说红了，她撂下盘子，赶忙去捂梁丁点的耳朵。孩子还小，可不能让他被四张影响了价值观。

“梁师父，四张他出了点事，现在不大记得以前的事和人了，所以做事和以前……你懂的。”

梁爸懵懂地点点头，丁点很崇拜四张，连带着梁家人都对他另眼相看，她可不能让他们有四张怎么无缘无故这么贪的想法了。

她的那些小心思哪能躲过四张的眼睛？

这女人，就喜欢瞎操心，他不需要她帮忙解释的好吗？老气横秋地长叹一声，四张合上书，站起身，不就是不想他提钱吗？不提就不提，反正待会儿提也一样……

他扯扯嘴角：“说吧，什么忙？”

“那个……”梁思辰推推鼻梁上的眼镜，镜片被阳光一晃，四张就看着这个长相斯文的男人往他这边凑了几步，然后耸了耸右肩上的行李，小声说，“不瞒你说，我儿子打算来你们这儿离家出走一段时间。”

什么？四张张了下眼睛：“不好意思，你说什么，我没听清。”

“爸爸，你不用小声，你小声我也听得见，还是我自己和四张叔叔说吧。”梁丁点人小鬼大，扭着胖胖的身体一路挤到四张跟前。丁点人如其名，个头儿比同龄人矮不少，和四张间的差距就更大了，为了让四张听清他说的，梁丁点仰起脖子顺便还踮起了脚尖。

“四张叔叔，我爸妈说要给我生个小弟弟，他们不打算要我了，哇！”

丁点哭得太突然，哭得四张吓了一跳，也哭得他爸梁思辰愁容满面。他蹲在儿子面前，又是抹泪又是说好话：“儿子，爸爸妈妈怎么可能不要你呢？爸爸妈妈是想给你再找个伴啊。儿子你别哭了。四张，丁点平时最崇拜你，今天来就想你帮我们劝劝他。哎，儿子，你别哭了。”

最近二胎政策放开，店里许多客人的确有不少已经准备要了的，可是……

“丁点身体不好，再要一个你们照顾得过来吗？”鹌鹑蹲下去边给丁点擦眼泪边问。

这一问就问到了症结所在，梁思辰的脸一下就皱了起来：“不是他这身体我和他妈哪能想再要老二啊，现在养孩子那么费钱。我们就想着给他添个伴，两个孩子一起养丁点身体不就能壮点吗？”

“瞎说，你们就是不想要我了！”丁点哭得更厉害了。

“闭嘴，不许哭。”四张掏掏耳朵，“再哭就把你嘴缝上！男子汉大丈夫，哭得和个小姑娘似的，不像话！”

别说，虽然四张态度不算好，凶巴巴的，梁丁点却真的不哭了。

那句话咋说来着——卤水点豆腐，一物降一物。梁丁点听四张的，这点梁思辰不服不行。搓搓手，他说：“我希望你能帮我劝劝孩子。”

“劝？劝什么？要我说，二胎都是祸害。”

“噗……”一直安心做听众的大庙喷了口中的水。他旁边，鹌鹑爸下巴掉了，秋小美和阿发不在，鹌鹑也傻了眼。

短暂的沉默后是梁丁点撕心裂肺的哭声：“连四张叔叔都这么说了，哇……”

而从震惊中回过神的梁思辰脸上则写满了愤怒，他顶了顶肩，重新把肩上的包背好，愤愤地拉起梁丁点的手：“亏我以为你们是好人，有爱心爱帮人，就是这么帮人的？我不求你们让我孩子接受二胎，至少让他知道我们是爱他的，可你们……丁点，我们走。”

“我不走，你们都不要我了；我不走，我要和四张叔叔在一起，哇哇哇……”

“那个……”没想明白四张为什么会这样的鹌鹑转回脸，一脸抱歉地看着梁思辰，“梁先生你别误会，四张他现在脑子不咋好使，你别和他一样，再说还有我们呢。”

梁思辰用鼻子出着气，没说话。

鹌鹑摸摸丁点的头：“你除了想让我们帮着劝丁点，还有其他事吗？”

鹌鹑的问题让梁思辰语塞了，他不知该怎么说：“就是……就是……”

梁丁点红着鼻头扯扯鹌鹑的袖子：“鹌鹑姐怎么还是这么笨啊，我爸刚才不是说了吗，我要离家出走，我要来你们这儿住，我不想回家了。”

“又来？”

梁丁点：“……”

鹌鹑脱口而出这俩字后立马觉得不对，忙捂紧嘴。

“呵呵，要不儿子，你还是跟爸回去吧，别给人添麻烦了。”梁思辰还是会看人眼色的。

“梁先生，我不是那个意思，只是我家四张现在……”食指点在太阳穴位置做了个绕的动作，她作难地小声说，“刚才的反应不大像平时的他，所以我想先搞清楚到底怎么回事……”

一只巴掌呼在鹌鹑脸上，身子被向后一带，她听见四张不乐意的声音：“你脑子才有病呢。”

……

四张继续哼了声：“我虽然前阵出了点意外，不过脑子好使着呢，你要放心就把儿子留这儿吧，我会帮你开导的。不放心就怎么来怎么回去，我不拦你。”

“这……”没想到自己反被将了一军，梁思辰皱了皱眉，偏偏梁丁点在这个时候又哭起来了。

“我要在这儿，我要和四张叔叔在一起，我要我就要……哇哇哇……”

梁思辰被儿子摇得头晕，就算心里再犹豫此刻也只好放下了：“好……好吧。那我就把丁点托付给你们了，他明天要上学，得麻烦你们送一下，生活费、接送路费在这儿……”

“还有劳务费——我的。”四张出声提醒。

“对对对，不能让你们白辛苦。”

丁点爸又往那沓钱上加了一沓，那厚度瞅得在旁围观的鹌鹑爸直叹：“熊孩子，费钱啊。给我多好。”

于大庙站在一边，边听他念叨边替他抹哈喇子。

梁思辰一步一回头地走了，等走得看不见人影了，四张走过去，蹲在梁丁点面前，摸摸他胖乎乎的脸，随后一捏：“留在这儿就不能叫叔叔，要叫哥哥。”

“可你就是叔叔啊。”

梁丁点的脸被捏到变形，四张眯着眼笑道：“叫哥哥。”

“哥……叔叔，世界上没有比爸爸长得老的哥哥啊！”

……

就这样，梁丁点算是暂时安顿在了甜品店，白天在甜品店和学校两点一线，晚上跟着鹌鹑回家。开始两天梁思辰还会常过来看看，他怕四张又向儿子灌输什么偏激思想，可看来看去，除了儿子精神状态比之前好不少外，似乎真没什么其他反应，梁爸也就慢慢放下了心。

但对熟悉四张的鹌鹑来说，虽然他没再说像那天那样二胎都是祸害的话，她心里仍是隐隐有些不安。这不安藏在心里两天，终于在第三天得到了印证。

这天，鹌鹑正盯着送货车一袋一袋往下卸面粉，店里突然传来秋小美的叫声——

“鹌鹑，电话。”

“好。”安顿好最后几袋，她拍拍手上的面粉，推门进去。

秋小美已经来了门口，手里举着鹌鹑的手机。

鹌鹑：“怎么了？”

秋小美摇摇头：“不知道。梁思辰的。”

鹌鹑听了，本能地左右瞅瞅：“四张呢？”

“送梁丁点上学去了，还没回来。你也觉得四张不对劲吧？”秋小美幸灾乐祸地朝她挤挤眼睛，“我也觉得。”

鹌鹑哪有心思和她逗，手就着围裙蹭了两下就接过了电话。

“喂，丁点爸爸，是我，你先别急，你慢点说，我听不清，是，是……现在是什么情况？好，我就过去。”挂了电话，她的脸也白了。

几天来的预感还是成真了，四张果然很反常，他不仅送梁丁点去上学，还把丁点的几个同学打了……

怎么这么不让人……鹌鹑心急火燎地换了衣服，又想起四张现在的年龄和现在的块头……那几个被揍的小孩还活着吗？

“正义，店里你帮着照顾下！我走了。”

“好……”秋小美瞅着鹌鹑远去的背影，摸摸肚子，鹌鹑这一天天忙的，不像有老公，倒像多了个让人操心的娃，这忙的。

“安富裕，你再敢偷吃我萨其玛试试？”

梁丁点的学校是区重点，早课已过，操场上空荡荡的，隔着栅栏能听到朗朗读书声。

回忆一下，自从毕业后鹌鹑已经好些年没回过校园了，乍一回来，感觉真刺激。

几个孩子家长简直快把她吃了。

“对不起，对不起！我先生前阵出了意外，脑子不好使，还把自己当小孩呢。”鹌鹑每退一步那群家长就逼近一步。

“你这是想推卸责任，以为装成精神病我们就没法追究了吗？”一个家长说。

“对呀，我们孩子可是班上的尖子生，这一打万一打坏了脑子呢？你们负得起责任吗？”一个家长又说，他嗓门儿又粗又大，震得鹌鹑浑身发抖，她拼命拉着没事人一样的四张，催着：“你快说对不起啊，快说。”

“鹌鹑姐姐，是他们先欺负我，说我是病秧子垃圾生，四张叔叔才替我出气的，四张叔叔说不能只知道挨欺负不懂还手，我觉得他说得对，我们没错！”丁点举高手，拼命替四张解释。鹌鹑瞅着他青了的半张脸，心疼后又觉得孩子的话有理，凡事总有个前因后果吧：“我先生打人是不对，可孩子们不该那么说丁点的。”

这话不说还好，一说家长们也立马儿炸了锅：“我孩子不可能骂人，更不会主动打人的！刘老师，我儿子平时的表现你是知道的，他怎么会做这种事呢？”

“这个……几个孩子平时在班上的表现确实都不错……而且这次的主要问题是丁点的这位叔叔打人……”

“老师，重点不应该是他们欺负丁点吗？”四张像个局外人似的，声音淡淡的。

“四张你闭嘴！”鹌鹑狠狠拽了他一下，“快点道个歉吧，这事你有错的。”

四张被按得弯了腰，低下去的脑袋不屑地说：“这就是我老师不在了。”

搞不懂他在说什么的鹌鹑一面对家长们道歉，一面朝梁思辰鞠着躬。

“行啦。”乱哄哄的房间里，阴沉了半天脸的梁思辰拉着梁丁点的手说，“不管怎么说，这事都是因为丁点起的，怎么赔偿，孩子是要看病还是怎么我们负责，至于其他的……”他转身面向鹌鹑和四张，“以后丁点的事就不麻烦你们了，丁点这孩子调皮，本来也不爱学习，我和他妈还指望他努努力能进重点班呢。”

“你的意思是和我混他就进不了重点班？”四张发了个怪声，挣开鹌鹑的巴掌抬起了头。他看着梁思辰在笑，没回答。

那一瞬间，他明白了些什么，跟着就很生气，这是什么社会啊，只要学习好就能得到老师偏爱的社会，好学生不会打人，好学生的家长更不会撒谎。

“行，你爱咋办就咋办吧，不过我告诉你，被欺负的时候要做的第一件事是反抗，不能让人随便欺负。”

“这些我会教我儿子，不麻烦你了。你……”梁思辰还想说什么，就在他开口准备说的时候，办公室的门开了，进来一个人。

丁点的班主任叫了声校长，赶忙起身迎了上去。

“刘老师，下周市里检查，我准备让你们班上个示范课。这是怎么了？”胖墩墩的老校长眯起眼睛瞅着一屋子的人，“孩子们又捣蛋了吗？”

“校长你放心，就是我们班几个孩子出了点摩擦，已经解决了。”

“嗯……”校长抿抿嘴点点头，转身准备走了。就在他迈出第一步时，他突然看见角落里有张脸怎么看着那么熟呢。

“张四丰？真是你啊！”老校长哈哈笑着，朝四张走了过来。

猛地被点名，四张也是一愣，瞧了半天，他恍然地把眼前这张脸和记忆里的另外一张重合起来：“……韩老师？你咋老成这样啊？”

“哈哈。”韩校长干笑两声，指着四张的鼻头点了两下，“还是那么皮。你怎么来了？毕业这么多年都没回来看过老师，你不是来看我的吧？”

“校长，他是你学生啊？”班主任结巴地问，校长都多少年不教书了。

瞅了那个小老师一眼，校长无比自豪地点点头：“他是我带过的最聪明、学习最主动、成绩也最好的学生，咱们省有年出了个高考成绩差一分满分的状元，就是他。四张，你怎么想起来学校了？不会真是来看我的吧？”

“韩老师，这个班的几个学生说我打了他们，我们正说这事儿呢。”

“怎么可能？”韩校长眼一竖，扭头看向已经吓傻的班主任，“刘老师，四张是我教过的最优秀的学生，再说他这么大个人怎么可能和几个小学生打架？我看有必要加强一下学生们的思想品德教育了。”

那句话怎么说来着，风水轮流转，谁教的学生谁宝贝。

就算是一直喜欢按规矩办事的四张也不得不承认，这一刻的感觉，真好啊！

【2】

见到多年没见的学生，老校长激动得老泪纵横，正事也忘了说，拉起四张就去了他的办公室，一聊就是大半天，要不是他上午有个非参加不可的会，四张差点儿被留下吃饭了。

获准放行的四张出了门，没急着走。他转个弯，溜达着就停在了楼梯半截腰的地方。这层主要是校长和校领导办公的地方，没什么学生来，墙好像才刷过，闻得到淡淡的墙漆味，楼下有隐隐读书声顺着楼梯爬上来。

四张靠着墙，深深地吸了一口气，他特别喜欢这里的草木、花树、书声，还有那遍布青春喜乐的汗味墨香，如果可以，他真希望可以待在这里一辈子，可是，他怎么就“长大”了呢？还是这么突然地“长大”，烦啊……

“四张，你干吗呢？”

四张睁开眼，瞅着离他几步远的鹌鹑，忙站直身体，什么烦躁得拿背蹭墙、扭腰揪头发，那都不是他。

用手梳了梳头发，他站得笔直：“才和老师聊完天，没干吗。你们……丁点那边怎么样了？”

“几个家长都不追究了。”

“哦。”如他所料，不过……他拧紧眉头，“你那是什么表情？是安老头儿死了还是……”

他实在分不清鹌鹑的表情是像死了爹还是像便秘，总之看着不得劲。

鹌鹑张了张嘴：“那个……你自己看吧，我不知道该咋说。”说着，被难为得够呛的鹌鹑一个侧身，让出了身后的地方。四张这才发现，原来鹌鹑身后还跟着几个人。

四张有些看不懂了，不是不追究了吗？怎么追这儿来了？

几个学生家长看见四张这副表情，脸上堆满了笑，站在最前头的那个搓搓手："张老师，刚才是我们不了解情况，误会你了，回去我就批评他，小孩子不能撒谎，更不能欺负同学。"

"你叫我什么？"四张掏掏耳朵，他没听清。

"张老师啊。"带头家长说着几步上前，抓紧四张的手，"张老师啊，你有空能帮我们孩子辅导辅导功课吗？我付费，只要你开价。"

"是啊是啊。"

得，和刚才吵架骂人的场面一样，刚才他们是怎么合伙骂他的，这会儿就怎么合伙夸他。推了半天没推开那群如狼似虎的人，不想没事找事的四张举手认输："教不了，都忘了。"

"你不是失忆到了14岁吗？14岁上初一，教他们刚好。"一个声音底气不足地穿过人群，钻进四张的耳朵。他抬头一看，"呵"了一声，不是说好撇清关系的吗？不是不要我管你儿子的事了吗？变脸比翻书还快！

他耸了耸肩膀："谁说刚好了？我是装病的，我没失忆，以前的课程早忘了。"

"真的吗？老公你想起我了？！"

光顾着噎死几个家长，四张都忘了还有这只"轴"鸟在了，他瞅着怼在下巴颏的那张圆脸，紧张得连咋喘气都忘了。

"你干吗？

"你别过来。"

"我开玩笑的，我没想起来，没想起来，没……我教！丁点，你过来！我送你去教室。"

四张拉着丁点跑了。瞅着那一大一小渐渐跑远的身影，鹌鹑歪了歪脑袋：是啥把四张吓跑了啊？跟火上房似的。

"鹌鹑。"

“嗯？”声音把鹌鹑从思绪里拉回来，她瞧着一副作难模样的梁思辰，“梁爸爸，有事啊？”

梁思辰左右看看，把鹌鹑拉去一边：“有件事我想再拜托你一下。”

“什么，你说。”

梁思辰压低声音，凑在她耳朵边上说了半天，鹌鹑才搞明白，原来梁思辰担心的还是四张偏激地反对二胎这件事。

说起这事，她也一直搁在心里惦记着呢。

“梁爸爸，虽然四张那么说，可我知道他不是他说的那么偏激，你别看他现在偶尔会拽拽的，可他还是过去那个四张，聪明善良，他不会带坏丁点的。”

她说得那么坚决，就算梁思辰有再多担忧和不满，这个时候也只能憋回肚子里了。

“那好吧，丁点就拜托给你们了。”说是这么说，丁点爸依旧是愁眉苦脸的。

鹌鹑笑笑，觉得他是在杞人忧天。

这想法一直持续到日落西山、甜品店关门、鹌鹑回家推开门的瞬间……

屋内，梁丁点鼻涕一把泪一把地抓着笔，正在一本册子上涂涂画画，样子十分可怜。而四张呢，就站在一旁，斜着脑袋，手有一下没一下地敲着桌子。再看Wi-Fi，正用它的狗腿捂着眼睛，趴在桌子底下瑟瑟发抖。

鹌鹑一看觉得不对劲，边问边脱了鞋，放下包进了屋。

一听见她的声音，Wi-Fi“嗖”的一下钻出来，奔到她脚旁，使劲儿蹭了又蹭，如果Wi-Fi能说话，鹌鹑觉得它会说——可怕可怕太可怕了。

“这是怎么了？”她抱起Wi-Fi，摸摸狗头，瞅着放在丁点手边的那厚厚一摞资料，看着看着眼就直了，“小学奥数，儿童雅思入门，丁点，这些你会做吗？”

“不会。”梁丁点抽泣着说，“这些题我不会做，太难了。”

“是老师布置的吗？”

梁丁点摇摇头：“是四张叔叔买给我的。”

“四张，你干吗难为他啊？”

四张掏掏耳朵：“谁让他叫我叔叔了。”不光叫他叔叔，还说他比鹌鹑老，哼。

“四张！”鹌鹑有些生气，这不是欺负小孩子吗？

“不做也可以，叫哥哥。”四张的手又伸出去，在梁丁点脸上捏了一下，“可他就是不叫啊。”

“不叫。叫不出口。”梁丁点抹抹鼻涕，悲痛欲绝地看着鹌鹑，“没事的姐姐，叔叔说了，想要让我爸爸不要二胎，我就要得懂保护自己，让自己变强，不让我爸为我担心，这样他们就不会再想给我生弟弟妹妹了。”

鹌鹑看看丁点，又看看四张，她一直想说哪里不对劲，现在终于知道了不对劲在哪儿了，四张的说法是谬论吧，梁家要不要二胎和丁点变不变强没关系吧？

那么聪明的四张为什么会有这种误区呢？她皱着眉，渐渐陷入了沉思。

在四张那里失宠的Wi-Fi原本想在鹌鹑这里找点温暖，不想一抬狗头，随即“嗷呜”一声，险些没晕了过去。

Wi-Fi：这个社会是怎么了？聪明人变傻了，傻子呢，开始思考问题了！

四张是不知道一只狗会有这么些个想法的，他只知道要想让梁丁点强大到足够让他爸放弃要二胎这个荒谬的想法，单学习这一项，要下的功夫就海了去了。

一艘轮船以每小时20海里的速度沿正北方向行驶，在A处测得灯塔C在北偏西30° 方向，轮船航行2小时后到达B处，在B处测得灯塔C在北偏西60° 方向。当轮船到达灯塔C的正东方向的D处时，求此时轮船与灯塔C的距离。多简单的一道题啊，用脚后跟算都知道是$20\sqrt{3}$。

“怎么就不会算呢？”晚饭过后，实在受不了梁丁点的孺子不可教的四张挠着脑袋抱着换洗衣服进了浴室。天气热，再加上被这小子一通折腾，一身汗的四张身心俱疲，只想马上冲个凉去去火。

三两下脱光衣服，他钻到莲蓬头底下，随着水流落下，他舒了舒眉毛，真凉快啊。

冲了几下，他挤了点洗发水在手上，搓了几下后全捂上了头顶。

薄荷味的洗发水带着舒爽，刺激着头皮，他忍不住幸福地哼起了小调。就在这别提多舒坦的时候，一个不该在这时候出现的声音突然出现了。

咔嗒……

他停下手，粘着泡沫的手在脸上抹了抹：“谁？”

没听错，那是门声。

头顶的泡沫太多，抹了几下，泡沫没见少，反而更多了。他关了水，听了半天，除了还在往下滴答的水声外，好像没什么其他声音啊，是他幻听了？

晃了晃头，他把手放回开关上，一定是太累了，幻听了，他可是清楚记得他关了门的。

就在他闭着眼准备把水打开的时候，一个让他浑身起鸡皮疙瘩的声音在耳边响了起来。

“四张，你对二胎是不是有什么阴影啊？”

“你为什么在这儿！你怎么进来的！出去出去！”800年都冷清稳重的四张难得跳起了脚，他一手捂着重点部位，一手拼命赶着鹌鹑。只可惜他眼睛睁不开，不知道鹌鹑退出去的动作是快是慢。

终于，他跳着脚把鹌鹑赶了出去，这时才顾得上擦眼睛的四张瞪着泛红丝的眼睛看着那把门锁。

“瞅着没问题啊。”他摆弄着锁，冷不防锁把一转，门又开了，闭着眼睛的鹌鹑摸索着走进来，脸上竟然还带着笑，“又不是没见过！”

“出去！”

砰！

屁股顶住门，四张够着架子上的衣服，脸不知道是气得还是羞得总之红得很。边往身上套衣服，他嘴里边愤愤嘟囔：“什么破锁啊！”

“这锁还是你弄坏的呢，说方便。”

门外的鹌鹑小声解释，门里的四张脸更红了。

大哥，咱们的人设不该是严谨肃穆吗？我怎么活得这么轻浮了？

鹌鹑：“四张，我就想问问你，你是不是有心事啊？”

她咚咚咚地敲了半天门，里面的人却像死了似的没反应，虽然没反应，但浴室前的动静已经惊动了丁点，他撂下练习册，蹒跚着走到鹌鹑身后。

“姐姐，你和叔叔吵架了吗？”

“没……啊……啊……”鹌鹑咬舌头了，因为门开了，门里的四张头顶泡沫，表情愤怒，造型……别提多别致了。

（Wi-Fi：汪哈哈哈）

今夜，有人注定无眠。

梁丁点站在门口，小短腿一前一后一后一前，不断徘徊着。

Wi-Fi站在他身后，短腿一前一后一后一前，跟着他来回转圈。

梁丁点很犹豫，有件事他不知该怎么办了，老师布置作业，每个小朋友要学讲一个故事，他的爸爸妈妈平时太忙，根本没空管他，所以梁丁点的故事也就一直没学，方才和同桌小鱼儿通电话时，他才忽然想起来，明天就轮到他讲了。咋办啊?

正犹豫着，卧室的门开了，在里面开了半天会的四张和鹌鹑一前一后走出来，瞧四张的脸，依旧很黑。

唉，到底要不要说啊。梁丁点想了又想，一狠心，一咬牙："鹌鹑姐姐，我们班明天有个活动……"

别问他为什么没问四张，不敢……

可让他意外的是，前一秒还包公脸的四张竟然主动接了这活儿。

"我给你讲吧。"他笑眯眯地说。

结果，四张给鹌鹑和梁丁点讲了一个特别好听的……鬼故事。

……

一阵沉默后，是两声撕心裂肺的哭声。

【3】

"别哭了。"

"别哭了……"

"别哭了！"

"哇哇哇……"四张这么一喊，原本各自哭泣的梁丁点和鹌鹑不仅没听话，反而抱在一起，哭得更狠了。

四张郁闷地托起下巴，生无可恋地看着他们。不就一个鬼故事吗？有那么吓人吗？"别哭了，你们再哭明天要讲的故事可就来不及讲了……"

“不……不听鬼故事……吓……吓人……”梁丁点哭得抽抽。

“这次不讲有鬼的了……我保证。”举着三根手指，四张边赌咒发誓，边叹了声气，“怎么比刘落程还不禁吓啊？”

“你也给刘落程讲过吗？”方才还在抹眼泪的鹌鹑不哭了，“四张，你和刘落程也在一起玩过？”

“10点了。梁丁点你还要不要听故事了，不要的话我去睡觉了。”

“要要要。”

鹌鹑坐在一边抹鼻子，四张啊，好喜欢顾左右而言他呢。

她的眼光那么炽热，看得四张脸上都发烧了，他拿起一本丁点的书，瞎翻了几下：“快点说，你们要求讲什么故事？”

丁点：“老师说要乐观积极的。”

“乐观积极？”四张皱了皱眉，“我喜欢孤儿被欺负然后长大成人回来复仇反击的故事，不能换主题？”

不能。

四张犯了难：“哪有那么多乐观积极的故事？有了，就讲个坏小子弃恶从善打篮球的故事吧，这个坏小子叫樱木，樱木有一头红头发……”

“四张，灌篮高手会不会太长了？”鹌鹑托着下巴提醒。

“嫌长？那我不讲了。”

“别别，不长不长。”

夜很静，月光很长，鹌鹑笑眯眯地看一眼四张，又看一眼月光，幸福就那么一点点地溢满了心脏，什么老公忘了她，什么老公的性格和以前不一样，这些都不再让她困扰了，因为再没什么比陪他经历一次14岁、遇见一个她没见过的青葱少年来的幸福让人满足了。14岁就该会哭会笑，现在的四张比才“回”14岁那会儿好多了。这变化也让她高兴。

讲故事的四张声音真好听，滑滑的、凉凉的，似窗外如水夜幕。鹌鹕眯起眼，跟着四张的故事晃着脑袋。

“樱木有一头扎眼的红头发，运动神经超级发达，后来，他加入了湘北高中篮球队，在篮球队里，有个总是看不惯他的队长，樱木最烦他，但另一方面樱木不知道，他的队长特别看好他……”

梁丁点听得入迷，摇头晃脑，冷不防四张突然停下来了。

“后来呢？叔叔你快讲啊，好好听！”梁丁点催着。

“好听吗？”四张挑挑眉，对某人来说，这催眠故事却是很管用啊。

他瞅着伏在桌上的鹌鹕，呵了声，不只睡着，还打呼！四张拍了下桌子，借力站起来，打呼噜也就算了，偏在这儿睡，万一感冒了再赖我头上！

四张走了，回来时，手里多了床薄被，一扬手，被子就歪歪斜斜地落在了鹌鹕身上。

坐下，继续讲故事。

“四张叔叔，你在和姐姐闹别扭吗？”

“是啊。”换作是你，一个14岁的青葱少年，好端端被人看光了，你也别扭。

“不许问问题，继续讲故事。”

被勒令闭嘴的梁丁点瘪瘪嘴，脸趴在桌子上：“叔叔，鹌鹕姐在说梦话呢。”

嗯，不用说他也听见了，那么大声。

四张：“继续讲故事，一个篮球队只靠一两个人根本不能打赢比赛，所以赤木还在等后卫宫城归队。”

鹌鹕：“伊拉克的小孩好可怜，什么时候能不打仗就好了。”

四张：“……”

鹌鹕：“德国队怎么又输了？还有梅西发挥失常，会不会挨领导批评啊？”

四张：“……她一直这么忧国忧民吗？”

丁点也是迷茫脸，正不知道该说什么，鹌鹑那头又开始说了。

“安平，你想吃什么？姐姐给你做。”

“安平是姐姐后妈生的，和他妈一样，对姐姐一点也不好，姐姐怎么还想给他做好吃的呢？”

“她爸妈是怎么回事？”鹌鹑念叨个没完，四张的故事是讲不下去了，索性停下来，看样子，鹌鹑的事丁点知道。

说起鹌鹑，梁丁点有了话题，他叽里呱啦学着鹌鹑的爸妈当初如何因为她是女孩以及脑子有问题的事不管她的。

“都这样了她都不想着反抗？”换他早奓毛了。

“姐姐没有，她就会对周围的人好。”梁丁点托着下巴，瞅着在吧唧嘴的鹌鹑，“姐姐好像太阳呢，在她身边就感到温暖。”

“小太阳”似乎感应到有人在说她，翻了个身，身上的被子本来就是四张胡乱盖的，被她这么一折腾，直接掉了。

她睡相巨差，瞧得四张直撇嘴。

“就不能老实睡觉？”说着，他提起被子给鹌鹑盖好。

“四张，你那么反感二胎，是不是发生过什么事？你和我说，我替你分担啊。”

鹌鹑的一句梦话吓得四张手一缩，瞪着眼睛看了她半天，确认她在说梦话，四张这才慢慢放下心来。小太阳太暖，暖得他受不了。

尴尬地整理了下衣服，四张肃了脸：“继续讲故事，刚才讲哪儿了？”

“后卫宫城。四张叔叔，你怎么了？怎么不说话了？”

四张想说没什么，可想了想，他还是忍不住说了句打脸的话：“其实你爸妈想要二胎不一定是不要你。”

梁丁点盯盯看着他：“叔叔，我爸是不是给你钱了？”

他果然不适合煽情。

“讲故事！”

有时候，四张就想啊，人怎么可以笨成这样呢？不就一个故事吗？讲完整了，再讲得精彩点很难吗？为什么梁丁点就是干学不会呢？

“这里应该这么讲，再配上这样的手势。”

“四张叔叔你再做一遍，我没记住。”

四张的耐心就快被磨光了：“怎么就记不住呢？笨死了。听着，这里是这么讲的。记住了吗？”

“没有。”

“笨死了。怎么就记不住呢？是这样，这样，再这样嘛！看懂了吗？”

梁丁点缩着脖子，看着四张给他做了一遍又一遍示范。

这一夜，家里好像进了蚊子，一直在鹌鹑耳朵边哼哼着，不光哼哼，它还有词，什么“怎么这么笨啊，你怎么这边笨啊，都学不会？”

哼哼得她烦了，挥手就是一巴掌，坏蚊子，哼哼不要紧，关键还嘴毒！

第二天清早，鹌鹑醒来时，发现梁丁点还在拉着四张教他讲故事，四张的脸不知怎么红了一片。

“四张你怎么了？”鹌鹑抹抹嘴边的口水印，眼角睡意未散。恍恍惚惚她怎么感觉四张噘着嘴呢？

看她瞅他，四张扭开了头，要不是瞅她是个女的，他非得还她一巴掌不可。

闷了口气，四张扬了扬手，对丁点说：“该教的都教了，能讲啥样算啥样吧，我去睡觉了。困。”

“好！”梁丁点脆脆地答，那模样倒全然没有熬了一宿的迹象，他摇着小手，“叔叔，我讲完和你汇报现场情况，你等我好消息。”

“不用，结果好坏和我又没关系。”说着，“砰”的一声，四张关了卧室的门。

“姐姐，叔叔他是不是觉得我表现不好会丢他的人啊？”梁丁点有些失落。

“不会的。”

“那姐姐期待我的表现吗？”

“期待啊。”

丁点眼睛一亮：“那我给姐姐打，姐姐你等我消息哦。”

“好啊，加油哦丁点。”摸着丁点的头，鹌鹑在想四张怎么这么不近人情了。

结果这想法并没停留多久。

清早，送完丁点上学回到店里的鹌鹑一进门就看到了坐在窗前打瞌睡的四张，开门声好像打断了他的瞌睡，四张下巴一点，睁开眼。

鹌鹑：“你是来……”

四张：“别误会，我不是来等结果的。邻居有人装修，家里太吵，我是来这儿睡觉的。”

扫了下四周，虽然才早上，店里却早有了客人，也不静啊……

再一瞧四张，已经趴回桌上了。

“还以为他是关心丁点呢。”鹌鹑这个傻子挠挠头，走开了。

那一天，店里的座机响了12次，鹌鹑的手机接了7个电话，四张一共抬了19次头，眼旁的黑眼圈很浓很浓。

“叔叔，你很关心我的，对不对？”晚上，回到家的梁丁点听了鹌鹑说的，贼兮兮地看着四张。

是啊，鹌鹑也发现了，原来14岁的四张是个外冷内热、刀子嘴豆腐心的人呢，她很喜欢。

受不了被人这么盯的四张拿起水杯当掩护："谁关心你了，我才没那么闲。"

"叔叔。"梁丁点像没听见他的话一样，笑嘻嘻地拿过来一张纸，"叔叔，虽然我这次没得第一，但老师说我有进步，明天我们班上还有复赛，老师说想请你去帮忙指导一下。你能去吗？鹌鹑姐姐也一起去，好不好？"

"好啊，我们都去。"

四张扫了鹌鹑一眼："谁让你代表我了？"

"知道了，不代表！丁点，明天是几点，我和四张提早去。"

瞅着自说自话的两人，四张忍不住上下打量了下自己：他什么时候就给了人他很好说话的错觉了？这很危险啊。

又是一天。

鹌鹑按照丁点说的时间拉着四张去了丁点的学校。

等到了，她发现了不对劲。

"四张，怎么这么多家长啊？"

四张也在瞧，校园里旌旗漫展，许多家长都领着小孩，情况很不对头。

"怎么回事？"他停下脚，瞅着原本还笑嘻嘻的梁丁点。

【4】

"叔叔，我们先进去吧。"丁点跑过来，拉住他。

四张眯起眼，以他和刘落程打了十几年交道的经验看，里头绝对有猫儿腻。

“你不说清楚，我们不会进去的。”

“丁点，今天是有什么活动吗？”

见四张和鹌鹑都没进去的意思，梁丁点终于垮了肩：“今天是学校开放日，老师让我们带家长一起来，可是我爸爸妈妈从来没来参加过，他们总说忙忙忙。同学们总笑话我，说我是没人要的小孩。昨天是我第一次被老师表扬……”

他低着头，四张隐隐看见有亮晶晶的东西在他眼角一闪一闪。不知怎么的，四张就想到了自己，自从妈妈嫁进刘家后，妈妈的一半精力就要分给刘落程，他心疼妈妈，从不和妈妈提什么要求。

死刘落程。

四张抿了抿唇：“你告诉你爸今天的活动了吗？”

丁点摇摇头。

“下次还是和你爸说声，他不像那种不负责的家长。”

“嗯嗯。”梁丁点小心翼翼地点点头，“那这次……”

“开放日都需要做什么？”

瞅着已经迈步进校门的四张，鹌鹑拉了拉在傻眼的梁丁点：“四张问你呢，走啊。”

“啊？啊！”丁点恍然，猛蹿了个高，追上去，“我们学校的开放日就是让你们看看我的表现。”

“哦，看你表现多糟吗？”

“四张叔叔！”

“找掐是吧？”四张回过头，挺直脊背又清清嗓子，“除了脸外，我有地方不像叔叔吗？”

本意是让丁点帮着检查有没有能让他出洋相的地方，四张看着梁丁点毫不犹豫摇头时，心里还是一阵别扭，他就真像个“老头子”吗？

就这么，鹌鹑一边走着路，一边看着四张和丁点一大一小你来我往，唇枪舌剑。梧桐迟黄夏风缓，竟有了初秋的凉意。鹌鹑拢了拢衣襟，看着路尽头的教学楼，一个人站在黄绿树间，脸上的笑有些僵。

“丁点，你不是说你没告诉你爸吗？”

“是没啊……”梁丁点脸上的笑也僵住了，因为鹌鹑姐正给他指着一个地方，他爸梁思辰就站在那里，看着他。

“……爸，你怎么来了？”

“前几天来学校，听老师说你们今天有活动，要求家长出席，爸就来了。丁点，你怎么没告诉爸爸呀？”梁思辰试图控制自己的情绪，他蹲下来摸着丁点的头，“儿子，你不高兴看见爸爸吗？”

丁点的默不作声让梁思辰有些尴尬，他拍了两下儿子，就把目光移向了鹌鹑：“是丁点拜托你们来的吧？不好意思，我来了就不麻烦你们了。”

鹌鹑瞅瞅四张，梁思辰说得在理，原本就是应该家长参加的活动，他们根本不是丁点的家长嘛。

“我们走吧。”四张打个哈欠，正好他还困着呢。四张转身就准备走。

“不要。”

四张回过头，瞅着揪着他衣角的梁丁点：“你干吗？你爸不是来了吗？拽着我干吗？”

“他从来没参加过我学校的活动，现在突然来不就是为了让我接受他们要弟弟的事吗？他不要我了我也不要他。四张叔叔，你陪我进去好不好？”

“当然不好了，我很忙的。”四张正色瞅着梁丁点，扯了扯被他拽住的衣服，“别拽着我，我衣服贵。梁叔叔，你管管你儿子啊！”

“嗬。”

这声“嗬”有点不合时宜，搞得四张和鹌鹑都愣了，齐齐看向梁思辰。

梁思辰瞅着他们，苦笑一声："让我儿子排斥我，排斥我们要二胎，这就是你的目的？"

"你说什么呢，梁先生？四张他什么时候……"

"这事和你没关系。"梁思辰打断了要开口的鹌鹑，"我特别后悔，早在察觉他那么抗拒二胎时就该把丁点带离开，不过现在也不晚。丁点，我们走。"

"不，不要，我不走，四张叔叔救救我。"丁点连踢带踹，就是不肯跟他爸走。梁思辰也发了狠，不管他怎么挣就是不放手。父子俩一个抓，一个挣，就这么僵在那儿了。梁思辰那个气啊，他没想到专程请假过来参加儿子学校的活动竟会得到这么一个结果。

"梁丁点，你！"他停下动作，因为一只手横到了他面前。

他没好气地瞧着四张："干吗？"

"不干吗，就是有件事我得说明一下，我的确抗拒二胎这件事，不过这不代表我会拿我的态度去影响丁点。"四张挖着耳朵，他最不喜欢被人冤枉了，"而且，丁点对你们是这个态度，你们是不是该在自己身上找找原因，你们平时陪他的时间有多少？你们知道他爱吃什么菜？班上的哪个同学和他玩得好？他为什么不喜欢数学？这些你都知道吗？"

四张连珠炮似的问话说得梁思辰一愣一愣的，他连张了几次嘴都没回上话。也是在他愣神的这个工夫，梁丁点挣开了父亲的束缚，跳到地上，躲到了鹌鹑身后。

鹌鹑摸摸孩子，发现他早因为四张的话满脸泪水，而她自己也被勾起了深深的难过，四张说的这些，同样是她爸妈没给过她的。

记得小时候，她最盼望的一件事就是爸爸妈妈能来接她放学了。

从她学校到家，中间有条特别宽的马路，每天中午他们放学时，那条路上都会有好多自行车。他们放学的时间刚好也是附近工厂工人们下班的时间。

小学六年，从最开始的要等最后一辆自行车驶过再过马路，到后来的学会了避车，她学会了自立，也越来越渴望父母能多看她一眼。但随着时间推移，父母离异，弟弟出生，她的愿望一直都是泡影。

吸吸鼻子，思绪跟着回到了现实，回过神的梁思辰正指着四张破口大骂——

“别以为我不知道你为什么对二胎那么敏感！你说我说得头头是道，其实你才是最恶毒的那个！”

“你……什么意思？”四张一愣。

“你妈是二婚吧？再嫁后她怀过一个孩子，那个孩子是被你搞得没出生吧！”梁思辰看着四张。

鹌鹑也看着他。

“你胡说八道什么呢？四张怎么可能这么做？四张，你说话啊！四张……”

四张抿着嘴，竟然没有反驳，鹌鹑心里咯噔一下，难道是真的？

梁思辰冷笑一声：“看到没有，他都默认了，儿子，跟爸走，爸爸不会让你跟这么恶毒的人在一起的。”

就算梁丁点再不愿意，也敌不过他爸的力量，没一会儿，丁点就被梁思辰扛走了。

渐有微风起，吹皱人思绪。脸上的神情变了几变后，四张吸口气，终于回过头来。

“你怎么还不走？”他看着鹌鹑，“他说的是真的。我是坏人。还不走？”

鹌鹑摇摇头：“我不信。”

四张：“我说了是真的。”

鹌鹑：“那又怎么了？就算是真的为什么我就要走？”

四张挑挑眉：“你不失望？我做了这样的事？”

鹌鹑摇摇头：“比这还坏的事我都见你做过呢。”

四张一脸懵逼。

“你不记得了？结婚前，你把我才买的所有零食都扔了，你还趁我睡觉时往我被子里放屁，还把被子给我蒙上了，你别笑，听好，下面的每句话都是我真心说的，就算梁思辰说的那件事是真的，我也不觉得你有多坏。我喜欢的是四张，好的你坏的你我都喜欢。再说就算你承认那件事，我也不信。”

“你不信？”

“嗯。”

四张看着她，蹭蹭鼻子，别开眼：“傻不傻，我都不信自己。”

【5】

梁思辰的出现让四张多了许多心事，虽然他的生活作息没变，该吃吃该睡睡，可鹌鹑还是能感觉得到他心里多了什么沉重的东西。

甜品店的人大多大条，没发现这点，但有件很明显的事是他们不可能看不到的，那就是梁丁点已经几天没来店里了。

那几天四张也是特别累，因为每天都要看傻鹌鹑不让任何一张八卦的脸靠近他。

他知道她是担心他们的问题会勾起他的心事，可是，拜托，他哪有那么脆弱？

就这么连着被保护了几天，终于在这一天，鹌鹑有事出去了。

逮到机会的于大庙赶忙凑过来兴师问罪：“四张，你到底帮不帮我追鹌鹑了？怎么总打空头支票呢？”

“哦。”正往门外看的四张兴味索然地回过头，上下打量起了大庙。以前也不是没见过他，可怎么头一回瞅他从头到脚都那么不靠谱呢？穿得邋遢，脸跟没洗似的，对了，还有病，撮合他和鹌鹑？

四张有点后悔自己草率的决定。

“这个……”

“哪个？”于大庙眼一眯，“你不会想反悔吧？”

“没……没……啊，梁丁点？”四张手一指，梁丁点不知道什么时候就站在了门外。

听见他叫，梁丁点鼻子一酸，一溜儿小跑扑到了四张腿上：“四张叔叔，你当初是怎么把你妈妈的小宝宝弄没的？教教我！我妈妈有宝宝了。”

手都伸到一半了，听他这么一说，四张眼睛一竖，本来只想表示对那声“叔叔”不满的手真使劲儿掐在了梁丁点脸上：“谁让你这么恶毒的！”

#礼物#

“重新”确定关系后，周围的朋友都替鹌鹑高兴，鹌鹑也每天都喜气洋洋的，因为几乎每天都能收到来自四张的礼物。

有次，忍不住好奇的秋小美缠着鹌鹑把四张送她的礼物拿出来给他们看看。

鹌鹑：“其实也没啥，都是对四张很重要的东西，所以我也喜欢。”

都是什么啊？众人伸长脖子看鹌鹑一一拿出一堆东西——

“这个是四张的学习笔记，他从来没借过人的，你们看他字多好看。

“这个是他观察小鸡孵化过程孵出来的小鸡……的重重重孙女。四张让我把它炖了，我没舍得。

“还有这个，是他帮我打的通关记录，四张好厉害，我打到23关就死了。”

瞅着鹌鹑手里的小霸王游戏机，秋小美他们不由得都默默咽了口口水，真是物以类聚人以群分，也就是这两人吧，不管咋失忆都能爱到一块儿去。

Summer 6

快把我哥带走！

——世界复杂吗？

——复杂。因为有善恶，对错，指摘，批评。

——就没有什么事是简单的吗？

——有。

——什么呢？

四张摸摸女儿的头："妈妈对爸爸的喜欢啊。"

不因任何事情而发生改变，终生恒远，只增不减。

【1】

此时的鹌鹑不知道店里发生了什么，她站在刘家门口，正一步一回头地瞧着那扇漆黑大门。

她是犹豫了好几天才决定来这儿的，不问个清楚她心不安。

可真站在门口，她又迟疑了：来了找谁呢？问婆婆吗？如果那件事是真的，那婆婆当年肯定已经伤心过一次了，她不能再往婆婆伤口上撒盐了。不问婆婆？又能问谁呢？

正不知该怎么办的时候，刘宅的乌漆大门竟就那么开了，刘叔叔的那辆雷克萨斯缓缓从门里驶了出来，鹌鹑眼睛一亮，刘叔叔很疼四张，对婆婆也好，问他不会担心让婆婆伤心，也不会担心刘叔叔不说实话，正合适。

“刘叔叔。”不等细想，鹌鹑已经冲出去，拦在了车前。

刘远东摇下车窗，探出头，见是她，一笑：“鹌鹑啊，怎么不进去，你妈在家呢。”

“我找您。”鹌鹑喘着气，绕过车头，停在车门外，看着里面面露难色的刘远东，“不会占用您很长时间的，我就问一句话。”

“本来也不急，我要去趟外地，赶飞机。”刘远东笑着放下手，“什么事啊？看样子不是小事，不然不会让我们鹌鹑这么严肃。说吧。”

“叔叔，婆婆和您结婚后是不是曾经有过一个宝宝，那个孩子没出生是因为四张吗？”

“你怎么知道的？”话出口，刘远东自觉失言，眉头皱了皱，他又看了眼表，“鹌鹑，这件事一时半刻说不清，虽然和四张有关，但不能怪他，我今天来不及和你细说，等我出差回来和你细聊好不好？”

“那……好吧。”鹌鹑点点头，往旁一侧，让出路来。

雷克萨斯鸣笛一声，车子慢慢启动起来。

“对了。”想起什么，刘远东又探出头，“这事别去问你妈，等我回来和你说。”

鹌鹑点点头，看着车子一点点离开，最终消失在路角那几棵三球悬铃后面。

听刘叔叔的意思，四张真和那件事有关，可为什么叔叔又说“不能怪他”呢？是另有隐情吗？每每想起四张那近乎痛苦的眼神，鹌鹑就想知道这件事背后到底是怎么回事。她不信四张会是熊孩子，无缘无故地伤害了家人。

“我爸回来和你说什么？”

突然，身后一个人说。

鹌鹑吓得捂住胸口回头，一见是刘落程，立马儿绷紧了脸，退后着说：“没什么。”

“至于吗？”刘落程对鹌鹑和他保持距离的这种行为很不满，撇撇嘴后，又笑了，“就算你不说我也知道你在和我爸说什么。你是不是想问当年我那个没能出生的弟弟或者妹妹是怎么没出生的？”

“你知道？”

“我怎么不知道，我全程当事人。”

“那……”鹌鹑咬了咬唇，问还是不问呢？

“想知道的话就跟我来，刚好我要去参加个活动，参加完告诉你。磨蹭什么呢？不是你想知道你家四张当年经历了什么吗？想知道就上车。”

身后，司机已经开着刘落程的车出来了，刘落程已经动作麻利地坐了进去。他半只胳膊伸在车外，在给鹌鹑留门。

“走不走啊？不走我走了。”

鹌鹑咬咬牙，跟着上了车。

车门关上后，发动机很快就启动了，风景隔着褐色玻璃黑白电影般在窗外慢放，鹌鹑团了团手：“当年发生了什么？”

“我现在没心思说，等我参加完活动再说。”

明知他是故意卖关子，鹌鹑却半点办法没有，只能攥了攥拳头，暗暗生气，为什么要上他的车呢？

扫了她一眼，刘落程心情很是愉悦：“你不好奇我参加的是什么活动？”

“不好奇。”

“是我母校的活动，哎，人太成功了也不好，哪儿哪儿都请着参加活动。四张以前没带你参加过吗？”

“他带我去吃各种好吃的。”说起以前，鹌鹑就一脸的幸福。

“哼，你还真知足啊。”

鹌鹑没听出来刘落程说的是反话，依旧点点头，她就是很知足，只要和四张在一起，做什么她都觉得幸福。

瞧她那一脸样儿，炫耀目的没达到的刘落程那叫一个郁闷，一路上没话找话，就这么竟到了丁点的学校。

一下车，之前才见过的老校长和几个校领导都等在门口，除了他们这辆车外，有几辆正在卸客，打头的已经慢慢驶离了。

鹌鹑竟不知今天是丁点学校校庆。

老校长先看见了她，热情地迎了过来：“哟，怎么就你自己啊，四张没来吗？这小子，我明明告诉他要来的。”

“咳咳。校长。”

“这位是……”老校长瞧着“嗓子不好”的刘落程。

刘落程理理袖口，伸出手：“刘落程。”

“刘落程？”校长看向他，一脸的迷茫。

“我是欣海贸易的副总。”

校长依旧迷茫：“有点眼熟，就是……”

刘落程的眼睛跟着校长的脸一起使劲儿，他是谁就那么难想？他可是赞助商，捐赠人啊。

有校领导已经注意到了这里的动静，正赶过来，眼见人多了起来，不喜欢这种环境的鹌鹑呼了口气：“刘落程，四张的事我改天问你吧。校长……”

她正准备和校长告辞，不料老校长一拍大腿：“我想起来了，你就是四张的弟弟，学习一直班级倒数的那个，当初教你时我还说怎么四张学习那么好就不给你补补呢？不是亲的起码生活在一起啊，怎么也能互相熏陶啊……”

“校长，这是才给学校赞助了五百万的刘总。”赶来的校领导擦着冷汗拼命扯着校长的袖子，就差去堵他的嘴了，可惜还是迟了一步，刘落程的脸已经黑得不能再黑了。

不知怎么的，鹌鹑突然觉得刘落程挺可怜的，他这是在四张的阴影底下活了多少年啊……哈哈哈。

刘落程瞪着她：“你就笑吧。我告诉你，你家四张当年因为不想再来一个弟弟和他争宠，硬是逼着他妈把孩子拿掉了。他不过是一个会学习的冷血怪物罢了。”

“不可能。”

“还不信？不信你去问他妈。”刘落程冷笑着，这个时候他也顾不了其他了，反正要丢人大家一起丢。

“问谁我也不信。四张就算坏也是有理由的！不！他不是坏人！他不可能有那个坏心思！”鹌鹑瞪着刘落程，从没觉得哪一刻她如此理直气壮过。

她不仅信四张，她也了解他。他是个做事从不后悔的人，哪怕是不好的事。

“叔叔，姐姐好像在说你。”远处，梁丁点坐在甜品店的翻斗车里，指着远处说，“哎呀，他是要打鹌鹑姐姐吗？你快过去看看，快过去看看啊。”

四张正抿嘴看着笨鸟，听见梁丁点这么一说，顺道瞧了一眼刘落程，胆子小得连小强都不敢打的刘落程，敢打人？

“他就是抬个手而已……梁丁点你干吗去？梁丁点！”四张瞅着那个撒丫子跑下车、一去不回头的小屁孩，摇摇头，踩了脚油门。这一天，事怎么这么多呢？四张无奈地想。

刘落程不知道四张在想什么，这会儿他正没面子，在想怎么把面子挽回来的事，压根儿没留意离他不远的那辆翻斗车，更没发现从车上下来的小孩正往他这儿跑。等他扬手打完这个喷嚏后，就发现面前多了个小孩，这孩子有病吧，冲自己嚷嚷什么？哟？还想动手？

自恃身份的他躲闪几下，可那烦人的小孩依旧不依不饶。

就在他要失去耐性时，一道车声传来，“嘎”！

是四张！

他吓了一跳，本能地朝后连退几步。不知怎么就没退好，一个失衡后，刘落程“哎哟”一声，摔在了地上。

在他面前，还停着鹌鹑伸来的那只手。

坐在地上，刘落程看着眼前的梁丁点、鹌鹑，还有赶过来正冷眼看着他的四张，哭唧唧地说：“你们是故意的！哎哟，别碰那儿，疼疼疼啊！”

母校校庆这天，赶来参加活动的刘落程风头没出成却失足伤了脚踝，被医生勒令要在轮椅上过一个月，而背锅侠鹌鹑和四张也很快接到了刘家奶奶的电话。

电话里，老奶奶用那种特别不情愿又特别委屈的语气通知他们——刘落程要求，要由鹌鹑和四张两口子照顾他。

“不干。”四张回答得也果断。他已经“大”了，才不怕老太太会再借机刁难他妈呢。

本以为这件事会就此打住，告一段落了，鹌鹑却没想到，当晚四张就变了主意。

“给刘落程打电话。他不是一直都想KO我吗？现在有个机会。”说着，他看了眼怒气冲冲登门来陪读的梁思辰。

梁思辰死活认定梁丁点是因为他才反感二胎的，让他负责，可丁点这事，四张是真不想掺和了。他的身份和立场都不适合参与这件事。

鹌鹑以为自己听错了，揉了揉耳朵：“你说啥？”

“让刘落程来。”刘落程不是想给他找事吗？正好，他也给他找点事做——帮他解决掉丁点这事。

然而，有件事还是出乎了四张的预料。

刘落程和梁思辰，认识。

因为当刘落程的轮椅屁颠屁颠地出现在四张家门口时，正在门里为儿子的冥顽不灵生气的梁思辰说了句：“你怎么来了？”

四张眯了眯眼，他还奇怪呢，梁思辰是怎么知道那件事的？原来啊……

【2】

“没错，是我说的。”对上四张的眼神，刘落程就知道他在想什么，一笑，“我就是要让全世界的人都知道你四张其实不是什么好东西。”

“先不用把目标定那么大。”四张说着，走到门口，绕开鹌鹑，走到刘落程身后。

刘落程一脸受惊过度的样子："你想干吗？"

四张："先让这位觉得我不是好东西就算你赢了。"

一声"哎哟"后，四张推着被他颠得直咧嘴的刘落程走到梁丁点面前："瞅着没有，我最喜欢虐待弟弟，我不是好人，所以求你别信我说的二胎不好了。不然你爸就打算跟着你在我家长待了。"

"可是……"梁丁点瘪瘪嘴，瞅了刘落程一眼，"四张叔叔，你家的二胎就是不好啊……"

……

四张无语地瞧了刘落程一眼，你就不能长得像个正面教材吗？

照这个进度，他什么时候才能送走丁点啊？

"四张，我有个问题。"入夜，洗好澡的鹌鹑冒着热气走进卧室，边擦头发边坐在了四张身旁，他在看书。

听她问，四张"嗯"了声。

鹌鹑："你为什么突然就不管丁点了？"

四张："和我在一起对他没好处。"

鹌鹑："……"

撂下书，四张看了看鹌鹑，又马上拿了起来。书遮着脸，他的声音闷闷的："他来问我怎么能把他妈肚子里的小孩弄掉。再和我待在一起他会学坏的。"

"你不坏！"

四张往后缩了缩："你这性格，不得总被人欺负啊？"

鹌鹑一愣。

"怎么了？"他躲在书后，眼睛飞速地瞟了她一眼。

鹌鹑摇摇头："以前你也和我说过这话……"

哦，他挠挠鼻头，长大后的自己那么酸吗？

“对了。”

“嗯？”

“你不好奇那件事吗？”

鹌鹑一脸问号：“哪件？”

“就……梁思辰说的那件，二胎那件。”

“我好奇。今天为了这事我还去了刘家，我只见了刘叔叔，妈妈不知道我去，你放心。”

紧张的眼神松下来，四张失神地拿起书：“那你知道了？”

“刘叔叔没来得及和我说。”鹌鹑低了头，“我想好了，除非你说，不然我不问。”

四张盯了她半天，书往脸前一挡，闷着声音说：“傻不傻啊？”

鹌鹑嘿嘿笑着，戳戳四张的书。

“四张。”

“干吗？”他心里正乱腾着，说话都没好气。

“你书拿倒了。”

尬！

他拿正了书，都怪梁思辰，非说他会带坏丁点，不让他们住一起，害得他一个青春正貌的共青团员要和鹌鹑共处一室，争睡一张床。别说让他老师知道了，就是他自己也过不了思想上这一关。

“我出去透透气！”他腾地站起身，走到门口，拉开，却发现门外早站了一个人。

“梁丁点？你来干吗？”

“四张叔叔，我爸爸和那个刘叔叔一直在说你的坏话，他们还说刘叔叔比你好，可我瞅着他就是个坏蛋。”

“我就是坏蛋。”

“叔叔，你当我傻啊，你就是嫌我爸烦，不想管我了才这么说的。”

……

“你别堵门口啊，让我进去，我有事情和你说。”说着，梁丁点竟然挤着进了屋子。

“四张叔叔、鹌鹑姐姐，有件事让我很困扰。”关了门，梁丁点站在屋子里，竟害羞地踮起了脚尖，“我们班班花今天给我塞了张纸条……”

话音才落，门“砰”的一声开了，刘落程滑着轮椅“走”进来：“丁点，叔叔帮你解决掉。”

四张：“……你解决，你解决。”

鹌鹑看看四张，又看看刘落程，悄悄走到四张身后：“他去你放心吗？”

“总比让丁点再跟着我好。我会教坏小孩子的。”

鹌鹑瞅瞅他，又瞎说。

第二天，甜品店。

秋小美站在门口，望夫石似的望着门外：“鹌鹑哪儿去了？”

从大清早她来上班开始，就没见过鹌鹑。

“四张，鹌鹑去哪儿了？”她问屋里的四张。

四张从书堆里探出头，指着一个本子上的字，点了点：“这里错了。还没回来吗？”他正给几个小孩补课，不菲的补课费让他脸上堆满了笑。感谢梁丁点的那场架，让他多了好些学生，一三五教六年级，二四六教五年级，周日教低年级。光那些补课费就让鹌鹑爹抹哈喇子了。闲话少说，这会儿他已经站起身，走到了门口。

想想的确奇怪，今天早上鹌鹑就没和他一起来店里，去了哪儿她没说，他也没问。

“你怎么不问问她去哪儿了啊？”

“她那么大一个人能出什么事？”四张跟着朝门外望了望。

秋正义狠狠瞪了他一眼：“直男。以为鹌鹑是你呢？她那么好骗。”

直男是什么？四张默默掏出手机，打算百度一下，边敲着键盘，心里边想着秋小美的话。真的，那家伙不会有事吧？

正想着，大庙举着座机大喊道：“鹌鹑找着了！”

原来鹌鹑跟着刘落程去了丁点的学校。

五分钟前。

学校。

刘落程坐在轮椅上，脸上旧伤未去又添新伤，被班花爸揍的，因为他“试图调戏未成年少女”。

“说多少遍了，我以为她给丁点塞纸条是想处对象呢，我哪知道她是想问丁点题啊！再说，男女之间传纸条除了搞对象还能有什么事嘛……”

他说得理直气壮，一旁才喘匀气的班花爹的火气又压不住了，撸着袖子就要揍他，吓得刘落程直拿手捂脸：“鹌鹑，快救我，救我啊！”

鹌鹑无奈地叹了声气，她和四张不一样，四张放心刘落程办事，可她不放心，她总担心刘落程会借机诋毁四张。跟去了才发现，刘落程那脑回路倒没诋毁四张，可他那脑子里想的都是什么啊？丁点这么大的孩子，搞对象？

方才就帮拦着的鹌鹑这次又被刘落程拉来当挡箭牌，顺便脸上也跟着挂了几道彩。

被误伤的她捂着脸，声音闷闷地说：“她不是要问丁点题，她是要问四张。”

说这话的鹌鹑当时没多想，她想得简单，就是要让所有的人都知道四张的好，至于后面的事就是她完全没有料想到的了。谁能想到刘落程会那么大声地喊着：“原来是四张在勾搭人家小姑娘！”

“四张是谁？”班花的爸眼神里满是戾气。

鹌鹑：“这个，这个……”

【3】

“所以，你们叫我来，是怀疑我……早恋？”听清楚原委的四张眯起眼，不敢置信地看着刘落程，亏他为了摆脱一身龌龊把脏水倒自己身上来。

一旁的鹌鹑幽怨地看了眼连胡子都忘了刮的四张，托着腮蹲在地上：“四张你什么时候能正视下这个‘早’字啊。”

吐槽归吐槽，她不信这盆脏水就能泼到四张头上，那可是四张！无所不能、什么事都难不倒的四张！鹌鹑就那么蹲着，等着四张怎么收拾刘落程，可是，让她没想到的是，四张再开口，说的竟然是——

“没错，我早恋了，我学坏了。”

“四张，你说什么呢？”鹌鹑不敢置信地看着四张。连班花爸和刘落程都跟着惊了。

“我说我早恋了。”四张蹲下来，特别严肃地看着后赶来的梁丁点，无比认真地说，“好孩子都不早恋的，所以我不是好人，我说什么你最好也别信。”

梁丁点瞅着四张下巴上的胡楂儿，“扑哧”一声笑了：“叔叔，你在说什么啊？”

没等他笑完，梁思辰已经一把把他拉回了自己身边，一脸警惕地看着四张，沉默了半晌后，说了三个字：“恋童癖！”

“对，恋童癖！”从震惊中恢复清醒的刘落程更是像捡到个宝一样，上蹿下跳地指着他喊。

“恋童癖？”四张被他们的反应搞蒙了，他瞧了瞧鹌鹑，一脸天真地问，“什么意思？”

鹌鹑连个无奈都没来得及表示，就看屋里有人已经“疯了”。

“你个死变态，敢打我闺女主意，我跟你拼了！”班花爸眼睛通红，撸起袖子就朝四张冲了过来。

拳头落下的瞬间，四张就想起了那句话——果然不能多管闲事，更不能牺牲自己的利益帮别人，瞧见没有，引火烧身了吧。他不就是为了树立点自己在丁点心里的反面形象吗？

“都怪你，把我给传染撒（傻）了。”一秒后，四张肿着腮帮子说。

“我不是故意的。”鹌鹑可怜巴巴看着他，伸过来的手又往后缩了缩。她想看看他的伤。

“说怪你你就认？傻不傻？”四张又是一个白眼儿。要说班花爸这拳真够厉害的了，才几秒啊，四张的半张脸都肿起来了。他转回身，看着班花爸，一双眼睛瞪得跟什么似的。

鹌鹑以为他会发飙，至少也要解释解释的，毕竟他是那么不吃亏的一个人，可让她意外的是四张竟然掉头……跑了。

边跑他还不忘大喊：“我就是喜欢你闺女，我会一直追她的。”

“你小子，有种别跑！”班花爸脸气得煞白，蹦着高地追了出去。

四张这是怎么了？看不懂的鹌鹑一跺脚，跟着追了出去。

四张和班花爸跑得都特快，鹌鹑撒开腿追也没追上，站在大门口，她看着操场上的两人，心都提到了嗓子眼。

“四张不是恋童癖！”她声嘶力竭地叫着，喊得嗓子都被风刺疼了也没办法不让班花爸的拳头落下去，“四张你跑啊，你怎么不跑啊！”

鹌鹑哭了，都怪她，让四张变傻了。

号了一会儿，号得袖子都擦湿了，鹌鹑突然听见有人叫她。她抹抹眼睛，瞅着正摇摇晃晃朝自己走来的四张。他眨着眼，脸上除了方才那道伤并没再添新伤。

“走吧。”

“……”

“我说走。”

“可是……”鹌鹑指着班花爸，他还在不远处看着他们呢，和方才比，这会儿的班花爸倒是平静了不少，“没事了？”

“没事了。”四张说完就回过头，朝班花爸鞠了一躬，“拜托你了，叔叔。”

鹌鹑瞅着四张口中的“叔叔”眼皮一抽筋，看起来这个称谓让他很是不适，猛咳两声，他面无表情地走过来：“我不和丁点说就是了，可你也给我记着，敢打我闺女的主意，老子废了你。”

“沙包”大的拳头从四张和鹌鹑的眼前一晃而过，鹌鹑目送这位身穿健美裤的班花爸从面前走过，眼睛里有什么东西一闪而过。

“真好……”

“什么真好？”不明所以的四张左右看了一眼，突然拉起她的手，“咱们快点走。”

“为什么？”没从神伤里回神的鹌鹑话都没问清楚，人就被四张拖走了。

“四张，我们为什么要跑？

“我们去哪儿啊？

“四张，四张……”

风扬起鬓角，鹌鹑就这么被四张拉着，跑了很远很远。他什么也没说，她也没再问，闭着嘴，心里莫名想起那句话——你是无意穿堂风，偏偏孤倨引山洪。四张做什么，她都相信，都愿追随。

不知什么时候就跑到了一个红瓦土房旁边，四张停下来，左右看了看，招呼鹌鹑：“先藏这儿。”

“藏？为什么要藏？”

“没听见有人追我们呢吗？快进去。”说着，四张手一伸，就把鹌鹑推进土房旁边一处凹进去的坑洞里了。塞完她，他也跟着钻了进去。洞口原本堆了几个纸箱子也被他拉来做了掩护。

“下次不能让屁孩随随便便崇拜你，麻烦太多。”他低声吐着槽，觉得腿有点硌，就转了转身子。腿终于不硌了，他却发现另一件尴尬的事。

空间太小，他的脸对上了鹌鹑的……

“四张，我们躲什么呢？”鹌鹑对这种情况一点不觉得尴尬，眨巴着眼睛问他。

“……”他深吸一口气，想扭开头，可这一扭，腿就架上了鹌鹑的，问题还是个敏感位置，又忙收腿。

脸又对上了……

外面传来梁丁点和几个大人的喊声，有梁思辰的，也有刘落程的。四张皱皱眉，出去是暂时出不去了，现在这情况只能忍忍了。

他屏住呼吸，尽量不喘大气地说：“丁点和我混在一起没好处，我不喜欢哥哥、弟弟，之前意气用事说了那话让他以为我们是一伙的，所以我得让他离开我让他讨厌我，让他认为我是坏人……”

“四张，你脸紫了。”

他知道！有她在对面他根本不敢喘气好吗？一吸全是她的味道。唉……四张别扭地扭扭脖子，尽量放慢呼吸，鹌鹑的味道……咳咳……他垂了眼帘：“所以我才承认我是那个什么恋童……不是怕前功尽弃我在办公室里就否认了。”

“那班花爸，就是那个瑜伽教练怎么放过你了？”

“当然是我把他引出来后把事情告诉他了。为了证明我真14岁，我背了25个数学公式、圆周率、两首古诗和一篇英语课文，就差把元素周期表背了。班花爸看闺女看太严。”他吐着槽，忽然一眼看见鹌鹑在神伤。

“你怎么了？”

鹌鹑笑笑：“没什么，就是挺羡慕的。”

“羡慕什么？”

“我爸从来没像那个爸爸那样紧张过我，我们家的人都不喜欢我。”

“那你还对他们好？”换作他，早就收拾干净了。傻。

“嗯。”鹌鹑没听出四张话里的讽刺，竟然赞同地点点头。

他也是无语了。

“算了算了，以后我保护你吧。”他扭着头，脸颊一片绯红。

“四张，你是说……”

不用看四张都想得出来此时此刻鹌鹑是副什么表情，她一定又是用那副傻呆呆的表情看着他，一脸不信。

“假的。”他笑着转回头，却意外撞见了鹌鹑那种眼神，怎么说呢，他想起来圣斗士星矢，那个眼里装满一整个宇宙的人，鹌鹑就像星矢。

听着他这声“假的”出口，对面的小宇宙像进了黑洞一样顿时暗了，四张开始还笑嘻嘻的，见此愣在那里，她信了？这也信？傻吗？他四张可是一言既出，驷马难追啊。

已经35岁高龄的四张咬咬唇：“那个，你别……”

“怎么？”鹌鹑抽抽鼻子抬起头，她就知道四张不会是真的想要保护她，四张会那么容易改变那就不是四张了。就在她强忍失落抬头的瞬间，之前还在挠鼻头的四张突然变了一副脸色，他先紧张地直起身，跪坐的姿势让他的头几乎触顶。老棚子不知被废弃了多久，到处是灰，被他这么一动，棚顶的灰就簌簌地如雪片般往下落了大片，鹌鹑一眯眼，鼻子一阵痒痒，“阿……”她想打喷嚏。

就在她刚张嘴准备发那个“嚏”音时，原本坐得笔直的四张突然靠过来，用手捂住了她的嘴。

“别出声，不能让他们发现我们。”

鹌鹑点点头。

世界突然变得格外安静，静得她只能感知一声声心跳和覆在嘴上的那只手的温度。

“这个梁丁点，和他爸犟什么呢？”

晦暗不明间，她看见四张皱着眉，像在为什么发着愁。

哦，是丁点，他在找四张。

还有梁思辰，他在向儿子科普恋童癖以及恋童癖四张的可怕。

“你不是那样的。”鹌鹑隔着手心小声说。她的呼吸羽毛似的挠着他，四张有些心猿意马，“让他们说，我不适合带小孩，梁丁点跟着我真会学坏的。”

“可是……”

“没可是……嘘！”

外面人声似乎更近了，鹌鹑被捂着嘴，大气也不敢出，只能听着外面俩大人一直在和梁丁点灌输着四张不好的话。

刘落程：“要我说，你干吗不信叔叔的话，我自小和他一起长大，他什么样儿我不知道？自私自利，为了自己把亲妈怀的二宝都弄没了，不是他，说不定我现在就有个弟弟或者妹妹了，而且他还恋童。”

梁丁点：“你再污蔑四张叔叔我就对你不客气了！”

“哟，还对我不客气，你打算怎么对我不客气啊？哎哟！老梁，你儿子中四张的毒太深了！”

梁丁点真把刘落程揍了。

听见那几个人终于打着架走远了，鹌鹑挥着手让四张松手。

四张松开手，默不作声地坐在地上。那样子，鹌鹑知道，肯定是因为刘落程刚才又提了那件事。

她张张嘴。

“想问我到底是怎么回事？”四张挑挑眉，额头上全是汗。

鹌鹑摇摇头：“你别难过。”

“你从哪儿看出我难过了？”

“就是……”

没等鹌鹑说完，四张抬起手，照着她的脑门就是一记爆栗：“不许就是，自己都傻子一个还探究别人心理呢？走了！脏死了。”

在四张不停掸灰的动作和吐槽声里，他先一步钻出坑洞，鹌鹑紧跟着也钻了出来。

重见天日的感觉就是这样，风吹拂柳枝，鸟迎头飞过，她喜欢的男生背对着站在前面，白衬衫融在或近或远或浓或淡的风景里，画儿一般。

他抬起一只胳膊抡了抡：“喂。”

“嗯？”

“刚才那句话说的是真的。”

“哪句啊？”

笨死！“就是那句……”他不耐烦地转回身，想说什么，却在看清鹌鹑那张脸时咽下了想说的话。

“咳咳，没什么。”他“咻”地转回身，什么也没说，只有微微耸动的肩头泄露了此时他的心情不错。

越是这样鹌鹑越是想不通啊，她上下仔细检查了遍衣着，没有哪里不对啊。

“四张，你要说什么啊？”

天朗气清，太阳赶着夏天的尾巴热烈地照射着大地，它照在四张在偷笑的衬衫上，也照在鹌鹑那张红白分明的脸上，沿着鹌鹑的鼻翼平齐向下，一个红红的巴掌亮堂堂地被“印”在她脸上。

（四张：用力捂嘴时间过长了不好意思，我真不是故意的，不过好好笑，哈哈哈哈哈……）

不知道是不是错觉，于大庙总觉得去了趟学校的四张回来后哪里不一样了，可要他说出哪儿不一样他又说不出。总之很奇怪就是了。

“你瞧着吧，一定有猫儿腻。”下午三点，大庙甩着小手帕送走一波客人回来，歪在柜台上对秋小美说。

没办法，鹌鹑她爸请假外出，这会儿不在店里，剩下的男同志阿发比女的还羞涩，和他说一句话就像踩了猫尾巴似的，没人陪聊的大庙只好把话匣子对准了秋小美。

今天进账不错，在算流水的秋小美心情也不错，所以趁着提笔写字的空当儿就回了大庙一句：“因为四张不帮你追鹌鹑你才这么说的吧？”

“你……我……啊！”一紧张，于大庙咬了舌头。

秋小美笑笑，从旁扯了两张纸抽，团成团递给他：“塞嘴里，止血。”

知道她是在调侃的于大庙当然不接了，挤眉弄眼好半天等嘴里终于没了血腥味，这才凑到小美跟前，耳语：“别胡说，小心告你诽谤。”

秋小美嗤了一声，没接茬儿。

她越是不接茬儿，于大庙就越心虚，他胳膊肘撑在柜面上，前后左右拧巴了半天，终于还是忍不住问出了心里话：“你是不是也感觉四张怠慢我了？和你说我一开始就不信他能帮我，看看现在，果然，你都不知道，他今天和我说什么了，他说感觉我人品方面和鹌鹑不搭，你说说……”

“是不搭。”按了一个等号，秋小美在本子上记下一个数字，“我认真的。”

“我……你……你们是一伙的。”

“我和鹌鹑是一伙的，和那位是不是……”秋小美瞅了眼正在店那头给几个小学生补作文的四张，摇摇头，“反正现在不是。”她才不要和一个不承认鹌鹑而且还掉钱眼里的人一伙呢。瞧他上课人模狗样儿的，如果不是知道他倒背着的那双手比比画画的是“十五二十”学费计算公式，她真把他当好学生好老师了。

正鄙视地看着四张，门外突然传来动静。近十个学生家长呼呼啦啦地一起进了门，迎客铃因为这帮人的到来上气不接下气说了十来遍欢迎光临。

“小美，前面缺什么货吗？”以为是客的鹌鹑从工作间探出头，近视眼的她眯了眯眼，咦了声，“他们不是……”

“他们是。”秋小美点点头，从收银机底下的一个抽屉里取了眼镜，回身架在鹌鹑鼻子上，“而且瞅着来者不善。”

话音才落，意想不到的事就发生了，站在打头的一个中年男人直接挥退了起先还慢条斯理的另一个家长，放开嗓门儿边喊边扯自家孩子：“我们孩子可是亲生的，怎么放心交给你这个恋童癖？”

恋童癖？鹌鹑眼前一阵金星，也顾不得一身面粉，三两下脱了手套就钻出了工作室：“谁说我老公是恋童癖！我老公才不是！”

为首那个冷哼一声：“你说不是就不是了？还你老公？他弟弟亲口和我们说的，能有假？”

“刘落程？”鹌鹑脑子一阵嗡嗡响，“他怎么能那么说？我找他去！”

腿才迈开就被人拉住了，鹌鹑回头看着拽着她的四张，他正冲她摇着头：“他们爱说什么说什么，孩子领走，我还懒得教呢。”

瞧着那一个个家长避瘟疫似的领着孩子出了门，鹌鹑心里那叫一个不是滋味。都被人这么说了四张怎么忍得了？

“无非就是想借着败坏我名声的机会捎带脚让梁丁点不再来接触我嘛。”四张比她平静多了，“你以为没梁思辰在，刘落程那么容易就接触得上这帮人吗？就当为丁点吧，算了。”

“四张……”鹌鹑看着他，既然说算了，怎么还在啃指头啊？

（四张：钱钱钱，我的钱钱，没进口袋呢！就又走了！啊啊啊，刘落程，我和你没完！）

四张能忍到这个程度真的出乎了鹌鹑的意外。四张说送佛送到西，既然一开始就打算毁了他在梁丁点心里那个英雄形象那就毁彻底一点，反正别人说什么，他不在意。再则说——

“不说我恋童癖你让他们说我点什么呢？我这个人这么没缺点。”四张无比坦然地说。

鹌鹑觉得四张真伟大，换成她可做不到。

本以为四张牺牲到这个地步了事情就该告一段落了吧，然而一切并没完，事实上，这事儿都没撑到第二天就有了新进展。

当一身伤的梁丁点敲开鹌鹑家的门时，她就知道这事没完。

【4】

还记得当时电视里正播着《还珠格格》，画面里的小燕子穿一身公公服在翻墙，四张边啃杧果边吐槽：“换谁谁信我失忆了，我14时就在播这片，现在35了，还在播！”

他嘟囔着，眼睛却没离开电视机，14岁的时候，电视里还没播到这集呢。

梁丁点就是在他打赌皇阿玛铁定不会追究小燕子的时候进来的，梁丁点进来时正哭得稀里哗啦，一张花脸看得四张心都揪揪了，他三两下啃光杧果，把核丢进垃圾桶，又擦了擦手，这才站起身：“你怎么来了？”

他一副慵慵懒懒的样子，加上爱答不理的眼神，不清楚内情的人很容易就以为他不想搭理梁丁点，这也是四张的目的所在。说着话，他拿眼睛偷偷瞄了一眼丁点，忍不住心里“我去”了一声，谁把这小子揍成这样啊？

“咳咳，你的脸是咋回事啊？”他还是忍不住问。

“叔叔，他们都说你喜欢小孩，说你是坏人，你明明不是的，是不是？”

“你这伤……不会就是因为这来的吧？”

梁丁点点点头：“我爸和那个坏坏的刘叔叔都这么说你，刘叔叔还告诉我们学校的同学，我不喜欢他们这么说你就和他们打了一架。”

“结果就被揍惨了？”四张白了梁丁点一眼，屁股往沙发那头挪了挪。鹌鹑去拿药箱回来了。

“快给他擦擦吧，擦完回家。”四张眼瞅着鹌鹑下手，她每擦一下，他都跟着紧皱一下眉头，真疼。

“以后再别替我出头了，我承认我不恋童，但我真不是一个好人，所以你爸最初想找个人开导你，找我算是找错了。”四张语重心长地说，“你没看出来我自私又冷血吗？和我无关的事我从来不愿掺和，如果你来找我是想让我出面去澄清或者怎么的，抱歉，不可能。”

“四张……”鹌鹑手一顿，仰脸递给他一个嗔怪的表情，丁点还是个孩子，他这么说过了哈。

她手下的梁丁点坐不住了，扭了半天身子终于摆脱了一直试图按住他的鹌鹑：“叔叔，我没想让你替我出头，我就是不喜欢他们这么说你，还说得那么难听！”

“说就说呗，又不会掉肉。你不用这么看着我，我就是这么一个人。再说，我最不喜欢一天天变主意的人了。”说着，四张站起身，手背在脑后，一摇一晃地出了客厅，“清理好伤口就回去吧。以后别替我操心了。不需要。”

“砰”的一声后，卧室门隔开了里外的三个人。

四张整个身子趴在门上，听着外面的动静，嘴里嘀咕着：“这下总该走了吧？”

……

如他所料，丁点的确很伤心。

他丢了魂似的任由鹌鹑处理着伤口，嘴里嘀咕着：“为什么呀？”

是啊，为什么呀？鹌鹑也想知道，四张是怎么才能把事情做那么绝的？如果不是太清楚太信任，她恐怕都要信了四张的话，信他是个薄情寡义冷血的人了。

“丁点，虽然你四张叔叔那么说，但你要相信他是好人，只不过他不希望你和他在一起受到他的什么影响。”她一下一下擦好创口，“以后也别再和同学打架了。打架骂人都不是好孩子该做的事，你四张叔叔肯定也不希望你这样做。”

“可是……”梁丁点想说什么，似乎是想起了方才四张的态度，小脸一皱，“姐姐，四张叔叔可真让我失望！”

唉……

正不知该说些什么时，原本安静的卧室突然有了动静，像有什么被踢飞了后，门开了，四张拿着手机站在门口，虽然他的表情看上去没什么变化，可说的话却是杀气腾腾。

他说：“刘落程，我弄不死你！”

每个人的内心或多或少都有一方他想要拼命守护的土地，无论年龄多大，也无关乎能力大小、金钱多少，但凡有人招惹到那片土地的一角，哪怕他已垂垂老矣，也会奋起奓毛。

四张不怪刘落程上蹿下跳拼命给他泼脏水，怪只怪这盆脏水竟然泼到了四张妈的眼皮子底下，他妈知道自己“恋童癖”了。

“刘落程，你等着！”

“四张，你才说不喜欢总变主意的人的。”

“现在喜欢了。”

梁丁点瞧着一阵笑意的四张，扯着鹌鹑的衣角往她身后缩了缩：“姐姐，我怕……”

这个夜晚，刘落程过得无比惬意，心情别提多好了。能不好吗？和四张PK了几十年，这次终于把他干倒了。他笑着举起杯，迎着灯光，红酒被折射出剔透的颜色，他转了转杯子，仰头喝了一口：“爽！”

今晚的局本就是临时起意，几个被他叫来的朋友见他心情这么好也跟着high了起来，频频举杯，不知不觉几个人就有点高了。

放下一个空瓶子，刘落程摇摇晃晃地起了身：“你们喝着，我去撒个尿先。”

扯了扯腰带，刘落程挤出了卡位。

市里最火的一家深夜酒吧，此时人满为患，舞池里摇摆的男女在射灯底下晃来晃去，看得刘落程一阵眼花。

他大着舌头踉跄着往前摸索，嘴里喊着：“厕……厕所……在哪儿？”

“在那儿呢。”

突然一个声音在这时传进了他耳朵，刘落程眯缝着眼睛，转头一看：“你……你是肖宇？”

“落程？”对方见他也是一愣，随即是一脸的惊喜，“怎么是你啊？”

刘落程眨眨眼，酒顷刻间醒了，他做梦也没想到在这儿能遇见年少懵懂时那个总吸引他目光的女孩。

他挠挠头：“我和几个朋友在这边聚聚。你呢？”

“我也是。不过我们准备走了，真可惜不能多聊一会儿……”

“我们也要走了，那几个货……我说我朋友他们已经走了。我也准备走呢。”刘落程腼腆地说着，模样竟然有几分纯良。

“那女生是谁啊？”与此同时，躲在暗处的鹌鹑终于忍不住探出头，她不明白好端端的四张从哪儿找来这么个女生。你没看错，这个名叫肖宇的漂亮女人正是四张一个电话找来的。

四张正紧盯着那两人的动向，话答得心不在焉的：“刘落程的同学。”

“为什么找她来？”

“刘落程暗恋过她。”

“哦。”鹌鹑似懂非懂，有些懂了，刘落程有老婆，这时候却和曾经心仪的女人在一起，还一脸色眯眯的，“你是准备让弟妹捉奸吗？”

“别说话，他们走了。”四张做了个跟上的手势，猫着腰沿小道出了酒吧。

外面，夜色如水，晚风有些凉，被风一吹，鹌鹑打了个寒战，突然想起件事：“你为什么会有刘落程同学的电话？再者，这么多年了，号码不换吗？”

……

她瞅着四张脸一红，竟然没吱声，是有什么事吗？

“四张，你是不是……”

“我没早恋！”四张突然情绪激动地答非所问，好像被人踩了尾巴似的。

怎么回事啊？鹌鹑一脑子的问号，她就猫在四张身后，瞧准他宽宽的背，抿了抿嘴。

突然，她“哎呀”一声：“他们进酒店了！”

果然啊，四张摇摇头：“禽兽！

“走吧。”

走？去哪儿？

“我们不在这里等着？”

“等什么？”

“捉奸啊？”

四张看着她，像在看一个傻子。

如果靠死老刘媳妇捉奸就能让死老刘不好受，那死老刘就不是死老刘了，他脸皮那么厚，绝对值得更大的“惊喜”。

四张一笑，转身走了。

“真走啊？四张你等等我！我还是不明白你找一个刘落程以前喜欢的女生过来不捉奸能干什么？”

禁不住她一直问，四张终于停下来，手插着口袋，他看着她：“别小看女生，不是所有女生报仇都只会用捉奸、栽赃这两招的。枉费现在那么多优秀宫斗宅斗文你都不学学。”

顾不上挨批，鹌鹑总算听出来个所以然了，这个肖宇和刘落程有仇啊……

刘落程觉得，他和肖宇之间是有情的。不然为什么这么多年没见面肖宇会这么热情呢？他今天也没穿什么名牌，忙着给四张造谣忙了一天，人也是灰头土脸的。所以……他眨眨眼睛，看着肖宇曼妙的背影对自己说："肖宇是喜欢我的。"

肖宇正往酒杯里倒酒，边加冰块边问刘落程："落程，还记得当年快毕业那会儿有人送了我个双肩包，后来我不是转学走了吗，一直想问又没来得及问你，那包是你送的吗？"

刘落程被肖宇那软软糯糯的声音搞得心驰神往，意醉神迷，听她这么一说，唇角一弯："我以为你不知道呢。当初看你的书包破得不成样子，就用我的零花钱给你买了一个，还没来得及和你说，你就转学了。"

他看着肖宇肩膀一动，是感动得吧？他站起身，走过去，一只手慢慢放在了肖宇肩头："小宇，其实这么多年我都没忘了你。"

"我也是。"肖宇笑着回过头。

如果不是她那咬得咯咯直响的牙齿，刘落程真要误会她要与他两情相悦了。

刘落程本能地倒退着，脸上的笑也干巴巴的："小宇，你身上……怎么这么重的杀气啊？呵呵，呵呵，啊！"

随着"刺拉"一声，刘落程的上衣被撕开了，人生里，他第一次娇羞地捂着胸往后缩："肖宇你干吗，有话好好说，我不会反抗的，你别你别啊！妈妈呀！"

"告诉你！我找你好多年了！不是你扔了我的旧书包我会因为没有准考证错过奥赛考？不是错过奥赛考我至于发挥失常错失重点？不是为了让我读好学校我爸至于卖了房？他后来都没钱治病了你知不知道！"

已经被折叠成"方形"的刘落程已经没力气知道了，靠着还剩的那口气，他心里拼命祈祷着：救命，救命，谁来救救我啊……

【5】

又是清晨，鹌鹑在窗外成片的喋喋鸟声中醒来。她伸了个懒腰，脑子里还在回味着昨晚的梦，梦里的四张只是简单说着一句话——以后我来保护你。

啊，好幸福！她忍不住把脸埋进被子。

有美梦余味的清晨真好啊！

“好傻。”一个淡淡的声音的出现一下子就打破了此刻的气氛，鹌鹑“唰”地从被子里探出头，看着离她不远的餐桌旁正在啃三明治的四张，这才想起来，为了安顿梁丁点，又不让他们两人相处得那么暧昧，昨晚她是和四张在客厅打的地铺。

唉……鹌鹑飞速地抹了抹嘴角，还好还好，没有口水。她松了口气，又迅速紧张起来：“四张，你怎么吃那个？我现在去做饭！”

“不用。”四张摇了摇还有一个角的三明治，嘴角带笑，心情不错地说，“三明治配早间新闻，味道好极了。”

“新闻？什么新闻？”鹌鹑翻身爬起，一脸迷糊地看向电视，原来，在她还在做梦的时候，电视机就开了。里面正在播报早间新闻。

“姐姐你醒啦？”梁丁点不知什么时候也起来了，抱着个果酱瓶子从厨房跑出来，踮了半天脚，终于坐上了餐吧旁的高脚椅，“叔叔不让我叫你，说怕耽误你长个儿，不过姐姐你不小了，还能再长吗？”

“别看我。我不能，脑子笨的说不定。”四张嘴上说着，牙齿跟着啃干净了最后一片蔬菜叶。

梁丁点不辨真假，看了四张半天终于放弃地又扭转了头：“不过幸好你起来了，不然就要错过新闻了。”

什么新闻啊，四张说。鹤鹑满眼疑窦，叠好被子也起身来到吧台前，从这儿看电视清楚。

一看不要紧，她真的被吓了一跳。虽然打了马赛克，鹤鹑还是认出了电视机里正被警察“松绑”问话的人是她认识的刘落程。

“什么叫约炮不成反被绑，儿时恩怨今日偿？”鹤鹑读着新闻标题，咽口口水，“肖宇不是诚心和他……”

“当然不是。”擦好手的四张从座位上起来，“非但不是，肖宇还顺便把刘落程小时候干过的那些事曝光了，毕竟是偷了准考证的仇嘛。”

然而，此时此刻鹤鹑的注意力完全被刘落程胸前挂的那块牌子吸引了注意力，至于四张说了啥，她完全不知道。

偷女生卫生巾……

故意钩女生肩带……

“都是刘落程干的？”

想不到吧？四张微笑着系好领扣，都是他告诉肖宇的。叫刘落程嘴贱，编瞎话也就算了，还编他妈那里去！

“鹤鹑，一会儿我回家一趟，你去不去？算了。估计不让你去你也得去，我还是先把要带的东西收拾收拾吧。”四张认命地被忙着看八卦的两人无视了。

其实每次回刘家，四张心里都带着别扭，唯独这次没有，因为一进门他就看见往楼上拿搓衣板的用人了。

用人见了他，恭敬地鞠了鞠身子：“少爷回来了？”

四张手一扬，指着搓衣板说：“给刘落程的吧？”

“少爷你懂的。”

“去吧。”四张笑眯眯地说，他这个弟弟命一直不错，听说花花到大却娶了个厉害老婆。

“我们也上去吧。”

鹌鹑答应着，跟了上去。

她的婆婆是个特别好相处的人，四张和他解释“恋童癖”事件始末的时候她始终微笑地看着儿子。

“你我还不知道，以前连女生都不敢正眼瞅的人怎么会那样呢？行了，下楼帮妈拿几个桃子上来，你叔叔从外地寄回来的，很甜。”

“我那是不早恋，什么叫不敢正眼瞅啊……”被揭丑的四张嘟囔着出了门，留下屋里一脸笑意的鹌鹑和四张妈。

四张妈：“听他叔叔说，出差前你们见过？”

冷不防被提到这个话题，鹌鹑也很诧异，回了半天神，她摆摆手：“那件事我不在意的，就算四张说他自己十恶不赦我也知道他很善良的。”

四张妈被鹌鹑这句话感动了，她弯弯唇角，抬手拍了拍鹌鹑的肩：“四张能遇到你是他的福气啊。不过我还是想让你知道当年那件事。你也知道我带着四张嫁进刘家时刘家人不待见我们母子，那时候刚好四张学校组织出国交换夏令营，我知道四张想去就偷偷给他准备了钱，可是不知怎么就被老太太知道了，老太太的脾气你肯定听说过，说了不少难听话，钱自然也就没能给成四张。”

鹌鹑点点头，可这些听着似乎和四张那个没出世的弟弟或妹妹没什么关系。

“后来，我发现我怀孕了。老太太特别高兴，开始不给的钱也就松了口。四张那脾气你知道，这钱怎么可能要。牛脾气上来的他和老太太顶了好几次。可能真是机缘没到吧，医生说我的体质弱，如果要这个孩子可能有生命危险，我舍不得孩子，还想让四张去夏令营，就这么一直拖啊拖的，直到后来……那次等我醒来时，孩子已经没了，我儿子就守在我床头，小声和我说：‘妈，是我把弟弟弄掉的。’我的傻儿子，我哪会不知道他是担心让刘家人知道我不能再生欺负我啊。”

“然后你就一直让四张背着这个黑锅到现在？”鹌鹑不敢置信地看着婆婆，当妈的再软弱也没有让儿子背锅的道理啊。

四张妈张张嘴，正语塞着，门就开了，门外，黑着脸的四张端着桃子站在那儿，说：“不许你这样说我妈。她没让我背锅。是我自己不想别人对我妈说三道四的。妈，我们先走了。”

哎……没等鹌鹑反应过来，她就被拉出了门，可就算是出了门，她还是不信：“那为什么刘落程不知道啊？”

“我哪知道，反正刘叔为了我妈和老太太摊了牌，总之你以后不许再说这件事了，不然我生气了。”

鹌鹑猛点头，突然，她悟到了什么：“因为这你才这么喜欢钱的吧？”

四张咬着唇，哎呀真烦，怎么越是不想被人知道就越被这女人知道得更多呢！

“是不是啊，四张？”

“不知道！”

“你说刘落程为什么不知道呢？”

“我哪知道？”

（此刻，跪在搓衣板上给媳妇揉脚的刘落程“阿嚏”一声，莫名想起小时候的某天，他因为被匿名检举而被罚在学校打扫卫生，那天家里似乎发生了什么事。）

这一天，四张心情不错，之前误会的家长搞清了事实真相，又把学生送了回来，一同来的还有不少赔礼。

在他的旁敲侧击下，老校长提高了期中小考的难度，之前欺负梁丁点的几个学生成绩集体飘红，屁股都被家长揍开了花。梁丁点同学不知受到了什么感化，突然接受了父母要二胎的决定。

这一天，在甜品店看着几个小屁孩做作业的四张接了一通电话。

电话里，梁思辰的声音满是不好意思："四张，有件事还得求你帮忙。……丁点要我们给他生个像你一样的哥哥……"

"啪"的一声，四张挂了电话。

窗外云淡风轻，甜品店的门再度打开，这次不知又是怎样一位客人。

#父爱如山#

刘落程觉得自己最近倒霉透了，以为遇上前女友能来把旧爱重温吧，结果没承想人家是来寻仇的，被扒光展览，曝光小时候的斑斑劣迹不说，还被人拍了上了电视。这还没完，他从不看电视的老婆那天不知怎么就看了电视，光搓衣板就跪坏了仨。那两天刘落程觉得他的膝盖都快跪烂了，人也快死了。跪啊跪，忍啊忍，终于，老婆消气了，刘落程这才颤巍巍地从地上爬起来，抖着手让用人把那个搓衣板丢掉。

用人拿着搓衣板离开，没想到没一会儿竟去而复返，只不过拿搓衣板的人从用人换成了他爸。刘先生出差归来，听说了儿子做的事，连叹几口气后说："哪个男人不犯错呢？知道错了下次别再犯就是了。"

刘落程感动得眼快哭瞎了，他心想这还是他那个啥啥都严厉的爸吗？

谁知道这想法才冒头，刘先生就把才拿走的搓衣板原封不动地放回了刘落程脚边——

"赚钱不易，不要浪费，要让它物尽其用。"

"爸你什么意思？"

"爸再帮你锻炼下膝盖，来啊，去把我那个登山包装上东西给落程拿来，让他背着跪。"

"爸你这是干啥啊？"

"让你感受一下什么是父爱如山啊，山搬来有些困难，登山包容易些。"刘先生笑眯眯地说着，双被岁月铺了些许鱼尾的眼睛眯缝着看着儿子，声音愉悦得像在说什么喜事，"下次再敢惹你阿姨伤心……"

"爸，爸，我下次不敢了啊爸爸！"

（四张：叫你舌头大，叫你惹我妈，呵呵哒。）

谁没有个发财梦

提问：你是怎么向另一半表白的？

回答：我第一次因为一个人想要快些长大，那样就能有坚实的臂膀可以保护她。为了她，我希望自己变得更好一点。

上趟厕所出来的四张发现鹤鹑正拿着他的日记本念上面的内容，慌忙抢了回来，边抱紧日记本边怒斥鹤鹑侵犯他的个人隐私。没人看出此时此刻他的内心戏是如下——

羞耻，太羞耻了！下次一定不能把这些东西落实到文字上！

【1】

在店里待得久了，四张就发现了许多他无法理解的事：譬如他怎么就莫名其妙被鹌鹑爸奉为财神敬若神明；再譬如明明是鹌鹑的亲爸却怎么就那么讨厌鹌鹑；又譬如被一个不着调的爹那么看不上，鹌鹑又是怎么做到每天心平气和地和爹相处，甚至于接纳了这个贼看不上她的爹，又是供吃住外加发工资的，哪怕她这个爹给甜品店的店铺生产总值贡献值几近为零，换作是他，早断绝关系老死不相往来了。

这些问题好像放肆的野草一样在四张“幼小”的心灵里滋生滋生再滋生，搞得他都想拿把镰刀把胸开开了。

总之在店里多待一天，四张就像当年哥伦布发现新大陆一样，总能发现一些他不理解的事。喏，10月1日这天，他就又有了新发现——为什么鹌鹑爸会把发财的希望寄托在买彩票这种不靠谱的事上面呢？

长假第一天，学校放假，医生放假，无论是四张的学生还是店里的主顾都少了许多，一时没了事干的几个人齐刷刷地坐在店里看鹌鹑爸数彩票。

“我找大师算过了，大师说今天火星上升，水星下沉，是个难得的黄道吉日，今天买彩票准能中个大的。”他搓搓手，狗腿地凑到四张跟前，“我再让财神给我开开光，保证万无一失。财神你快摸摸我。”

大庙被他恶心到了，一伸舌头：“没听过正经大仙儿信星座的，四张你还真给他摸？”

远远地，只见正看书的四张头都没抬就伸出一只手递到鹌鹑爸面前，那场面怎么说呢，让大庙一下子就想起了欧洲人的吻手礼。呕……

结果还没等他恶心够，反转就来了——四张手一翻，五指微握成拳，食指伸出，勾了两勾，说：“钱。”

摸可以，但摸一下要付一百块钱。

众人一愣，随即哈哈大笑。一贯爱岗敬业的秋小美也放下手里的活走到鹌鹑身边，歪着头抿着唇，调戏似的看了四张一眼：“我竟然有点喜欢你家那口子了。”

大家这么一笑，鹌鹑爸顿时没了脸，手一缩，嘟囔道：“我哪有钱？我要有钱就不在这儿了。”

“哈哈哈哈哈哈。”

众人还在笑，鹌鹑爸的脸红一阵黑一阵，正不知道该如何挽回颜面呢，一抬眼就看到了正和秋小美说话的鹌鹑，顿时来了气，举起拳头就朝鹌鹑冲了过去：“你个死丫头！”

“你干吗？”于大庙前一秒笑得快岔气了，这一秒却已经冷了脸，他不能让人动鹌鹑一根汗毛，可喊得总没动得快，在他忙着吵吵的时候，有人已经一个健步挡在了鹌鹑和她爸之间。

天知道四张一手捏住鹌鹑爸一手还拿着书看，那种专心致志沉浸书海的模样有多帅气。

“财神爷你让开。财神爷你不能和这个扫把星在一块儿了！”鹌鹑爸连号带喊，左躲右闪，就想把四张躲过去揍死丫头一拳，可不管他步子多快，四张都比他还快。

书翻一页，四张的头发纹丝不乱，他眼睛一转，移去下一行：“他都要打你了，你还在这儿傻站着？”

“啊？哦。”鹌鹑明白了什么，扭头跑了。

“谁让你跑了？”“老僧”四张终于定不住了，手一放，书页随着一阵哗啦，他怒其不争地看着鹌鹑跑开的背影，嫌弃地回过头，发现不知怎么就开始傻笑的鹌鹑爸。

“笑啥？”

“摸……摸着了！”鹌鹑爸一阵狂笑后，撒丫子跑开了，边跑边念，“明月当空照，宝塔镇河妖，万事皆宜好日子，买必中之兆啊！”

“他这是咋了？”大庙被吓着了，呆呆傻傻地走过来，眼睛望着门口。

不知又躲在哪个角落的阿发飘了俩字出来：“疯了。”

鹌鹑爸疯没疯四张不关心，他现在比较好奇的是他爸那样鹌鹑为什么不反抗呢？

“我都习惯了，他们打小就对我那样，现在已经好多了，我爸破产以后没了钱，小妈带着我弟也跑了，没办法才来我这儿的。他就是气不过想翻身又翻不成，心里郁闷。”

晚上，家里。

四张冷哼一声：“一般人没你这个胸怀，被人欺负着还替对方找理由辩解。信不信有天他要是又有钱了绝对欺负你欺负得更惨。”

“不会吧……”鹌鹑放下手里的抹布，她在擦杯子，刚才四张打的果汁喝光了她要把杯子弄干净，“四张你为什么瞪眼睛？我说的让你生气了？你别生气，我改还不行？”

“我没气，我要去睡觉。”四张噘着嘴，板着脸，“噔噔噔”地进了卧室。

没一分钟他又出来，怀里多了床被子。

鹌鹑觉得奇怪：“你不是一直要睡屋里的吗？”

“我现在喜欢睡客厅。”说着，他就地一躺，蒙紧被子。黑漆漆的被窝里，四张边咬牙切齿想着一个人怎么可能受了委屈先想到的是退而不是揍回去，他也想自己这段时间怎么就能心安理得睡着床让傻鸟睡沙发呢？

思绪有些乱，四张烦躁地揉了揉头。就在这时，咚咚咚的门声突然响起，他抿了抿嘴，掀起被角偷偷瞄着去开门的鹌鹑——这么晚了会是谁呢？

没等想出个所以然，鹌鹑已经开了门，门外于大庙气喘吁吁地半蹲在地上：“不……不好了，你……你爸晕了。”

“晕了？咋晕的？”

“我也不知道，看着看着手机就扑通晕那儿了！”

“啊？”看手机看晕的，这是看见什么了啊？鹌鹑本能地回头看了一眼，发现四张正用掀门帘的状态掀着被子，一双眼睛若有所思。

“你俩能不在那儿含情脉脉了吗，快跟我下去看看吧！”于大庙使劲儿一跺脚，总算把两人跺醒了，一阵兵荒马乱过后，关门，下楼。

鹌鹑说她爸之所以会住在车库，全都拜四张所赐。头回过来这里的四张瞅瞅车库里的环境，摇摇头，完全不是他风格，如果是，这里哪会有暖气，哪会有床，哪会有电视机？肯定让他睡光板啊。

趁着鹌鹑扶起老爷子的工夫，四张拿起掉在鹌鹑爸腿边的手机，按亮界面后懂了，敢情是在看福彩信息啊！又瞅了晕着的鹌鹑爸一眼，四张摸摸鼻头，不会真让这个爱好封建迷信的家伙中了吧？

他这头寻思着彩票，那头鹌鹑忙活着急救，又是按人中又是做心肺复苏，忙得简直不亦乐乎，就这么折腾了足有三分钟，鹌鹑爸终于舒了一口气，醒了过来。

醒过来他说的第一句话是：“彩票！我的彩票！”

鹌鹑和于大庙互相对视一眼，这是中了的节奏啊，激动过头导致的昏厥。

“中了也别这么激动啊，年纪到了，心脏可承受不住敲打。”说着，于大庙嬉皮笑脸地蹲下来，凑到安富裕面前，“老头儿，中了多少？说出来我听听，好歹一个屋檐底下住了这么久，让我跟你沾沾喜气。”

“沾个屁啊！”没想到安富裕手一撒，竟哇哇大哭起来，他边哭边说，“老子攒了两个月的工资，全买它了，怎么一张都没中啊啊啊啊！”

于大庙被他喷了一脸口水，抹抹脸，起身退到安全位置：“你也是，有几个人能有那狗屎运中大奖啊。好在你工资就一千，俩月两千，不多。”

“你知道啥啊？”安富裕抹了把鼻涕，又从口袋里摸出一沓彩票，“我还和小高借了一万呢！”

“一万！你打算卖身还吗？”

“这倒不是我最担心的。”已经从悲恸中缓过气的安富裕盘腿坐地，一脸愁容，“关键我已经把我中奖的消息告诉我媳妇了。她比高利贷可怕多了！你说是哪个见了鬼的家伙抢了老子的大奖啊！800多万呢！”

“那么高？我看看！”因为800万的出现，于大庙也忘了方才这屋子里有人要死要活，他跳着蹦到四张身边，凑近瞧着手机界面上头奖的号码：“07 21 35……”

他眼往旁边一瞟：“07 21 35？”

他又移回来：“11？”

再移回去：“11！”

死老头儿，你是中奖兴奋得说胡话了吧！你这不是中了吗？”

“啥玩意儿？”安富裕一个激灵爬起来，几步蹿到手机旁，看着手里的那张彩票，紧跟着大吼了一声，“老天保佑，我他妈真中了！”

兴奋之后，他伸手去拿彩票，奇怪的事就这么发生了，那彩票一点点远离了自己，最后被揣进了另一个人的口袋。

拉好拉链，四张拍拍衣襟：“不好意思，随便买了一张，一不小心就见了个鬼。”

鹌鹑爸傻了，傻过以后，两行眼泪沿着眼角肆无忌惮地流了下来："财神爷，你显错灵了！"

"你可以问问我，好歹一个屋檐底下住了这么久，说不定我能让你沾沾喜气呢？"

鹌鹑爸哭着说："好歹一个屋檐底下住了这么久，让我跟你沾沾喜气吧。"

四张微微一笑，叫你那么对鹌鹑："沾个屁。"

【2】

安富裕快被噎死了。

方才没中奖的打击才缓过来点儿，这会儿又被更深地打击了一把。

亲近熟悉意味着更容易滋生嫉妒，以前他不懂，现在总算懂了，800万，看得见，摸不着，只能眼红，那感觉想死——想让四张死。

就在鹌鹑怀疑她爸要就此气死的时候，僵尸化半天的安富裕终于动了动眼珠："那彩票是我的，对，一定是你来我这里捡到的，要么就是你偷走的，一定是这样的，一定是！你还我800万，你还我！"说着他就朝四张扑了过去。

别看安富裕年纪大了，急起来动作也是很快的，就算四张早想到了，也还是左躲右闪了好半天才闪开了他的"爪子"。

四张站在远处，边喘气，边拦住要为他讲话的鹌鹑："你别说话，我来说，你说的那些词对你爸没用。别那么看我，你想说的无非就是'爸你不能这样''四张不是这样的人'，对吧？对，就站那儿别动，我来说。"

又喘了一口气，四张拍拍胸口："我从来不偷人东西，也不喜欢别人把莫须有的罪名安我头上，你说彩票是你的我说不是，如果不信咱们就去趟警察局，这张彩票上肯定只有我和卖彩票那人的指纹没有你的。”

“我……我……那张我漏摸了，不行吗？对！机打彩票太多，老板一摞给我的。”想想觉得自己说得通，安富裕本能地挺了挺背。

“那纤维呢？”

“纤维？什么纤维？”

“属于你的纤维，衣服的或是皮肤的，我敢保证这上面没有属于你的纤维，如果你不怕被告诽谤咱们就去公安局走一趟吧。”

“这……”安富裕词穷了。

“瞧见没有，得这样。”朝鹌鹑挤了挤眼睛，四张昂首挺胸地走出了车库。

说实话，鹌鹑真是深深地佩服跟崇拜着四张，那可是800万呢！他都不激动吗？

没想到这想法才出，走在前面的四张就突然叉腿下蹲，手握成拳上下使劲儿比画着胜利，听见声，他回过头：“走，鹌鹑，找个地方庆祝庆祝去。”

“嗯。四张，你真厉害。”鹌鹑扯扯衣襟，低着头说。

“手气吗？我也觉得。”

“不是。我是觉得你刚才说的那个指纹还有纤维什么的。”

“那个呀。”四张蹿了个高，落下时手里多了半截柳条，“指纹是在电视里看的，纤维是我编的，我不确定，不过唬唬你那个爸是够了，他傻。”

鹌鹑笑了，还是头回听人说她爸傻呢。

“我爸以前做生意还是挺厉害的。”

“是吗？”渐渐从兴奋里回过神的四张放慢了步子，不经意地回头瞧了鹌鹑一眼，月华似练，照在那位小姐姐圆圆的脸上，她还是那副傻乎乎的模样，眉眼带笑，手习惯性地扯着衣角。突然，他想起一件事，就势停住脚，用那种特别疑惑的口气问：“我中奖你不兴奋？”

“兴奋啊。”

“看不出来。”四张扫兴地踢飞一块石子，又不甘心地抬起头，“我们现在是法律意义上的夫妻，我中的钱也有你的一半，这么想想你觉得怎么样？”

被他这个问题问蒙了，鹌鹑晃着脑袋想了半天，终于摇摇头：“什么怎么样啊？”

“唉，算了算了。问你也是白问。没劲。”嘟嘟囔囔地重新上了路，没走几步，四张就暗暗愣了一下：刚才他是主动说的他们是法律意义上的夫妻这事了吗？天啊！他敲敲脑壳——四张你咋了！快醒醒，结婚不是14岁少年该想的事情！

就这么一路想一路走，就到了小区超市，再往远走就是商业街了。

“四张，你是要去商业街那边庆祝吗？时间很晚了，店会不会关啊？”

“什么商业街？”四张问着，钻进了超市，再出来时手里多了两支四块钱的巧乐兹，“以为等我上班才吃得起这个呢，没想到愿望提前实现了！来，咱们为了800万，庆祝一下！”

这一晚注定是许多人的不眠夜，安富裕不必说了，眼红，大庙也在想心事，他想的是如今有了800万加身的四张肯定更让鹌鹑放不下了，四张也在忙，他在绘制一份名为“保卫800万防眼红行动计划”。这一晚，恐怕睡得最好的就只有鹌鹑小姐姐了，她睡得四仰八叉，口水流满枕巾，不只如此，她还做了个梦，梦里四张终于恢复了记忆，带她去吃她最喜欢的豆腐花。

第二天一早，鹌鹑被一声关门声惊醒了，她爬下床，打开卧室门，看着四张正从大门那边往客厅里走，他手里拿着一张纸，鹌鹑隐约看到一角有个人字旁。

她揉揉眼睛："四张你起这么早啊？"

"睡不着就出去买了个早饭。"

是豆花！鹌鹑瞧着餐桌上的瓷碗，眼睛一亮，她想起了昨晚的那个梦，难道……

"四张，你是不是想……"

话没说完，就被横在脸前的那张纸打断了。鹌鹑眯起眼，瞅着上面又是字又是图的，不明所以。

"这是啥啊？"

"保卫800万防眼红行动计划。一般中了这种大奖的人第一件事想的肯定是保密，咱们的情况想保密肯定是不可能了，所以后续工作要跟上。你看看，这是我的安排。"

鹌鹑看了半天，摇摇头："看不懂啊……"

"汉字看不懂？"

"看得懂。可你写的什么包剿、防御重点，还有什么反击、陷阱……"鹌鹑眯了下眼，又竭尽全力看了下纸上的字，摇摇头。

彻底无语的四张扭转回头："不和你说了，真怕和你待久了话说多了我也被传染傻了。"

鹌鹑羞愧地低下头，对起了手指。

然而14岁是个怎样的年纪呢？就是前一秒还气得你死我活声称老死不相往来，下一秒就又勾肩搭背去小卖部凑钱买piaji（一种纸壳做的圆形小片，游戏原理是用力把一张扇到另一张上，使另一张翻面为胜，流行于20世纪90年代的一种游戏）的年纪。14岁的四张就是这样，方才还笃定着不再和鹌鹑说一句话，这会儿就忍不住回头教育她："你没听你爸说他和别人借了钱吗？他有钱还吗？没钱还他会怎么办？我打赌，他十有八九得推我身上。一般没品又没钱的人都这么干。要是这事真发生了，你会怎么办？还不知道？鹌鹑你这样不行，不会保护自己更不会反击！怎么了，干吗这么看我？”

四张摸摸脸，是他脸上有脏东西吗？

“没有。就是觉得……”

“觉得怎么？”

“就是觉得……四张你小时候这么喜欢说话啊？”鹌鹑腼腆一笑，“从认识到结婚，你一直话不多呢。”

四张使劲儿抿抿嘴，他刚才话多吗？他就是不爱说话的啊，说多错多祸从口出的道理他一直谨记啊。

询问地瞧着鹌鹑，得到一个肯定的眼神。

是吗？他又问天，脑子跟着回忆刚才的情形，好像真的是……

完蛋，四张你这是怎么了？难道一块板砖把你砸转性了？

这个问题缠绕着他，一直到进了甜品店。

早八点，往常已经准备就绪就待开张的店里却有点乱糟糟的。四张跟着鹌鹑进了门，一眼就看见朝他指指点点的大庙。

他就当没看见似的走去桌旁，放下书包，紧接着从里面拿出一本《高中物理》。“重新为人”，除了看书学习丰富自我外他实在想不出有什么可做的，毕竟别人说他以前是个医生，可这会儿医生的手艺对他而言是陌生的。

秋小美瞅着他翻开一页书竟就这么看了起来，不满地戳了大庙一下：“你是不是逗我呢？就那财迷，真中了800万还能老实在这儿待着？换我早数钱去了。你说是吧，阿发？”

“嗯嗯……”

瞅着慌忙落跑的阿发，秋小美摇摇头：“怎么感觉阿发的社交恐惧症更重了呢？于大庙你别是骗我吧？”

“谁骗你谁是孙子，你没瞧见死老头儿今天没来吗？病了，气的。”

“是吗？那我得鼓鼓掌。”说着，秋小美就该干吗干吗去了。

于大庙瞅着这一屋子的人，都怎么回事啊？那可是800万啊，怎么都没点反应呢？

算了，他也该干吗干吗去吧，反正钱又不是他的，他操个什么心啊？

就这样，被800万莫名砸中的甜品店里的人们依旧过着和往常无二的生活，如果不细看四张书里藏着的手机房产页面，或许真有人怀疑这800万是不是真被店里的人中了。

四张在看房，首都的房，如果他没想错的话，未来首都房价肯定走高。盘算一下这800万扣完税，还能再买六套房，放着不住的话每年吃租子够带妈妈出国旅游几次了。他一直渴望自己有钱的那一天，不靠刘家，靠他自己的能力让妈妈过上好日子。越想越美好，四张含着笑，按照记忆输入了一个网址，鹌鹑说过，在这个网上就有买房的信息。

页面跳转，四张的笑容也随着页面打开僵在脸上，什么情况？

“哟，看房呢。”就在他不信，想揉揉眼睛看清楚些的时候，一个人不知什么时候站在了自己身旁。那人身材发福，中等身高，皮肤黝黑，挺着啤酒肚，一只手正揉着另一只胳膊上的雄鹰刺青，脸上是那种标准的要找碴儿的坏笑。

对视的那一秒，四张心就突地跳了一下，他先扣上手机，接着看了下屋里其他人，果不其然，来的不止这一个，就连正做甜品的鹌鹑都被一个大汉揪出来，看见他在看她，鹌鹑肩膀忍不住瑟瑟一抖。

“咋回事啊？”四张挤了挤眼睛。

“没猜错就是早上和你说的那事。看住秋正义，别让她摸啤酒瓶。”鹌鹑眼珠跟着一转。

四张回了她一个眼神，心智渐渐平息下来，他不能怕，他要是怕了鹌鹑咋办。

“我不认识你们。”他挺直脊背说。

瞅他那样儿，明明一张老脸，答起话来却一脸嫩样儿。有意思，黑胖子咧嘴一乐，自来熟地拽把椅子坐下来，一手悠闲地敲着桌子：“没事，我认识你就成。你叫四张，才中了800万，我没说错吧？”

“是安富裕叫你们来找我的？”

“哟，老弟挺明白事啊，那我就明人不说暗话了，老安之前在我这儿借了点钱，今早我问他他说暂时还不上，让我们来找你。怎么样，你是他女婿，帮着还下吧？”

“不帮。”没想到四张非但不买账，还“很横”地拿起物理书看了起来，看也就算了，嘴里还念叨着“当$\alpha < \pi/2$时，$\cos\alpha > 0$，$W > 0$。我不是他女婿，他和我媳妇早脱离父女关系了，当初还落实在了白纸黑字上，不信我可以拿给你们看。”

“哟嗬，挺有骨气的，你就不怕还不上钱安老头儿有什么后果？”

“期待后果。”说这话的四张发现鹌鹑已经坐不住了，心里忍不住狠狠骂了一声——人家都那样对你了你怎么还把他当爸啊？

黑胖子冷笑一声，没急着说话，而是摸了摸下巴：“老弟，你是没搞清楚一件事吧？干我们这行的，从不走空账。”

末了“空账”两个字被黑胖子说得慢且意味深长。四张咬咬唇，突然抬起头：“你女儿明年高考吧？”

“什……什么？啥？”四张这突然变了的话题搞得黑胖子立马儿蒙圈，他眨巴着小眼睛，“你咋知道？”

“我帮她押道大题吧。我是我们那届状元，押题很准的。”

没等黑胖子有所反应，四张已经站起身附在黑胖子耳边说了起来，感觉没说几句话的时间，屋里的人，包括黑胖子那头的，也包括鹌鹑这边的，都眼瞅着黑胖子变了脸色，表情不那么凶了，说话也不阴阳怪气了。他点着头，笑嘻嘻地看着四张，嘴里说着："好的好的，那就一言为定。咱们走。对了，老弟……"

已经走出去半步的黑胖子又折了回来："安富裕那边……"

"该咋办咋办。"四张笑眯眯地说，看着莫名其妙多出来的那些人鱼贯出了店。

提着的那口气终于放下了，他深呼吸一下，冷不防胸口就挨了一拳，秋正义"大力水手"的别名不是白来的，才一拳就让他直咳嗽。

秋小美："行啊，四张，可以啊，不按套路出牌，不战而屈人之兵，厉害。"

店里的人都凑了过来，就连平时特别怕人的阿发也不远不近地看着他。四张被夸得有些不好意思，正想说什么，就听鹌鹑突然"咦"了声："四张，你14岁还没高考，怎么就成状元了？"

难得鹌鹑会注意这么细节的东西，四张嘻嘻笑了："小升初的状元。"

……

方才还无比佩服的秋小美这会儿止不住摇头，皮相老也有优势啊。不过转念一想，不对啊，小升初的状元怎么给高中押题的，还押得黑胖子那么满意呢？

"没押题。我就是告诉他我后爸姓刘，家住玫瑰巷119号。"

玫瑰巷刘家，南城说一不二的主儿，牛得连讨债的都怕。难怪黑胖子立马儿退散了。

可有件事鹌鹑想不明白："你不是讨厌刘家吗？为什么还要借他们的名？"

“废话，骨气和命哪个重要？傻子才为了骨气不要命呢！”

多少年以后，鹌鹑仍记得四张敲着她的头教育她的模样，微风飘荡，那个可以理直气壮改变原则的少年是那么让她心驰神往。

四张说：“对你爸这种只算你生理意义上的父亲的人，必须学会拒绝。”

她点头，她尽力。

安富裕“阿嚏”一声，醒过来，天气和暖，没风没浪，他抹着鼻子：“谁在背后念我呢？”

他今天窝在家里没出门，没心情，凭什么四张能中他就没中！那800万应该是他的才对！一想四张，突然他又笑了。老高那尿性他最清楚，自己这一招推水进山保证能让四张好好消受消受，反正他没钱！

老高那头他是不担心了，他现在担心的是如果媳妇回来他要怎么交代。他不想说他没中800万，四张和鹌鹑是两口子，四张的就是鹌鹑的，鹌鹑的就是他的，对，这800万就是他的！

终于捋顺了的安富裕搓着巴掌，盘算着那800万怎么花的时候，车库外头传来一个特别嫌弃的声音：“你那个死鬼爹不会就住这儿吧？你瞅着的，他要是敢骗我中了800万我不弄死他！”

安富裕打个激灵，弹坐起来，是他媳妇来了！

“媳妇儿！”他喊着，边跑去拉卷闸门，哗啦一声后，一个打扮入时的身影伴着阳光一同冲进了安富裕的眼睛。

“儿子！”安富裕扑过去，紧紧搂住他几个月没见的儿子，“想爸爸不，想爸爸不，快说想！”

安富裕那个营养过剩的儿子此刻因为他爸一顿揉脸抱肩，搞得输了游戏，很是郁闷，想发脾气却又碰上老妈警告的眼神，只好不情不愿地说了声：“想……”

“爸爸的乖儿子哎！爸爸好久没见你，怎么瘦了？”

“我想吃啥我妈都不给我买。”安厦噘着嘴说。

瞅着时机成熟了，安富裕的小“娇妻”忙抛出话来：“我实在没钱嘛，当初为了不让儿子受罪，我带着他去了南边我朋友那儿，虽然你不信，可那时候家里真没多少钱了。我带着儿子在那边吃也吃不好喝也喝不好，受了好多罪。现在好了，咱们又有钱了，一家人又能团圆了……”

“是啊是啊，先进去说话。”天知道“咱们又有钱了”这几个字多么触动安富裕的神经，有那么一秒，他的脸色不自然了一下，随即恢复如常，伸出手就打算领儿子、媳妇进车库。

可那里是车库啊，“小媳妇”怎么可能进？

身子一扭，她说：“老安，你就住这儿啊？”

“暂时安顿在这儿，暂时安顿在这儿。”

“暂时安顿也有个时候啊，现在有钱了，就算不能马上买房至少可以住酒店吧，咱们去住酒店吧，我知道一家在……”

安富裕忙抓住媳妇越伸越长的手，再伸说不定她就得提想住中南海了。

“这不是奖还没兑呢吗！”

“什么时候去兑，我跟你一起去！”

安富裕擦了把汗，以前没觉得媳妇话多啊，现在怎么这么能说。

“你小点声，别让人听见了！”

这话一下子就抓住了症结，安富裕的小媳妇果然闭了嘴，她捏着包，左右看了两眼，这才小声道：“进去说，进去说。”

这才对嘛。

安富裕挠着头，一步一沉重地往里走。虽然在他的逻辑里，女婿中的就是他中的，可这事该怎么和媳妇说呢？

正愁着，放在床上的电话响了。

他走过去，掀开被子，左翻右找终于找到了电话，瞧着屏幕，是个陌生号码。

是谁呢？

他摇了摇脑袋，按下接听键。

“喂……”

于茉莉在车库里左转转右看看，瞅哪儿都觉得不顺眼，这么小的地儿还这么脏，根本待不了人嘛。等老安兑了奖她首先要买个大house。她都看好了，开发区有个新楼盘，独栋别墅，位置偏是偏了点儿，可钱能有剩，她要拿剩下的钱好好保养下皮肤。自从老安破产她带着儿子落跑后，日子过得真没过去好。好在她命好，老安中了大奖，最重要的是老安对他们母子念念不忘。

越想越开心，于茉莉忍不住原地转了个圈。裙角还在飞扬，她的目光落在手拿电话的老安身上。

“老安，你怎么了？脸怎么白了？出啥事了？别告诉我彩票出了问题！我问你话呢！你和谁打电话呢？说话！”

她声音又尖又大，就算没开免提电话那头的黑胖子也听得真真的。

“哟，原来嫂夫人也在呢，正好，省得我费心去找了，你欠我的那七万块钱麻烦你和嫂子共同努力，抓紧还哈，听说嫂子当初是跑路，这手续不是没来得及和你办吗？”

安富裕傻了：“不是，我就借了你一万，什么时候成七万了？”

“嗯，明天就变八万了。”黑胖子笑说。四张吩咐的，管他真收假要，为了吓唬安富裕也要往高里报。

他看出来了，四张这小子表面看挺好，其实该坏时也挺坏，他喜欢。

【3】

越看老安那一阵一阵的脸色越觉得不对劲，于茉莉一捏拳，趁着他注意力没在这边，踮着脚凑了过去，虽然没听全电话里说的是什么，但有句话她听见了，受不了刺激的于茉莉当场尖叫起来！

“安富裕，你什么时候欠人七万块钱的！还要老娘和你一起还！你到底中没中那800万啊！”

“中了中了。”没想到会被偷听，安富裕焦头烂额地应付着于茉莉，那头还得听老高说什么。

老高也想得出此刻他是种什么情境，也没意思继续多说给他添乱，反正该说的都说了。对了，有句没说。

“老安，麻烦你转告嫂子一声，钱还上之前就别出去玩了，不然我还得受累安排兄弟跟着。你抓紧还钱，我早点收钱，咱谁也别给谁添麻烦哈。”

“那个，高哥！哥！”

回应他的只有嘟嘟忙音。

按掉电话，安富裕六神无主地瘫坐在床边——怎么回事？他不是把老高支到四张那里去了吗？老高怎么又回来了？那头到底发生了啥啊？

于茉莉忍他很久了，从进门接了个电话起就一直忽略她，这会儿电话挂了竟然还发呆，老虎不发威把她当Hollo Kitty了？

带着气，她抬手照着安富裕的后脑勺就是一巴掌：“安富裕，到底怎么回事！”

被揍的安富裕一肚子气，但听媳妇这么一问，立马儿没了电：“媳妇你听我说，事情是这样的……”

“妈，爸他骗你。”闷头玩王者游戏的安厦手没停地说。

狠狠瞪了儿子一眼，安富裕不得不再次面对媳妇拷问的眼神：“媳妇你听我说，800万的确是中了，不过里面有个小问题，中的人不是我，你先别急眼，虽然我没中，但和我中差不多！”

“差你娘个大头鬼，安富裕你就是个骗子，厦厦我们走！”

“走不了……”安富裕讷讷地缩了缩脖子，把自己怎么被大仙骗，又是怎么借钱买了彩票，再到如今被追还钱的事，原原本本和于茉莉说了，“所以就算你想走也走不了了，他们肯定盯着呢。”

“安富裕！”于茉莉快疯了，她好后悔啊，当初为什么要嫁给这个男人，走都走了为什么信了他的鬼话回来！她手里的钱本来就不多，现在居然还欠债！

“欠多少？”

“现在七万，明天说是八万……”

于茉莉差点儿没晕过去，眩晕过后，破口大骂：“他们怎么不去抢呢！”

“就是说啊。”

安富裕的随声附和又遭了于茉莉的白眼儿，可她心里明镜似的，这个时候生气于事无补，管他跑路还是耍赖，得想法子把事情解决了。

“对了，你刚才说的和你中差不多是什么意思？”

于茉莉算是问到了安富裕的得意处，他眨巴了下小眼睛：“中的那人是咱亲戚，还是近亲。”

“谁啊？”

“鹌鹑她老公，四张。”

愣了一会儿，于茉莉眼睛动了动：“那还真是和咱们中差不多。”

“对吧对吧。”

夫妻二人互相换了个你懂得的眼神。

“真是的，又输了。爸，你快点和我姐要钱，我没币氪金了！”安厦摔着手机说。

四张蹭蹭鼻子，瞧了眼外面的天色，天朗气清太阳高照，气温不低，是个好天啊，他怎么觉得背后飕飕地直吹冷风呢？

“阿嚏”一声后，他决定还是加件衣服。

经过柜台时，他发现店里的人正聚在一起聊着什么。

“哟，开会呢？”他扫了一眼，就继续往里走。看热闹这种事他一向不热衷。然而他不想掺和有人偏想让他掺和，才说完他就被人一把拉住了。

“别走开。不是，说你呢。”秋小美咬着舌头连呸三下，一不小心就被带跑偏了。

“我？”四张瞅瞅抓着自己的那只手，“我有什么好说的？不就是打发掉一拨混混儿吗？这又没什么。”

站在他另一边的于大庙使劲儿摇摇头：“No，no，no，我们说的是另一件事。”

“哪件事？”

“他们在说我爸。”鹌鹑弱弱地举起了手，“小美怕我爸不会善罢甘休。”

“你失忆了不知道，鹌鹑爸就是一个癞皮狗，如今背了债什么事都做得出。那么看我干吗？”秋小美一抖，被四张玩味的眼神吓的。

“没啥。”四张呵呵一笑，“就是觉得姐你一直挺烦我的……”

“叫谁姐呢！你们全家都是姐！”

又忘改口了。来到14岁，别的都还好，就这个称呼问题啊……四张摸摸鼻头，向后一步，闪开了秋小美的“铁砂掌”后轻飘飘地说：“不用担心，再赖我不给不就完了。”

没想到这话才出口，连同秋小美、于大庙，还有那个存在感几乎为零的阿发像事先商量好了一样，动作特别一致地摇摇头——

“那可是传说中的安老赖啊……”

“还有他那个小媳妇，昨天也说要来。”于大庙一脸怕怕地补充，“我是没见过她，可死老头儿和她通过几次电话，那口气，事儿妈加事儿精。”

“你没钱时还好，你有了钱，以安富裕那尿性……拿不到他不会甘心的。”秋小美语重心长地说。

“他和我借过十块钱，到现在都没还。”阿发也说。

四张低头数了数，十二、十三、十四：“你叫阿发吧，我还是第一次听你说十四个字这么多呢。”

“大阴影。”

四张被阿发的丧脸逼着侧了下头，真够阴影的，十块钱好大怨。

“你爸真这样？”他问鹌鹑。以前就知道这老头儿爱钱，外加不喜欢鹌鹑，但他真没想到还有这么多他不知道的。

“偶尔吧，也不全是，差不多……”

“这样的爸还留他干吗？过年吗？”

“她要有那魄力鹌鹑就不是鹌鹑了。”秋小美点着鹌鹑的脑袋说。

鹌鹑：“嘿嘿。”

秋小美：“我们不是在说防备鹌鹑她爸吗？怎么扯这儿来了？”

不扯防备一说四张兴许还有兴趣聊一会儿，一说防备他就……

“我还是去拿衣服吧。总觉得背后有阴风。”

瞧着四张那副不以为然的样子，秋小美摇摇头，附在鹌鹑耳边小声说：“不把你爸当回事，这小子不得吃亏啊？”

谁也没想到，秋小美的话还没凉，就有人吃了一个大亏，只不过和预期有偏差的是，那个人是于茉莉，而不是四张。

因为试图爬窗进屋，不慎踩到玻璃珠摔倒的于茉莉，在试图爬起时又被捕鼠夹夹了手，腰、手双伤，被送进了医院。

得知这一情况的众人纷纷把目光投向淡定看书的四张身上。

四张在喝水看书，瓶装雪碧被他一口灌进一半，放下瓶子，他们听着那张埋在书后面的脸说：“《小鬼当家》不是白看的。”

……

原本还担心他会吃亏的众人事到如今算是彻底服气了，他们开始转而担心起安富裕的结果会是怎样。

“死老头儿刚才还说你不管他他就报警，也不知道他咋想的，他们这个行为算入室盗窃吧？”大庙笑得嘎嘎的。

“以他的个性，报了警估计也会说那是他闺女家吧。”依靠着众人的描述，四张基本已经掌握了安富裕的套路。门铃轻响，有个快递员模样的人走进来。

秋小美一瞅他怀里的东西，吐了吐舌头：“又买书。”

打折嘛。四张现在越来越喜欢这个时代了，交通便利，家电方便，就连买书都比以前方便，关键有折扣。这一单凑完平均下来每本能省十七块八毛二呢。

一想到能省钱，他就兴奋。可是这边忙着签收，那边他就觉得哪里不对头了，好像少了什么呢。放下笔，他转圈看了一遍。

“鹌鹑呢？”一定是去医院了。

他无语了，安老头儿说报警就让他报好了，傻子才信他能把自己怎么样呢！

边骂着鹌鹑边穿衣服的四张觉得他也是蠢得可以了，这事他可以不管的，干吗要去呢？

飞快地出了门，他发现身旁多了个人。

“你跟来干吗？”

于大庙黑着脸瞪着四张，脚下步速快得赶上了四张的跑速：“你是不是喜欢上鹌鹑了？”

这什么跟什么啊！

“不然干吗你一发现她不在就跑出来了，你紧张她。”

“那是因为她傻，我要是不管她她会被欺负的……”

“我可以管，你回去吧。”于大庙定定看着他，看得他终于停下了脚步。

“那……”

“你回去吧。”于大庙还是那么看着他，“回去啊，你不回去就是承认你喜欢她。”

“瞎说。我……我是怕你搞不定，万一等下你又断片儿呢？”

强词夺理，大庙撇撇嘴，有种你别跑啊。

四张跑在前面，他跑在后面，一步一步觉得自己被落了下去，就好像他和鹌鹑之间的缘分一样，越来越远，或许根本就没有过吧。

迎着风，大庙眨了眨眼，既生瑜何生亮啊，哇！

如他们所料，鹌鹑真跑到医院去找安富裕了。

赶去医院时，于茉莉正躺在床上边哎哟边骂鹌鹑。

“你要是能做主给钱我就和你谈，要是做不了主那就趁早滚蛋，丧门星的傻货，要我看你爸生意失败就是因为你在，也不掂量掂量自己几斤几两就跑来让我们别找四张的麻烦。搞搞清楚，我们没事不想找谁麻烦，这不是你爸欠人钱了吗？你这个做闺女的是不是有责任有义务帮着还钱？我无所谓，可那是你亲爹！”

“那是四张的钱。我不能做主。”

“你们是两口子，两口子你做不了主？你以前是窝囊废，结了婚也没长进。”

病房里其他病人听了几句，再联系实际情况已经猜测出个大概情况，连他们都看不惯这个叫嚣的女人，更不要说门外知情的四张和大庙了。

以前只是听说，这次是眼见，四张突然想狠狠骂鹌鹑一顿：你凭什么替我出头，想出头至少要有点气势，怎么都不该像现在这样只是哀求然后挨骂好吗？

他拿出手机。

“你干吗？”大庙瞧了一眼，问。

“报警。”他要告他们私闯民宅，意图偷盗！

这个决定大庙无比赞成：“对，告他们，谁让他们一直欺负鹌鹑！让警察收拾他们！”

气头上的四张连按了两个“1”，手就停住了，他抬头看了眼屋里的人，鹌鹑的嘴那么笨，根本说不过于茉莉，何况这个时候还多了安富裕在帮腔。

安富裕：“四张怎么没来，我知道你做不了主，你让他来啊！”

“爸，你不能这样，那是四张的钱。”

“你只要还叫我爸那钱就该拿来孝敬我！”

瞧着鹌鹑满脸通红却怎么也辩不过安老头儿的歪理，不知怎么的，他就放弃了报警这个想法。没等大庙反应过来，他飞速按了几个键就推门进去了。

谁也没想到四张开口的第一句话会是：“爸说得对，都是一家人，的确不该分你我彼此。”

安富裕看见四张，先是吓了一跳，可紧接着听了他说的顿时喜上眉梢：“对啊对啊，姑爷说得对，都是一家人，哪分什么彼此。”

“所以分钱给爸是多正常的一件事，是吧，鹌鹑？”

“不是，四张，你不能……”

“你别说话。”他从牙缝挤出几个字后，依旧笑嘻嘻地看着安富裕，“鹌鹑她不懂事，你别见怪，等过几天我兑了彩票就把钱给你。”

“真的吗？”鹌鹑爸不敢置信地和于茉莉交换了个眼神，一脸得逞后的餍足笑容，“看来我们真摊上了个好女婿。”

“四张，你……”鹌鹑低下头，接下来他们说了什么她都没心思听了，她只知道四张嘱咐于茉莉好好养病，早日康复之类的。

出了门，大庙就急跳脚了：“你个瓜皮，还以为你要收拾他们呢，怎么就……”

“鹌鹑，你是不是一直都这么顺着他们的？”四张没理大庙，而是看向鹌鹑。

“我是我，你是你啊，四张！”她急得快哭了。不是因为她，四张就不会被要挟也不会妥协了吧。

瞅她哭唧唧的样儿，四张抡了抡胳膊，心情更好了。

“如果给你个机会和屋里那几个家伙互换人生，你可要抓住机会有仇报仇有怨报怨，别再面瓜了。”

鹌鹑被他说得一愣，什么意思啊？

于大庙也一脸不知道的表情。

“哎，四张，你是不是又憋什么坏呢？”他拽着鹌鹑追上去。

四张暗笑道：坏？如果把于茉莉住院的事告诉老高算坏，那他是不好。

走到走廊尽头，恰好有护士嘀嘀咕咕地从护士站里走出来：“这个24床耍人玩呢吧，才住院就办出院？”

一楼，一个高个子从窗口前站起身，拿出手机给老大打电话：“对，老大，都取出来了，一共5000块。”

（四张：我们的口号是，不让地主家有一粒的余粮。）

“鹌鹑，他们以前怎么对你的你都记得吗？马上你就有机会这么对他们了。”

【4】

三人结伴而行，回家的路上，四张特意让大家放慢了脚步。

“为什么？”鹌鹑心不在焉地问。

“等你爸他们。”四张笑一笑，“不出意外的话，他们一会儿就会来找咱们了。”

又是她爸！

走了几步，发现鹌鹑没跟上来，四张停下脚，回头看她：“怎么了？生气了？”瞅她那模样，真是生气了。

认识这么久，还是头一次，不错不错。

他站正身体，面朝鹌鹑，会生气就是一大进步，不要总是怎么都行，谁说什么都行，他受不了没脾气的人。

大庙也期待，他和四张一人瞪着一双眼睛看着鹌鹑，期待那个见证奇迹的时刻。

时间过去一秒、两秒……

鹌鹑抬起了手。

这是要打人吗？四张往前凑了凑，打我打我，快来打我，让我见识下你的脾气啊，鹌鹑……

他就像一个皮球，前一秒被充满，斗志昂扬地等人来踢，下一秒就被人一把撒了气。

“谁让你打自己了啊，姐？”四张垮了肩，和于大庙兄弟俩难兄难弟般互相扶着。

鹌鹑噘着嘴：“不是因为我你不会被我爸缠上的。”

四张：“那我可以选择拒绝啊！你不能总把别人的错都揽自己身上啊！你得学会拒绝，学会说不！”

“不？”

嗯！

“对我爸说？”

“对！”

四张白了眼大嗓门儿的大庙，继续对鹌鹑苦口婆心：“像刚才他们对你那样吼你换别人早吼回去了。”

“我……我不敢。”鹌鹑低了头，“我脑子不好使，做什么都是错的，做什么也做不好。”

不知怎么的，她说那句“我脑子不好使”时，四张就特别心疼：“脑子不好使的人不会拒绝人，可你知道他们那么做不好这就证明你脑子好使，你不傻，鹌鹑，你有是非观，你知不知道，鹌鹑！”

一口气说完这些，四张有点脑缺氧，咳嗽两声，他看着鹌鹑：明白了吗？

“你知道他们那么做不好为什么还答应他们啊？”

这问题问得四张哭笑不得，那句话咋说来着，说你胖你就喘，才说她脑子好使她就会脑筋急转弯了。脑回路奇特的姐姐啊。

“答应他们是为了替你出气，让你报仇啊。”

“啊？”鹌鹑傻了，忙摆手，“我不会，我不行啊。”

“……算了，不用你会。”四张无奈地耷拉了眼，本想着让她能趁机改一改这软性子，现在看还是他来吧。不知道自己上辈子是不是欠了这个叫鹌鹑的，以至于本来清心寡欲的他巴巴要来当这个保姆。

远处树下几个摇摇晃晃的身影一晃一晃的，正往这边来，四张摸了摸嘴，来得挺快嘛。

“走，快点。”他眼睛一亮，拉起鹌鹑开始飞走。被落在后面的大庙看着他空落落的手，不忿道：“还说不喜欢鹌鹑，哼！”

安富裕边跑边考虑是不是该再去找大仙算算，算算他最近为什么这么倒霉。先是错失彩票，后又媳妇住院，如今更过分，追债的不仅给他们办了出院拿走了押金，还把他们口袋里所有的钱都拿走了！他要去算算，自己究竟得罪了哪尊神。可转念一想，不对啊，那大仙儿就是个骗子！哎哟妈呀，他跑不动了。

“爸，他们在那儿呢！”

安厦的叫声让安富裕的神经一震，他手撑着柳树，呼哧带喘地抬起头，嘿哟，真是他们！

“四张，四张！怎么走了？”瞅着喊前还没动，一喊倒跑了的四张他们，安富裕急了，白着脸，手一指，“追，快追！”

为了给媳妇、儿子找个住的地儿安富裕也是煞费苦心了。

“儿子你愣着干吗呢？追啊！”

“我这才开局。”又闷头玩游戏的安厦心不在焉地答。

安富裕被气得头晕，想骂儿子，嘴都还没张开后脑勺就挨了一巴掌。

于茉莉：“儿子有事你不会追啊，快追！”

安富裕丧了脸，他也想追，可背上背着个大活人怎么追啊？长叹一声，他踉跄着迈开了脚步。

“媳妇，你是不是长肉了？怎么这么沉？”

“想死是不是？看我有伤没法收拾你了是不是？”

“不是不是。”

“不是就快走！”

“快走。快走！”

“哎哟，我的腰，你慢着点，想颠死我啊！”

“慢点慢点。”

“太慢了！”

就这样，在于茉莉一会儿快一会儿慢的骂声里，安富裕终于在离四张家只隔一条街的地方追上了他们。

“可算……可算追上你们了。”安富裕脸煞白，大喘气，“你们……你们跑那么快干吗啊？”

“爸，你们不是在医院里吗？怎么出来了？”四张那声“爸”叫得那么顺嘴，以至于鹌鹑和大庙差点儿忘了就是他提议遛遛他这个“爸”的。

伪善。大庙摇摇头。

撒谎撒得这么浑然天成，四张是怎么做到的？鹌鹑也摇摇头。

安富裕有些慌，好端端的，他们干吗要摇头？

后背上一声咳嗽。

“哦。”回过神的老安立马儿变脸，一声哭腔，“女婿，你阿姨和弟弟没地方去了。要债的找上门，才交的住院费被他们拿走了，怎么办啊？”

“要是没地方去就住家里吧，都是一家人。”

“嗖嗖”两道目光紧盯在他背后，一道是鹌鹑的，另一道是大庙的，只不过和鹌鹑的迷惘比起来大庙的就多了些探究。他在想，四张会用什么法子收拾这一家人呢？

鹌鹑又想说话，可一想四张刚才说的，她就忍住闭上了嘴，只是脑海里反复响着的就是那句话：“你要学会拒绝人。”

她真会吗？偷偷瞧了她爸一眼，鹌鹑重新缩回了脑袋，似乎她只有在牵扯到四张的事时才有一点点勇气表示拒绝。算了，算了，听四张的吧。

就这样，拖家带口的安富裕一家成功住进了四张家。

（大庙：为什么死老头儿都上楼了我却要留在这儿！不公平啊啊啊！）

第一次进四张和鹌鹑的家，慢慢落地的于茉莉先是一拧眉：“这么小，怎么住啊？”

“不小了，凑合凑合吧。”怕四张听了把他们赶出去，安富裕忙朝媳妇挤了挤眼睛，“400万，400万……”

“唉呀妈呀！”于茉莉一捂嘴，光顾着生气，把这茬儿忘了！她媚眼一眨，突然想起了什么，“老安，不是400万，拿到彩票那可就是800万了。”

对呀……安富裕一拍脑门，咧嘴傻笑起来：“800……四张！”

他一个激灵地站好，紧张兮兮地看着从阳台出来的四张，他不会听见吧？瞧脸色应该是没听见。只顾着欲盖弥彰的安富裕没发现因为他这么一站直，于茉莉突然失了依靠而再度闪到了腰。

“老安……你、不、想、活、了……”她咬牙切齿地想去掐安富裕，手没伸到一半就缩了回来，因为她看见四张抱着一堆东西出来，就是那堆东西把她摔这么惨的！那盒玻璃球！那只尖叫鸡！还有那个浑身带刺的东西！

于茉莉忍不住摸了摸屁股，疼。

她想的是疼，安富裕想的是另一件事：四张这个时候拿着东西出来，不会是要兴师问罪吧？

喉结一滚，他吞口口水：“四张……那事……”

“爸，你们先在屋里歇歇，我下楼把这堆东西扔了去。都怪我，防贼防到自家人身上了，害阿姨受伤。真不好意思。鹌鹑，你跟我下楼一趟。”

“好。”

两人走了，安富裕跟着松了口气，舔舔嘴唇说：“我还以为他多厉害，还不是个怕事的傻帽儿？媳妇，你说是不是，多亏你老公神勇，我那么一吓唬瞧瞧怎么样，服软了吧，钱钱给了，屋子屋子住着，嘿嘿……”

“嘿你个大头鬼，没看出不对劲吗？”

“哪儿不对？”

“如果那张彩票在家，他怎么敢留我们在这儿？再有，丢个东西而已，用两人一起下去吗？”

安富裕点点头：“有理。”

“别光有理，快跟下去听听，说不定他们说什么悄悄话呢。”

“对对对。”安富裕点着头，一溜儿小跑着出去了。

“愁人。”于茉莉以手为扇，边扇边打量起屋子，真小啊，“儿子，扶妈过去坐，儿子！算了，我自己去吧……”

认命的她踮着脚，一步一痛地往沙发那边挪，越挪她越不想在这儿待。

“壁纸是旧的，冰箱也不是新款，茶桌上干吗摆这么多课本？连本时尚杂志都没有吗？也对，就鹌鹑那脑子也不可能看懂。咦，有狗？”

看到Wi-Fi的瞬间，于茉莉的心情第一次转好，她扶着茶几坐下，朝正往自己这边走的Wi-Fi伸出了双手：“小宝贝，过来让妈妈亲亲。”

这个时候最能看出一只狗的教养好不好了。只见Wi-Fi摇着尾巴，不紧不慢地走到于茉莉脚旁，一抬后腿，嘘……

Wi-Fi：叫你说我狗窝！

怔怔地看着手上那摊黄，于茉莉大脑空白了半天，随后“啊”的一声尖叫出来：“你个死狗我饶不了你！”

“不是……媳妇儿，我也没犯啥错啊怎么又饶不了我了？”才打探完消息兴冲冲跑回来的安富裕听见骂声停在门口，进也不是出也不是。

“老安，快点过来帮帮我啊，愣着干吗呢？”于茉莉从没觉得她家老安除了钱包还能有什么其他作用，可此刻他就是救世主。

“怎……怎么了？”安富裕还是不敢靠近，他媳妇的攻击力他清楚。

“啪啪”的舞剑声里，安厦头也没抬，语气直白地说：“我妈想稀罕稀罕那狗，结果被反撒了一泡尿在手上。”

“这样啊，那你咋不帮你妈弄弄呢？”三两下甩掉鞋，安富裕跑进屋，左右找了几张纸，捧到了于茉莉跟前，“媳妇我来了！……要不你自己擦吧，这味……好好，我擦我擦，我去……”

安富裕忍着眩晕，三两下糊弄着总算擦了大概：“行了媳妇！我扶你去卫生间洗洗吧。”

忍着疼外加一肚子气，于茉莉借着安富裕的手劲儿站了起来，就算走得很小心，腰还是一顿一顿地疼。

“都赖那个四张，还有那只臭狗。老安，一会儿你一定帮我收拾那只臭狗！”

“媳妇儿，小不忍则乱大谋啊，想想800万。”

瞧安富裕那眉飞色舞的样儿，于茉莉心思一动：“是不是听到什么了？”

“你真没猜错，四张叫鹌鹑一起下楼真有猫儿腻。”

“怎么说？”

“他嘱咐鹌鹑把‘东西’收好。”

哦……一想到那个傻不拉几又没主意又没脾气的继女，于茉莉就觉得那800万已经迈着方步朝她走来了。

嘿嘿，嘿嘿，嘿嘿嘿……

【5】

“阿姨你笑什么呢？”不知何时，四张和鹌鹑去而复返，站在卫生间门口看着他们俩。方才笑得太开心，于茉莉觉得她腮帮子都抽筋了，使劲儿揉了揉，她往安富裕那双手上一指，“你爸刚才逗你家的小狗，结果被它撒了泡尿在手上，我正笑他呢，嘿嘿，嘿嘿，嘿嘿嘿……”

“Wi-Fi啊，它喜欢谁就爱朝谁撒尿，爸你以后小心点。”

安富裕脸一僵，不知是不是错觉，他总觉得四张意有所指呢。

于茉莉也觉得。

一时间气氛诡异，竟没人说话，房间里只有安厦不停“挥动大刀”的声音和Wi-Fi的搔痒声。

“妈，我饿。”突然，安厦说。

“哦哦，儿子饿了啊……”于茉莉应着，眼睛看着四张，他们在他家，总要管饭吧。

“嗯。”四张瞅瞅手表，“是该吃午饭了。鹌鹑，家里有吃的吗？”

鹌鹑点点头：“我去做。”

“爸，咱们去客厅边看电视边等吧，我姐……我是说鹌鹑做饭很快。”

“好。”安富裕眨眨眼，这难道是天赐的机会让他单独接触鹌鹑吗？从小到大他说往东那丫头就没往西过，他的800万！

沉浸在美梦里的安富裕扶着于茉莉出了卫生间进客厅，在四张还在从狗嘴里抢夺遥控器时，他找了个理由就悄悄溜进了厨房。

灶台上热着油，才一会儿的工夫鹌鹑已经在切菜了，刀落在菜板上，发出有节奏的当当声。安富裕一手撑在台案上，声音压低：“彩票放哪儿了，闺女？”

没想到有人的鹌鹑吓了一跳，边抚着胸脯边抬起头，见是他，肩膀抖了一下：“爸……你说啥？”

“彩票。”他凑近，“放哪儿了……”

瞧鹌鹑那副害怕他的样子，安富裕别提多happy了，那可是800

万啊！

然而他千算万算没算到鹌鹑会说——

“我不知道啊。”

“什……什么玩意儿？”安富裕跳起来，“我是问你彩票在哪儿。”

“嗯嗯，我知道，不是，我的意思是你说的话我明白，可彩票在哪儿我不知道啊。”

瞧着拼命摇头的鹌鹑，安富裕心道一声：完了完了，变天了，鹌鹑都会撒谎了！

正不知该怎么办时，外面又出了乱子，只听于茉莉尖叫一声——

“你让我睡哪儿？！”

“客厅啊。”四张无比天真烂漫地看着她，捎带着还跺了跺脚，“地板。”

#嘴硬#

慢慢地，大家都发现了四张对鹌鹑态度的转变。

一阵嘘声后，大家喊着：“四张你恋爱了。”

四张：“瞎说，我是优等生，我还小，怎么可能早恋？”

鹌鹑爸：“没早恋，没早恋！谁说四张早恋了！四张，能不能少写几个字？我保证以后再不骂鹌鹑了。”骂一句罚抄100遍《离骚》，不抄就没800万，手疼啊！惨啊！

“不行。”

安富裕边哭边写：“还说没早恋，你分明就是喜欢她，这么护着。”

四张：“骂我？再加100遍。”

安富裕：“哇……”

再见了，800万

不管他多大，在哪儿，经过什么事，遇见哪些风景，最后都要爱上同一个人。

【1】

“怎么了，怎么了？”顾不上研究鹌鹑怎么突然就转了性，安富裕赶忙跑回了客厅，“媳妇儿你咋了？咋哭了？”

“老安，他要我们睡地板……”于茉莉委屈巴巴地看向安富裕，“我还受着伤呢……”

是啊，老婆还受着伤呢。安富裕扭转头，以眼神问四张。

他这么一看，四张也委屈了，他两手一摊：“我不能睡地板，睡不惯。”

“我也睡不惯啊！”于茉莉使劲儿扯扯安富裕，“你说话啊！”

“是啊姑爷，你阿姨腰才受伤，睡地板不好……”

“也对，不过，爸，我一睡地板就生病，一生病就花钱，这钱？”

“不就是钱吗？爸拿。”

“那好吧。”四张从口袋里拿出个小本本，“记爸预支给我100万的药费，从400万里支取……”

没念叨完于茉莉就炸了：“啥病100万，你讹人呢？”

四张停下笔，一脸无辜地说：“能买中800万的人的病。”

……

“算了，我们睡地板。”

第一次看见后妈吃瘪的鹌鹑忍不住笑了，她不想做个幸灾乐祸的人，可她就是想笑。

“四张，你怎么那么厉害？你没看见饭桌上她那张脸！”午饭过后，去甜品店上班的鹌鹑开心地拉着四张说话，“不过，你放心让他们待家里啊？”

“放心，有啥不放心的。”四张晃着脑袋笑了笑。入秋了，天气转凉，一阵风过，吹落几片早黄的树叶，他抬手抓住一片，“我相当放心。”

能不放心吗？于茉莉强忍着腰疼，气鼓鼓地看着屋子：“你不是说他好对付吗？这就是你说的好对付？”

“是……有点……”安富裕单腿着地，不是他想金鸡独立，而是他脚底下那块木头板上贴的条太过吓人——

我最喜欢的一块地板，动辄赔款10万。

如果单就这一个地儿也就算了，偏偏……

“他什么时候贴了一屋子的啊！”

电视剧后壳5万，橱柜80万，就连柜子里一件破衣服都贴着“心爱旧物，碰即5万”！这是要疯啊。不过……安富裕转念一想，乐了：“媳妇，他这么防着不正说明彩票在家里吗？只要咱们找铁定找得到。”

“呵呵。”于茉莉冷笑一声，从他脑门儿上揭下那张写着“宝贝老丈人，动一下1块钱”的白纸条，扔在地上，手指着屋子里数不过来的纸条，“就这、这、这，咋找？反正要找你找，我不找！对了……”说到这儿她想起来了，“死丫头说没说？”

“媳妇儿，正想和你汇报呢，鹌鹑那丫头和四张混久了学会撒谎了，问她竟然没告诉我！”

“有这事？不会是你舍不得闺女没放狠话吧？”于茉莉不信地瞧着他。

“哪能啊？要不媳妇儿晚上你试试？”

“我试就我试。”于茉莉信心满满，收拾鹌鹑她最在行了。

时间总在渴盼中变慢，也因为畏惧而走得格外快。这个下午对于茉莉而言就格外慢，对于四张，这个下午几乎是用跑的就到了傍晚。

鹌鹑在关店，他和于大庙站在旁边等她。

“你怎么了？那么忐忑？我懂了，是后悔让他们住你家了吧？”

“呵呵。”以为他是那么怕事的人吗？四张环抱着胸把身子扭去了另一个方向，他就是想到一件事——于茉莉他们住客厅，那他岂不是要和鹌鹑睡一间房了！啊啊啊！“要不咱们去逛夜市吧。”

嗯？鹌鹑收起钥匙，起身瞅着突然提议的四张：“你又想吃麦当劳了？”

他什么时候给鹌鹑留了这么个印象？四张心里在撇嘴，面上却不住点头。

结果那天，为了多在外头磨些时间的四张一连吃了四个老北京、两个奥堡、三对辣翅，外加一包薯条、两杯饮料，彻底吃撑了。

回去的路上，鹌鹑和大庙一左一右扶着他，鹌鹑边走边摇头：“都怪我，午饭做少了。”

大庙挑了挑眉，这午饭是要多少啊才能饿成这样？

结果那天，打了一肚子腹稿的于茉莉等到月上柳梢也没等来鹌鹑。

“老安，你说得对，你闺女和以前不一样了，你看她这肯定是故意躲我们呢！什么世道啊，傻子都学坏了。老安，老安！”

老安睡得跟猪似的。

“在地板上也能睡这样？”于茉莉无语地揉着腰，要不是为了那800万，谁陪他在这儿遭罪啊。正想着，消停了一个晚上的门突然开了。

终于回来了哈！她拧着眉头，扶着墙慢慢站起身：“鹌……”

“于姨我等会儿和你说，四张有胃炎，我得先给他找药，四张，你再坚持一下，马上就到卧室了……”

就这样，于茉莉眼睁睁看着第一次敢这么打发她的鹌鹑从她面前走过去。

“这什么情况？敢无视我了？世风日下啊！”

根本没听见她说什么的鹌鹑踹开门，扶着已经疼成一团的四张进了卧室。

“四张你再坚持坚持，我给你找药！”把他放在床上，鹌鹑跑去翻箱倒柜。

脸埋进床里的四张露出一只眼睛：“不用那么急，我死不了。”

“说什么呢！”她拿着一个药瓶，摇摇头，又放下。

“你刚才那样挺好的。”也不知是疼还是笑，总之四张咧了咧嘴。

“什么好？”

“对待于茉莉的方式。”

“找着了！”鹌鹑兴奋地举着一个药瓶，“催吐灵，吃了准好！”

前一秒还在笑的四张吓得脸一僵：“不是胃药吗？催什么吐？”

“你就是吃太多了，吐了就好了。”鹌鹑动作很快，说话的工夫已经倒了水，拿着药片走了过来，“吃吧。”

“不要。”四张竟捂着嘴爬下床，虽然步履还是踉跄，他仍然拼命地在方寸的房间里跑来跑去，躲闪着鹌鹑的追逐，“都是钱买的，吐了多浪费！不要，不要！不带掰嘴的！你这个女的怎么这么暴力呢！啊！”

“听见里面说什么呢吗？”门外，于茉莉小声问扒门的安厦。她这儿子没别的特长，就是爱听墙角。

安厦摇摇头：“好像在打架。”

打架？这两人感情也不那么好啊。于茉莉眨了眨眼：“儿子你再听听。”

“听不着了，没动静了。”

可不是没动静了吗？四张跑厕所吐去了。水哗哗地从水龙头里跑出来，四张趴在水池旁，欲哭无泪：都是钱啊……

就这么一直吐到快虚脱，鹌鹑终于放过了他。

四张抹着嘴站起身，别说，胃好受多了。

鹌鹑去倒水，他往床那里走，路过门边时，他停了停，伸手照着门打过去，“咚！”。

鹌鹑端着水壶停下来：“什么声？”

“没声啊。”四张没事人似的坐在床上，眼神有意无意地在门的方向瞟着，“你以前在家是不是常照顾人？”

“嗯。”鹌鹑歪头想了想，“没有，家务做得多。”

“他们都让你做什么？”

“也没什么。就是做饭、收拾卫生、帮阿姨去干洗店取衣服，偶尔我弟也是我接。”

“这叫没什么？”四张哼一声，“都是他们让你干的吧？”

“反正我也做不好别的。”倒好水，试了试水温，觉得可以了，鹌鹑端着杯子走过来，递到四张面前，“能让我有事做我就很高兴了。”

“要求还真低。”狠狠地抿了口水，四张朝她扬了扬眉，“等我帮你拔拔高。”

他的眼睛亮亮的，里面像是装满了星辰海洋。鹌鹑脸一红，低下头，或许这就是命中注定吧，她只有在遇见四张时才觉得自己活着还有那么点意义。

“四张，其实我爸对我怎样我知道，我……”鹌鹑吞口口水，后面的推心置腹话就这样被生生咽下去了。

四张睡着了。

“睡得真快。”她小心翼翼地拿下钩在他指尖摇摇欲坠的水杯，就势蹲下来。床的高度恰好让她和四张的眼睛平齐，她眯着眼看了好一会儿，笑着起身。

屋外。

安厦经了四张那一下敲，耳朵快聋了，不是他妈死命按住，他非得冲进去和敲他的人干一架不可。

“你这孩子怎么这么不懂事！小不忍则乱大谋，想想那800万！”

“妈，拿到钱先给我十万氪金。”安厦愤愤地提着要求，他不能白挨敲！

手还在帮他揉耳朵，听他这么说，于茉莉就手就是一拧：“就知道钱！”

“知道别的又不能氪金！”

安厦的嗓门儿一下子高上来，吓得于茉莉赶忙捂他嘴：“乖乖，你想让人知道咱们算计他的钱呀！老安，死起来，别睡了！”

“嗯……”猛被踢醒，安富裕整个儿就是蒙的，“怎么了？出事了！”

“出你娘个大头鬼。起来，咱得商量商量。”

“商量啥？”

于茉莉左右看看，一指阳台：“去那儿说。”

于是，三更半夜，几个不速之客一起来了Wi-Fi的狗窝。

“汪汪汪！”

“快点老安，别让它叫唤！”于茉莉的心怦怦怦跳着，她真怕把里面那两人弄醒。

“快点快点……”她捏住鼻子，脱袜子这招也就她家老安想得出，“抓紧时间吧，这味儿……”

安富裕皱皱鼻子，踢开晕了的Wi-Fi：“说什么，媳妇，说吧。”

“你说得对，鹌鹑现在和以前不一样了，来硬的不一定好使。”

“我说了吧，我就觉得她让四张那小子拐带坏了。她以前不那样……”

“闭嘴。”

安富裕乖乖闭嘴，顺带做了个“大佬请”的手势。

都什么时候了还有心搞怪，于茉莉也是醉了，狠狠瞪了老安一眼，她勾勾手指，对凑过来的两个人小声说：“硬的不行我们就来软的……”

月满中庭时，开小会的人已经回客厅睡了，安富裕因为地板太硬总是翻来覆去，偶尔还要说句梦话。于茉莉在沙发上，睡梦中似乎梦见了800万，呵呵地笑出了声。安厦还在玩游戏，今天的队友都是猪，他已经连输几局了，而屋里，某个把晚饭全吐了的人忽然就饿醒了，他翻个身，摸肚子的动作不知怎么的就停了下来。

在离他鼻尖一拳不到的地方，鹌鹑睡着。呼吸间，她的体香是那么清晰。

四张就那么目不转睛地看着她，心扑通扑通跳得好厉害。

鬼使神差地，他就凑了过去。

【2】

“什么？退钱？”于大庙伸出手摸摸四张的额头，又转回来摸摸自己的，“大清早也没发烧啊。”

“不要拉倒。”四张扭头要走，又被大庙一手拉了回来：“等会儿，你先说说什么钱。”

“违约金。”四张咬咬嘴唇，“我不能帮你追鹌鹑的违约金。”

“什么？嗬！呸！呸！”他吐掉嘴里的牙膏沫子，抓住四张就不撒手了，“你真喜欢上鹌鹑了？真的？”

“不是！没有！唉……我也很苦恼。”四张一甩手，蹲在了地上，他觉得自己现在的情况特别不好，整个儿一个早恋加恋姐嘛。他一跺脚，仰头瞅着大庙，“你为什么喜欢她，她那么笨。”他要找答案。

“这个啊……”说起恋情，大庙整个人变得有些惆怅，他仰着脖子，叼着牙刷，白花花的沫子挂了一嘴角，“具体我也说不清，反正鹌鹑是第一个肯真心关心我的人，大概是因为这样，她真的很好……不许说她笨！”说得入戏，他也成了护花使者，飞起一脚，踢向四张。

“你咋不躲呢？”

然而，他发现每次都睚眦必报的四张这次竟然没生气。

“你……你咋了？”

“没咋。”一拍腿，四张站起身，“我上去了，鹌鹑一个人在上面呢。”

目送着四张上楼的身影，于大庙猛灌了一口漱口水，“咕咚”一声咽下去：“以后是又要恢复动不动秀一脸的节奏了？”

其实大庙的担忧真的有点多余，因为四张还在纠结着该怎么处理这段“不合时宜”的恋情。

他可是有好学生包袱的人。

一路发愁，一路上楼，脑子里乱糟糟的全是昨晚的事，想当初老师第一次让他研究四色问题也没像此刻这样头疼啊。啊啊啊！他揉揉脑袋，停下脚，愣住了。视线所及，齐刷刷出现四双脚，再一抬头……

他“唰”地放下手，扫了扫头顶，发型应该没乱吧？边扫，他边偷偷打量起几个人的眼神，还好，没异常。咳咳。

“你们怎么都出来了？”他说的这个你们就是家里那四位——一脸懵懂的鹌鹑，以及心怀鬼胎的安富裕他们三口。

“他们说要跟我去店里，你去吗？”

“嗯哼。”手插进口袋，四张脚后跟一扭，掉转了方向，

“当然。”

余光里，安富裕的两只手一左一右分别拉着鹌鹑扶着他媳妇，那别扭样儿看得他想笑，反而是鹌鹑坦然得有些过分，如果不是了解她的脾气，四张真要以为她是扮猪吃虎的行家里手呢，呵呵，走吧，他要看看安家人打算出几分利讨好鹌鹑。

别怀疑四张是怎么分析出安老头儿跟他媳妇什么时候改变策略的，物极必反，发现威吓不成了肯定要给甜枣的，只不过就算他们给鹌鹑再多甜枣也换不来彩票的下落。

为什么？因为鹌鹑根本不知道呗。

场景再次回到于茉莉来家的那天，安富裕偷听他是知道的，他也知道他们会以为是鹌鹑收着彩票，因为贪心嘛。对贪心的人，他就没必要再去强调他和鹌鹑说的“把东西收好”的“东西”其实是那天晚上的剩菜……

唉，恶人自有恶人磨，鹌鹑，你就专心享受这群“狗腿子”对你的殷勤吧。

他倒背着手，走在最后，再看前头那几个人，除了鹌鹑和光顾着打游戏的那个，恐怕都累得慌。

于茉莉真的很累。装笑装得累，走路走得腰也累。

“儿子快扶妈一把……儿子！”

安厦头都没抬，心不在焉地伸出一只手，另一只——单手操作着手机……竟然还在玩游戏！于茉莉两眼一抹黑：“你跟我过来！”

也顾不上其他人看着，于茉莉忍着腰疼拖着儿子离开了队伍，等走出去十来米，她站住，回头瞅了一眼，低着嗓子开骂：“你长没长心啊，这个时候连你妈我都在想着怎么讨好鹌鹑，就你逍遥！还有时间玩游戏！”

“我不玩游戏我干吗啊？”安厦不乐意了，她妈从来都没管过他玩游戏，现在怎么了？哦，为了800万他游戏都不能玩了？！

“讨好你姐，和她溜须，让她告诉咱们彩票放哪儿了。”

“你和我爸不是在干吗？用得着我吗？”

“蠢货！”于茉莉扬手照着安厦后脑勺就是一巴掌，“你爸是你爸，咱是咱，咱们找到了800万就都是咱的了！”

“妈！你的意思是——呜呜呜……”

于茉莉紧张地朝前瞅瞅，发现没人看这边这才松开手：“小点儿声。等800万到手妈给你买游戏机。”

“我要最新款的！”

“好……”于茉莉慈爱地看着儿子，“所以不许像以前那样欺负她……”

“巴结嘛，我懂。”安厦挤挤眼睛，拽起老妈就往队伍那头赶，可怜于茉莉的腰伤在身，真疼啊。

“姐，你店里有啥活儿就让我妈帮着干，她想帮你。”

于茉莉两眼一黑，要不是被安富裕扶住铁定摔跤。

鹌鹑愣愣地看着安厦，心想今天是怎么了，怎么先是她爸要帮忙，现在又是阿姨，还有，安厦叫她姐？

“我们是小店，没那么多活儿的。”

“一家人别客气，有事说话。”安厦拍着胸脯，说话贼仗义，“是吧，妈？”

“是……是……”于茉莉掐着大腿根，使劲儿说。

“我刚才就问你姐了，她也这么说，一家人活得这么客气不好。”安富裕脸上堆满笑，褶子把眼睛都堆小了。

看着这家人这么入戏，看了半天热闹的四张摇摇头，拿出手机，他们还不如他了解鹌鹑呢。

“四张，他们怎么了？”好不容易重新上路，鹌鹑凑到四张身边小声问。

“不适应？”

“嗯。”

“慢慢就适应了。”他关掉手机。

头顶，太阳隔着灰蒙蒙的云像一张没烙好的大饼，四张抬起一只手挡在眼睛上方：“以后谁都不会欺负你了。”除了我。

说也奇怪，一向生意清淡的甜品店这天来的人格外多。一进门就被吓了一跳的于茉莉瞅着坐在椅子上的那些孩子，不自觉扶了扶腰，她坐哪儿啊？

“媳妇儿等我给你找个凳子哈。”安富裕颠颠去找凳子，留下于茉莉一个人扶着墙看着那一屋子的人，至于她那个专业坑妈的儿子，半路就跑不见了。

于茉莉等啊等，姿势都换了好几个，也没见安富裕回来，没等来老安，没想到却等来了换好工作服的鹌鹑。

她一站直：“鹌鹑，人这么多用不用阿姨帮忙啊？”

“用。”鹌鹑竟真的点点头，“阿姨，四张的补习班临时调课，学生有点多，你能帮着去照看一下吗？”

于茉莉瑟瑟发抖地朝那群孩子瞅了一眼，几乎用尽全身力气才说出了那个“好”字。

扶着腰往新岗位走的于茉莉走一步心里骂一句：我就说说你真当我想帮忙啊！不是看在800万的面子上……哼！哎哟，我的腰！

她的一举一动都一丝不落地被四张看着，四张忍不住微微一笑，翻了两页书——你不知道鹌鹑有个毛病就是实诚吗？你说啥她信啥的。

“同学们，今天我们人多，所以我请了这位于老师来帮我，于老师虽然没有教学经验，但耐心很好，大家有什么不懂不会的可以问她。”

“真的吗？”一个个头儿还没桌子高的小女生捧着书本靠过来，一双大眼睛巴巴地望着于茉莉。

搁平时这种事她早一口回绝了，她可没心思帮人，但今天情况不同，她回头瞅眼鹌鹑，见她也在看她，就马上坚定了决心。

“真的啊。”她笑眯眯地低下头瞧着小姑娘，别说，小姑娘长得真好看，像800万。

“那老师你帮我翻译下这句呗。”

“哪句？”于茉莉接过小朋友的书，心想好歹自己过了英语四级，小朋友的句子嘛，容……易，咦咦咦？这是啥啊？

“老师你不懂法语啊？”小朋友的表情由最初的希冀变成了现在的鄙夷，抱着书本去找四张，“张老师，那个人笨死了，法语都不会。”

于茉莉脸都被气白了，想发飙却又投鼠忌器，只好心里默念：800万，800万，800万……

她这个反应四张早就看见了，他微笑着接过课本，边翻译边想：叫你总骂鹌鹑傻，也尝尝滋味吧。

花了好久终于平复下来的于茉莉想起来一件事：“你不是失忆了吗？你们那个年代学校教法语？”

“是老师自学的，我爸说张老师的发音特别美，不像这个老师……”

哎哟我去，才压下去的火又起来了！800万，800万，800万……

瞧着媳妇儿跑去帮四张带学生，不知道内情的安富裕还以为事情进展顺利，正满意地搓着手，冷不防裹着一身面粉的阿发飘到了他面前：“帮个忙。”

“搬货吗？那是你的活儿，自己干去。”安富裕猛摆手，有阿发挡着，他都欣赏不到媳妇那边的进展了。

“鹌鹑让叫你的。”

……

安富裕呼吸一滞，看了工作间一眼，果然，鹌鹑正探出头朝他招着手。

一咬牙："我搬。"

安富裕会干活儿？这让店里人发现了不对。很快，他们找到了诀窍，只要说是鹌鹑拜托的，安富裕和于茉莉就会答应他们所有的要求。

于是一个上午——

"安老头儿，帮卸货。鹌鹑让的。"

"老安，帮着把这个送心内二病房13床去。"

"于阿姨，帮我抄下这个，鹌鹑姐姐说你会帮我的。"

"于阿姨，借我点钱，我想吃冰糕，鹌鹑姐姐说……"

"让你的鹌鹑姐姐闭嘴吧！"于茉莉真想有骨气地大声喊出这句话，可是她不能。

弯着腰蹲在水池旁，她掬起一捧水扬在脸上，镜子里，有人跟着她进了洗手间。

于茉莉眼睛一亮，腿一软："鹌鹑……"

"阿姨，累着了吧？腰不行别干那么多啊。"

（于茉莉：那不都是你要求的！）

心里不忿，面上依然是可怜的，借着鹌鹑的手劲儿于茉莉直起身，一脸痛苦地看着她："鹌鹑，以前都是阿姨不好，你别见怪，如今我和你爸年纪都大了，想的只是安稳过日子，所以阿姨和你说的每一句话都是真的，你信吗？"

鹌鹑点点头："我信。"

于茉莉："这次兑了奖，咱们一家一定好好过日子。"

鹌鹑："好。"

于茉莉："彩票放哪儿了，阿姨帮你看着，别让小偷偷了。"

鹌鹑："我不知道啊，阿姨。"

……

瞧鹌鹑一脸天真，于茉莉的脑海突然浮起两句诗——世上哪有真的傻，扮猪吃虎都是她！

"看来鹌鹑对咱们积怨太深啊……"晚上，累得快散架的夫妻俩头靠着头，说着白天彼此的经历，得出了结论。

安富裕叹了声气："以前都不知道我有个城府这么深的闺女啊。"

"是啊，完全想不到，差点儿没把我折腾死。老安，都怪你，那是你亲闺女，就不知道对她好点？"

"说得好像你对她多好似的。"

有气无力地指责了彼此半天，结果发现是半斤八两。

"算了，你先帮我揉揉腰吧，快断了。"于茉莉一翻身，趴在地上。真不知道她图的是啥，好端端来睡别人家地板，都是那800万闹的。

"我也累啊，也不知道四张怎么想的，非说今天店庆，点心打折做活动，结果客人不断……"他"哎哟"一声，换了个坐姿，手有一下没一下地捏着，"点心卖了不少，光面粉我就扛了十袋子。我明明记得这个店才开半年多，店什么庆啊。"

于茉莉安抚地拍了拍安富裕，突然一个激灵："儿子呢！"

白天累惨了，差点儿把这个大活人忘了。

厨房里，四张抽出一张纸巾捂在鼻子上。自从那俩家伙倒在客厅里开小会起，他这个喷嚏就没停过。

"是不是感冒了？"

头一闪，躲开鹌鹑伸来的手，他倔倔地说："没烧。"

这个时候，这么直接的身体接触他是拒绝的。

叨了一个寿司卷，他嘟嘟囔囔地说：“人为的，估计最近都得这样了。”

“啊？为什么？谁干的？”

他话里的意思以鹌鹑的智商是听不懂了，摇摇头：“没什么。今天感觉如何？”

“挺好呀。虽然打折也赚了好多钱。”

“说的不是这个……”四张那叫个郁闷啊，他做这么多都是为了给她出气啊。

“算了算了。”他挥挥手，“这个，你是不是特别喜欢吃？”

他指的是桌上的寿司，大洋百货六楼的阿月寿司，他记得鹌鹑爱吃这个。

果然，鹌鹑点点头。

紧接着，她就看着四张拿起一个金枪鱼寿司，在她面前晃了晃，“啊呜”一口丢进嘴里，走了。

再看桌上，寿司盒子空了……

四张拍着巴掌走出厨房，恰好有人敲门，他抹抹嘴，觉得嘴上再没金枪鱼渣了，这才走过去开门。

门外站着失踪一天的安厦，他低着头，手里拿着个手机。

四张“咦”了一声，新的吗？

【3】

安厦的晚归让于茉莉好一阵不乐意，她捶胸顿足，声泪俱下，压抑着声音说着自己今天过得多不容易，被使唤得有多惨，而她唯一的儿子却只顾着自己玩，不管亲妈死活。

“妈你再大点声就把人都引来了。”

于茉莉“啊”地张了下嘴，终于不甘心地闭上了。

真是上辈子造孽啊，生了这么一个玩意儿！她气鼓鼓地噘着嘴，眼一低，愣了：“哪儿来的手机？！”

“哎，你别动。”安厦头一扭，闪开了母亲的手，“再动输了算你的啊。”

他晃着脑袋，手机在他手里发着“biubiubiu”的声音：“今天和朋友玩，他的手机借我玩两天。”

“什么朋友啊？”

“说了你也不知道。”

于茉莉差点儿被噎个半死，不是安富裕帮她拍背，说不定她真会这么背过去。

“别和儿子生气了，还是商量商量明天咋办吧。”

“什么咋办？继续干啊！”她算看明白了，鹌鹑这是记恨他们了，非得下番功夫才能让她说出彩票的下落。

瞧了一眼安富裕比苦瓜还苦的那张脸，她有些无语：“干吗？不就是那点活儿吗？咬咬牙就干了。”怕老安没动力，她又补充说，“我也一起干呢呀。”

说这话的于茉莉就像个身残但志坚的三八红旗手，握着拳，脸向天，虽有腰伤但斗志满满，因为她心里有个目标——她的800万。

就在于茉莉揉着腰准备迎接第二个更靠近800万的一天时，她不知道，一个完全出乎她意料的事情正等着她。

“十一长假”第四天，不知道哪个天杀的打错了广告，甜品店开门才几分钟，已经有三个电话打上门，问的还都是同一件事：

请问是有个叫鹌鹑的能帮忙护理病人三小时，还不收费的吗？

“神经病吧？”秋小美挂了电话，气鼓鼓地说，“自己想做义工也就算了，还留咱们这儿的电话？还点名找鹌鹑！当谁傻呢？”

“是啊，当谁傻呢？”四张抱着瓶冰红茶，仰头喝了一口，他要忍住，不能笑，不然准呛。咳咳。

你没猜错，秋小美口中的神经病就是他，而他的目的就一个，增加点安氏夫妇的工作量而已，他了解鹌鹑，她不懂拒绝。

果然，这个想法才刚冒头，电话就再次响起，这次秋小美都懒得接了。

“让它响着吧。”一甩手，她不管了。

屋子里的其他人也都没理，各自干着各自的活儿，可那一双双眼睛没有不盯着持续“铃铃铃”的电话看的。

“我接下吧。”鹌鹑忍了半天，终于没忍住，闷着头来到前台。

看得出，她是想拒绝这个无理的电话来着，四张晃着饮料瓶，余光瞄着她还有那三个人，安厦也被他妈拖来了。那仨人中的俩也特别想鹌鹑拒绝。

呵呵，又喝了一口，他盖好盖子，屁股往椅子里蹿了蹿，两只脚在地上晃来晃去，拒绝也没用。

鹌鹑越说越觉得有理说不清。

“我真不知道是谁贴的广告，我是开甜品店的，不可能做护工啊……不是不是，我们的店是叫有家甜品店，你别过来啊，别别别，我去我去还不行吗！”

挂了电话，鹌鹑耷拉着脑袋，瞅着一屋子瞪着她的人。

“他说他要来店里，我怕他过来闹事……”

“你就不该提甜品店。”秋小美说。

“你还承认我们的店名叫有家甜品店，这个时候不撒谎啥时候撒？”于大庙也说。

“嗯。”这一声来自阿发。

被伙伴们批评个遍的鹌鹑揪着头发，把目光投向了她爸跟于茉莉，以前她做错事他们不都是跟打仗似的火力全开，不把她骂得体无完肤不算完吗？这次是怎么了？

鹌鹑的眼光滑过他们，安富裕和于茉莉想的就是另一件事了——鹌鹑在等他们表态呢。

脸像吃了苦瓜似的揪揪着，安富裕一咬牙一跺脚，挤出一个比哭还难看的笑："鹌鹑，你待在店里吧，爸去！"

"爸，不用你去，太累了。"

"累才好。"瞧鹌鹑舍不得他，安富裕的眼睛都放光了，不怕心疼就怕她不心疼，只有心疼才有心软，有了心软800万还会远？

"闺女，你踏实待着，店里需要你，不就是仨小时吗？爸一会儿就回来。"

安富裕壮志满满般大步昂扬地推门出去。

阴了几天的天气刚好在那刻露了束阳光，落在她爸脑顶，鹌鹑一脸看不懂地走过去问四张："我爸到底咋了？"

"心疼你，对你好呗。"四张嘿嘿一笑，拿着红茶瓶子的手在她肩上敲了敲，"习惯习惯就好。"

可这事……真没法习惯啊，变的不只她爸，连从没看得上她的后妈于茉莉跟安厦都变了，变得无比热情，抢着帮她分担不说，还总时不时问一句："鹌鹑，彩票到底放哪儿了？"

"四张，你说他们是不是有什么误会啊？"下午，做甜品做得不安心的鹌鹑瞧着接了第三通电话跑出去的她爸，干脆放下手里的活儿去问四张。

"现在的日子比以前舒服不？"四张问。

鹌鹑点头："不过我还是觉得……"

"别觉得，听我的没错。"

“四张……”鹌鹑的眼睛亮亮的，看得四张心扑通扑通直跳。

手在桌上胡乱抓起本书，挡住那双他不敢直视的眼睛，四张深吸一口气，暗暗自责，那么说话会被她看出什么的。

手突然一松，书被她拿走了。

瞧着那双直逼过来的眼，他吓得又是后退：“干……干吗？”

“你书拿倒了，四张。”

把书抢回来，拿着书的人好尴尬啊。

“就不会淡定点儿吗？”他敲着脑袋起身，因为电话铃又响了。

于茉莉觉得自己快死了，从小到大她都没干过这种伺候人的活儿！帮着打饭就算了，还得帮着喂，没看见他家那个老太太瘫得不行不行的，喂一口漏半嘴吗？太恶心了！

“我不干了，我受不了了，老安。”趁着出来倒尿的工夫，躲进楼梯间的于茉莉靠着安富裕，有气无力地说。

安富裕那边并不比于茉莉这头好过多少，他先是帮一个呼吸困难的老爷子扇了三个小时的扇子，紧接着又推着一个下肢瘫痪的中年妇女以医院为中心绕了方圆五里地，这不，一听说下个三个小时“求助”的还是她，安富裕赶忙找个理由跑出来歇会儿，喘口气。

于茉莉的想法他何尝没有呢？可是……

“媳妇儿，想想那800万啊……”

“就算为了800万这孙子我也不当了。我就不信那只蠢鸟能把东西藏出花来！”

“可房子里能找的地方咱们不是都翻了吗？就连四张的衣服你不也趁他洗澡时翻了吗？没有啊……”安富裕合着眼，声音如同梦呓，他累死了，好想睡觉啊……

他这样搁于茉莉那就是心不在焉，不把800万放心上啊！拇指食指一合，她狠狠在安富裕大腿上扭了一下：“软的不行就来硬的，我不信她以前怕咱们现在突然就不怕了！”

“媳妇，如果我没估计错的话，鹌鹑她已经变了，来硬的有可能什么也拿不到，我瞅她和那个四张一样，都是扮猪吃虎的主儿，你没瞅她现在油盐不进吗？”

“我不管，反正伺候人的活儿我打死都不干了，8000万都没用，你没看那个老太太多……多……”她说不下去了。

安富裕想劝，又劝不出口，他自己都不想干了。

两个人就这么互相靠了一会儿，安心偷懒。大约过了五分钟的样子，于茉莉的裤子口袋突然一阵震动。

这个时候能是谁呢？

于茉莉摸了摸，又放下手，不想接。

“别让它吵了，我现在听见电话响就神经过敏。”安富裕连拍她好几次，于茉莉这才不情不愿地掏出电话。

“谁啊？”

“客户您好，我们这里是××银行信用卡客服中心，因为您的卡于昨日有几笔大额消费，今天又有提现行为。鉴于风险把控原则，我特别提醒您，由于您上个月还有欠款未还，如果这个月不能按时还款可能会影响您的信用额度。”

“嘁，你骗鬼呢，想诈骗劝你走走心，接下来是不是要给我一个还款账号？想骗麻烦提前做做功课，我这两天根本没用卡。”

“怎么了？”

于茉莉摆摆手，她要看看对方怎么说。这次的骗子涵养竟然不错，被揭穿竟然没挂电话，还装模作样说什么“我们已经尽到告知义务”，告知你个大头鬼，她狠狠挂了电话。

“没什么，骗子。别说话，歇会儿，歇会儿。”推推安富裕，让他做个更舒服的人体抱枕后，于茉莉躺了下去。

不知道为什么，再躺下就不那么踏实了。翻了个身，她睁开眼，滑开手机，打开短信，人一个激灵坐起了身。

怎么会有条银行提示改变短信通知号码的短信在呢？而且状态还是已读。

一身冷汗的她手哆嗦着，拨通了银行号码，在听完交易明细后，人彻底傻了。她想到了安厦的新手机，一拍大腿，这个天杀的，刷了她十万块，咋还咋还嘛！

“走！”

“干吗去啊！”

“找你儿子！”

“干吗啊？”没等来回答，安富裕就被拉了起来。

安厦和他们想的有点不一样，哪儿也没去，在病房“照顾”病人呢。

“打这里，漂亮！加蓝快加蓝，对……”他和病人，一个床上，一个床下，玩游戏呢。

……

安富裕瞅着媳妇运气再运气，自觉地抬手，捂紧了耳朵。

隔着手掌，他听见一声底气十足的叫声：“安厦！谁给你的胆让你刷我的卡了！”

“不是你说的，拿到钱我想买啥买啥吗，我不就视为提前兑现吗？”把普通人震得够呛的分贝只换得安厦掏掏耳朵，“还有，爸妈你们不去干活儿博我姐好感，在这儿干吗呢？”

……

【4】

有时候，于茉莉就想啊，是不是上辈子欠了这个孽障什么，以至于她才冒出来的那点撂挑子不干的想法就因为这突如其来的卡债就这么夭折了。

于茉莉腰疼。

安富裕腿疼。

至于鹌鹑，她头疼。家里人突然这样，她太不习惯了。

“有什么好不习惯的？”对于鹌鹑的苦恼，四张回给她一个“你这个问题很奇怪”的眼神，“以前他们不是什么都不干却总使唤你吗？你不会喜欢那种生活吧？”

“当然不是。我没那么傻。”

“嗯嗯，那你是怎么傻？都是他们自愿干的，你有理由阻拦一家想当雷锋的人吗？”戳了下她的脑袋，四张居高临下地看着她，“嗯？”

鹌鹑无法反驳他，也找不到理由反驳，可是……她往外探了探头，客厅里，眼睛乌青的于茉莉和黑眼圈特别重的她爸那样像快累残废了似的，“要不……咱今天别开店了，让他们也歇歇。”

“随便你。”四张生气地转过身，留给她一个后脑勺。

好心当成驴肝肺，他是在给她出气啊，她不明白也就算了，怎么还心疼起“敌人”了？哼。如果不和我说两句好话我就……四张设想的鹌鹑哄自己的蓝图才刚展开就破灭了，因为他听见鹌鹑的声音从客厅传来……

“爸、阿姨，咱们今天不开店，你们在家歇歇吧。”

敢情人家都不知道他生气了啊。扭回头的四张瞪着客厅里，看鹌鹑的眼神从气愤一点点转成了无奈，想他聪明一世，怎么就喜欢上这个少根筋的人了呢？唉！你瞧把于茉莉他们高兴的，有力气高兴就是还不够累嘛，真是！

眼不见为净，他扭头回屋看他的电影去了。

见四张离开了，于茉莉眨眨眼，打算再试一次，她搓着手，眼巴巴看着鹌鹑：“鹌鹑，阿姨以前有再多的错这几天应该也还些了，你弟弟刷了我的卡，欠了十几万，你爸也是，欠了钱，你行行好，就告诉我们彩票到底放哪里了好不好？”

“阿姨，我真不知道啊。”

于茉莉也失去了耐性，她被当狗一样遛了好几天，回回得到的都是这句：“别再说你不知道了行不行，你爸亲耳听见四张说的让你把东西收好的！快告诉我彩票在哪儿！快说！”

“我爸？”鹌鹑迷糊了，“你什么时候听说的四张把彩票给我了？”

“就他们来的那天。”安富裕也懒得装了，累死累活好几天，800万没到手，四张的400万也不提了，好歹分他400万也成啊。

那天……鹌鹑回忆，再回忆，终于一拍脑门儿：“你们说的是那天的剩菜吧？我总忘了放冰箱，四张就提醒我来着……阿姨，你怎么了？”于茉莉的样子有些可怕，像只发怒的红脸狒狒。

“你是说，我们辛辛苦苦折腾这几天，为的竟是一盘剩菜？！”

“什么意思啊，阿姨？”

“就是这个意思！”什么劳累也顾不上了，腰伤也顾不上了，于茉莉现在只想狠狠扇鹌鹑几巴掌。

就在于茉莉挥着巴掌要打鹌鹑的时候，卧室门开了，四张一手拿书，一手掏着耳朵：“什么事这么吵啊？”

“老婆，别动手，没有800万还有400万，别伤了和气，别伤了和气。”

这个时候了，安富裕还记得那400万也真是人才。四张呵了一声：“什么400万啊？”

“四张你不能这样啊，你说过的，咱们是一家人，你要分我400万！”

“有吗？不好意思啊，你也知道我脑袋被砖头砸失忆了，说过的话总忘……不记得了。”

“你你你！”

“别你你你的了！”于茉莉拿着手机，拉着快背过气去的安富裕往门外走，“快走吧，安厦那个死小子又刷你信用卡呢！”

“什么？我还有信用卡能用？”

鹌鹑还在发愣的时候，于茉莉已经拉着安富裕跑了，热闹了几天的家突然陷入了一种微妙的安静当中，四张摸摸鼻头，低着嗓子问背对他站着的鹌鹑：“你怎么不说话？”

事到如今，真相大白，她该明白这一切都是他为她做的了，他不是随便帮人的人，做了这么多，她该明白了吧？

“嗯，四张，我在想……”

“什么？”他脸红得像灯泡。

“他们那天没看到我在收剩菜吗？”

……

浪费感情。

太浪费……

“四张？”

“干吗？”

“彩票呢？你放哪儿了？”

当然没放家，早在中奖那天，他就一纸快递寄去了他妈那儿。

“明天拿了兑奖去。”

“好。”

【5】

安富裕走后的第三天，就在大家以为他不会回来的时候，他竟然回来了。

不只回来，还一身狼狈。

“于茉莉那个臭女人，说什么担心儿子再花我的钱，骗我把最后的家底取出来，结果隔天就带着儿子跑了，四张，你帮帮我，帮帮我吧，老高逼着我还钱，不还就要去天桥乞讨还钱了。我不想啊，不想啊，四张你咋了？”

一屋子的人面对一脸疑问的安老头儿都选择了缄默，谁又忍心说出蹲在地上画圈圈的四张刚刚和成为800万富翁擦肩而过呢？

“妈，你为什么要把我装着彩票的衣服捐去山区啊，妈妈？”

#约会地点#

众人问：为什么四张和鹌鹑约会总是去彩票站?

答：你先中了一次800万然后又把彩票丢了你也会总去那里蹲着。

众人又问：那为什么他们约会于大庙也总跟着？做电灯泡有意思吗?

答：如果你被人告诉要给你几十万的精神损失费，然后兑现前发现连本金都没了你也会去。他不是去做电灯泡，他是在哀悼与他擦肩而过的几十万。

社交恐惧恋爱史

爱情是什么，爱情就是哪怕你的女朋友长得一般身材一般，你也天天觉得身边的男人都暗搓搓地喜欢着她，这就是爱情。

【1】

国庆长假后，医生和病人陆续回了医院，门诊大厅又恢复了以往人挤人的场景。甜品店的生意虽然比不上医院那么“火”，也是进进出出的，总少不了客人。

就是在这么忙的情况下，四张和大庙却怎么也提不起兴趣干活儿，可以理解，才和成为“富豪”的机会擦肩而过嘛。

在于大庙看来，四张的情况比他好，四张至少有爱情，他呢，人财两空！

哀叹一声，他耷拉着脑袋去整理货架。钱没了，生活还要继续，不信你看死老头儿，自从又被于茉莉坑了一把后，他工作起来积极多了——都是债逼的。

把一个盘子叠在另几个上面，于大庙步履沉重地走到柜台前，放下盘子，继续去一旁哀悼他的钱。

“哎，大庙，你等下。”

“干吗啊，鹌鹑？”他回过头，给了鹌鹑一对黑眼圈。

鹌鹑一惊：“你眼睛怎么了？”

“没睡好。没事，你手机咋了？”他幽幽地盯着鹌鹑手上的手机，瞧她那模样，这“事”应该和手机有关。

“哦。”鹌鹑托着手机，“有道题，昨天有个小姑娘过来问，我和小美都不会，你看你会吗？”

“历史啊？”只瞅了一眼，大庙就摇着头脚底抹油了，“你问你家四张去吧，这玩意儿我可不会。”

可四张心情不好啊。鹌鹑捏着手机，如果他心情好，她早问了。这可怎么办？鹌鹑烦恼地转身，然后撞上了一堵墙。

疼……她揉着脑袋，另只手一空。

“什么问题？”

“四张……我不想打扰你的。”

不打扰我你还能打扰谁？打扰谁能帮你解答问题？哼了一声，眼睛从低头认错状的鹌鹑身上移到了手机屏幕：“不就是历史吗？我历史满分。”

才说完满分，他的脸就僵了：“日本历史？”

“嗯，问这个问题的是个德国留学生，据说辅修日语。”

时代在进步，地球在变小，一个德国人跑中国来问一道日本历史题？这也就算了，重点是四张也不会啊。

“你等会儿，我百度一下。”

“你会日语输入吗？”

“学呗。”学无止境，他先得把图片上那堆又是日文又是中文的字输进去，他得先研究研究日语键盘咋弄。

四张忙得不亦乐乎，没发现有个人停在了他身后，定了半秒钟不到，他只觉得有人对着他脖颈子吹了口气，说：“选C，陆羽街道改名之前叫奥州街道，是えどじだい，也就是江户时代划定的五街道之一。”

什么玩意儿？他捂着脖子，转身瞅着那个抢话的阿发：“你会日语？”

“一……一点。”阿发咬着舌头，不敢直视四张的眼睛。

“阿发，我都不知道你这么厉害！但你嘴怎么了？”

阿发脸一红，埋起头，想说什么又说不出来，干脆抓起桌上的纸笔唰唰写了起来。

“我……有……社交恐惧症……不能……多说话……一超过……

十五个……字就结巴。”鹌鹑一字一字读着，读完了也明白了之前的事，阿发就是因为有社交恐惧症才总躲着人的。

“没想到阿发那么厉害，可好端端的怎么就恐惧了呢？”鹌鹑站在那里，对面的阿发早飘走了。

“就是内心不够强大，强大了还会恐惧？再说，他说C就C，说得对不对啊？”四张巴巴地对着空气说着，不知什么时候鹌鹑已经走了。

……

不行，他得去查查，不能阿发说什么就是什么，万一错了呢？说干就干，四张抱着手机研究日语输入法去了，方才还让他焦虑的800万，早忘了。

不学不知道，一学就是一个小时，日上三竿，快到午饭时间，店里的客人也多了。坐在三三两两在店里闲聊歇脚的客人里，四张的表情显得不那么高兴：“竟然让他说对了。”

算了，有空学学日语，免得下次鹌鹑问他再答不上来。合上手机，他觉得自己有点小心眼儿，和话都不咋讲的阿发比什么啊？

然而，四张这句自我劝慰的话在接下来的一天里接连面临失灵。

中午才过，那个德国学生就来了，她拉着鹌鹑笑嘻嘻地说答案是对的。

没凑过去看热闹的四张托着下巴眼睛看着桌子，另一只手在桌上画着圈圈，画一圈说一句：“知道了，是对的。”

他有点失落，他希望鹌鹑和别人夸的是他。是他！

“咚”的一声，他趴在了桌上。

没人注意到他，大家都在看被鹌鹑拉出来的阿发。

他听见那个德国人叽里呱啦说了半天，突然一个很熟的词蹦进了耳朵。

他腾地站起身："NEKO（ねこ）是猫的意思，日语里的猫！"

椅子在他脚旁单脚转着，房间那头的人都看了过来，只有阿发被拥在中间，低着头，说了句："NEKKOYA（내꺼야）是'是我的"的意思，不、不、不是猫，她说、说的是、是、是韩文。"

……

鹌鹑在看他，大家都在看他。

四张好想找个地缝钻进去啊！可是他不能，他站在那里，嘴唇颤了颤，挤出了个微笑："哦。"

夜晚，家。

四张坐在沙发上，背对月光，心不在焉地翻着手中的书。他有心事，很大的心事。

他在想鹌鹑会觉得他很没用吧？

他在想她会不会喜欢阿发？

他在想她会不会……

他想了很多种情况，也想着白天店里的情形还有鹌鹑那副崇拜的表情，郁闷地揉了揉脑袋。他终于想通了：是他想多了，知识他可以学，学了也可以会，而且鹌鹑喜欢说话，阿发是个不爱说话的，再说他们是"登了记的"，对，他们登记了。

猛地摔下书，四张翻身起来，一头扎进卧室，一阵翻箱倒柜后，他抱着那两个红艳艳的本子，心满意足了。要把这个收好。左右摇摆的他全然忘了就在半个多月前，他还吵吵嚷嚷地求鹌鹑和他离婚呢。

都说女人善变，男人变起来也赛火箭！

他展开结婚证看了看，又愁了，藏哪儿呢？

那晚，入睡后的鹌鹑又做梦了，梦特别奇怪，说前半夜四张满屋子翻箱倒柜，后半夜挑灯夜读，看的似乎是一本《韩日语速成》。

瞧着鹌鹑睡得四仰八叉的样儿，四张抹抹眼泪，喜欢一个人，太麻烦了。

一夜未睡的后果就是黑眼圈更重了，进店就被秋小美、鹌鹑爸、于大庙轮番问候的四张端坐在桌前，啃着手里的数理化，耳朵却支着听着鹌鹑和阿发说话。

阿发又找鹌鹑说话了！他想干吗啊？要不去听听吧，坐这么远也听不清。

他撂下书，看似无意地走过去。

“有格尺吗？”他敲着秋小美的收银机。

“没有。”

“哦。”

秋小美抬起头，今天的四张怎么这么奇怪呢：“我说没有……”

“我听见了。”

眼睛在四张还有柜台前另一帮人之间转了转，秋小美摇摇头，继续敲她的计算器去了。

四张挤出个明媚的笑：“聊什么呢？”

“四张，你怎么不去休息呢，眼圈那么深？阿发遇到个事儿，让我帮着出出主意。”

“什么事，我能帮上忙不？”四张是笑着的，心里却是狠狠吐槽的，什么忙要鹌鹑这个傻瓜帮，不让我帮？

拜托，你帮忙不是收费吗？

见他这么说，阿发递来自己的手机，继续无声地看着他。

“这是啥？”

“阿发玩游戏，有次被人刷屏骂，就是这个女生替他把对方骂跑了，昨天这个女生私聊他说想来看他，之前还给他发过语音，你知道阿发，一紧张连字也不会打了，所以就跑来问我怎么办。”鹌鹑也发愁，她恋爱恋得稀里糊涂，老公都把自己忘了，怎么帮人啊？

“你是说他有喜欢的人了？！”

“不、不、不是喜、喜欢。”阿发头摇得像拨浪鼓似的。

没吃过猪肉还没见过猪跑吗？阿发这个反应用个成语概括就叫欲盖弥彰，四张懂：“好感是吧？”

阿发脸红得像猴屁股，羞涩地点点头。

“那就好办了！”四张挑挑眉毛，拼命地压抑着内心的兴奋。早知道阿发有喜欢的人他何至于担心那么多啊，“这事我帮你，让她来吧。”

“能让她来阿发就不用愁了。他害怕人家知道他有社恐就不喜欢他了。”

“这样啊。的确是个问题，这么着吧，你手机给我，你有她微信吧，我帮你发几条微信过去，先培养培养感情。”

“我……我没钱。”

阿发的话差点儿让四张晕死，他一把抢过手机，麻利地戳起来了：“不要钱。这次义务奉献。”

他这反常的模样看得鹌鹑心里直忐忑，四张这是怎么了？

四张不怎么，四张只是要把身边每一个可能的情敌都赶走……

【2】

一连敲了几行字出去，四张擦了把汗递回了手机：“我查了查他们那边的天气预报，这几天有雨，所以就提醒她做好衣服增减，出门记得带伞，才接触的时候不能操之过急，要慢慢来……你们那么看着我干吗？”

不只阿发、鹌鹑，就连秋小美、大庙和安富裕都停下手里的活儿看着他。

“四张你好懂哦。”

鹌鹑巴巴地看着他说。

不是！没有！你误会了鹌鹑！

“都是看刘落程那只猪跑多了，从小学起他就偷亲女同学！”

“我还情史好几段呢，也没见鹌鹑学会。”

四张瞪着又回去扫地的安富裕，他就是故意的，故意拆台，借机打击报复。

“有回信告诉我。”丢下阿发和阿发的手机，四张跑开了，他也有事要忙，忙着让鹌鹑明白他的心意。

他跑去了后厨。

鹌鹑正在穿围裙，听见声一回头：“四张你怎么进来了？这里都是面粉，别碰脏你。”

四张抿嘴看着矮他一头的鹌鹑，深吸一口气，小声说：“52676……”

他声音太小，鹌鹑没听见。

“没想到阿发平时闷不作声竟然也恋爱了。”

“咳咳！”四张手握成拳，使劲儿咳嗽两声，活了这些年了，头回“早恋”，表个白，女主角不在线，“咳咳咳咳！”

“四张你嗓子不舒服吗？早上不是还好好的吗？”

博关注成功，鹌鹑紧张他的样子让他很受用，这才是应该有的状态。

“好吧，我说，52676。”

“说什么呢？嗓子不好就少说话，走，去找小美，上次大庙嗓子疼吃剩的药好像在她那儿。”

“我不是……喂！”他怎么进去的又怎么被推了出来。

鹌鹑绕开他挤到秋小美身旁，在柜台底下的抽屉里翻来翻去好一会儿。

“找到了，快点，吃了它，这药很有效。”

鹌鹑捧着一把药，眼巴巴看着他，看得四张眼皮都抽筋了，手一伸，接过药，扔进嘴里。

干巴巴地咽下去，他无语地推了推鹌鹑：“我好了，不信你听是不是不咳了，赶紧回去做蛋糕，我走了。”

放下捏着嗓子的手，四张郁闷地转身，他的第一次告白，就这么卒了。

“打手机时都不注意52676是什么吗？”耿耿于怀地走回他习惯坐的那个靠窗的位置，四张嘟囔着。

“是老婆吗？”

他吓了一跳，回头瞧着正在手机上戳戳戳的于大庙，脸一红，又回过头。

身边的位置一按，大庙竟然大刺刺坐下了：“你这样不行！”

“什么不行？”四张没好气地问。

“表白方式，对鹌鹑必须用直接的，她智商不够。”

“这么明白你为什么没和她表白？”四张“呵”了声，没词了吧？

“还不都是因为你！我认识鹌鹑时你们已经在一起了……”

看见有人比他郁闷，四张好受多了。他拿起桌上的笔，在纸上写写画画，表白的事还是慢慢来吧。

“阿发为什么会有那个病？”他朝自己背对角的位置甩了下头，从刚才到现在，阿发已经抱着他的手机转了好多圈了。他低着头，一头蓬乱的头发长长地遮住了眼睛。四张发现，自从自己来店里后，他都没好好看过阿发几眼。

四张摇摇头，笑嘻嘻地指了指柜台那边："死老头儿偷吃又被正义抓着了，他可惨了。阿发的事我也不知道，正义应该知道得多点，她和阿发是最早在店里的人，我去，就不能念人……"阿发朝他们过来了。一脸喜色。

他的意中人回复了。

"我，我，我该怎么回？"

阿发激动得快背过气去了。

"淡定。"四张接过手机，瞧着对方回的话，皱了皱眉，"回俩字就把你兴奋成这样？"

阿发低着头，眼睛斜去四张脚边的地面，想咧嘴却又拼命憋着。闷骚劲儿……

四张摇摇头，输入了"不客气"仨字。没办法，就算他有一肚子的词儿也没法回，因为对方回他的是——谢谢。

"我、我、我不会和你抢、抢、抢鹌鹑的，她不是我、我、我的菜。"

四张手一滑，一个emoji表情发了出去，他没敢抬头，是听错了吗？还是阿发已经精明到能读懂他的心思了？

离他最近的大庙分毫没落，看清楚了四张所有的表情变化，扑哧一乐："你想问为什么阿发知道吧？不光他知道，连我都知道。"

啥？

大庙一脸坏笑地看着惊诧过度的四张，手往桌上一指："你自己写的啊。"

四张顺着方向一瞅，脑袋"嗡"的一声，大庙又嘲笑了他什么他一句没听见，他现在想的就是快点把那张物证消灭。也不知道怎么就鬼使神差地把心思写出来了。他飞速把刚才涂抹过的那张纸撕掉。但该看到的阿发和大庙都看到了，四张的草稿纸上写着——促成阿发和女网友，不能给他抢走鹌鹑的机会。

……

“咳咳，我会帮你的，不为这个原因也会帮。那么看我干吗？”四张被搞得快神经过敏了。

大庙收起戏谑的心思，手按住他的肩膀：“和鹌鹑好好的，她是个特别好的姑娘。我没机会了，只能努力找个更好的。”

阿发：“加加油。”

四张扬起头，眼睛怎么就发酸了呢？是因为他这辈子还没有能交心的朋友吗？

看了眼按在肩头的那只手，他说：“不可能的，鹌鹑是最好的。”

又被秀了！

“阿发，把你玩的游戏名发我。”

“做、做什么？”

“废话，不知己知彼怎么帮你追女生？放心啦，我会帮你好好追她的，不是因为担心你和我抢鹌鹑。”

四张突然觉得，人偶尔感性一下不是什么坏事。

这天晚上，他送了鹌鹑一本书。

送书时，四张眼睛看着鹌鹑的脑瓜顶，觉得他好像被阿发传染了，说话怎么像结巴呢？

“你、你看吧！”说完他就跑回了卧室，隔着卧室门，他仔仔细细地听着外面的动静，不知道她看了会不会高兴？肯定会吧。

四张抿抿嘴，站起身，他要淡定，估计尖叫声就快来了。

他在书里夹了张纸条，纸条上写着“鹌鹑，我喜欢你”几个字。

结果等到午夜12点，等得他都睡着了，预想中的尖叫声也没传来。要不是第二天清早看见趴在书桌上流着哈喇子的鹌鹑和她脸底下那本被口水洇湿的书，他都要以为鹌鹑没看了。

小心翼翼地抽出书，抖落出书里夹的草稿纸，他看着上面密密麻麻的演算过程，很无语，谁让你做题了？做也就算了，就不能再多做一页吗？瞅瞅，把他的字都洇模糊了！

白天，四张在注册阿发玩的那个游戏，鹌鹑跑来找他："不好了，不好了，四张，你送我的那本书我找不到了。"

"被狼叼走了。"不叼走怎么办？等着她翻到那张模糊了的纸，问他上面写的是啥吗？大灰狼撇撇嘴。

四张的表白路崎岖不平，阿发也没好到哪儿去。就在四张帮着阿发撩妹的第三天，阿发突然哭着跑来告诉四张：他被对方拉黑了！

"你和人家说啥了？"

"我没说啥啊。"四张坐在椅子上，周围站了一圈店里的人，每个人的表情都像在说一定是他做错了什么才让阿发错失了这次恋爱的机会一样。

"不信你们自己看！"四张很生气，正好阿发的手机就在手里，打开屏幕，他把聊天记录调出来，"你们自己看，我是油嘴滑舌了还是耍流氓了，我都是迂回路线，以关心为主，蚕食蚕食懂不懂……"

"你先别叨叨，我们看着呢。"女侠秋正义抓着手机，上下滑着，边滑边暗中佩服四张，得亏这小子不花心，不然鹌鹑完了，你瞧这句——下次我去练个牧师，好帮你补血。没有煽情、朴朴实实的文字里透着妥妥男友力，还是max级的。

再看这句——以后走位站我右边，等我练好左手发招你想站哪边都可以了，不然现在我左手保护不好你。这就好像现实生活里压马路让女友走里面一个道理。

"是没什么过火的话呢！"她把手机传给下一个人，于大庙和安富裕的脖子快伸断了。

"会不会是误删？"

阿发摇摇头，游戏里的号也删了。

“没事，干活儿。”阿发不结巴了，眼睛里前几天一直有的神采也没了，他埋低头，“咻”的一下飘走。

阿发又成了过去那个阿发，沉默寡言，很少露面。慢慢地，店里的人也就忘了这件事。直到有一天，鹌鹑发现以前从不玩游戏的四张竟然还在玩阿发玩过的那款游戏……

“四张你干吗呢？”

唉……想捂已经来不及了，正受虐的四张吸吸鼻子，“嘘”了一下。

“别让阿发听见。我想加那个女的发现她设置了拒绝申请，所以我正在努力让她加我。”他佩服自己随机应变的能力，他才不要说他只是随便进游戏里溜达溜达不知道按错了哪个键就成现在这样了，被组了队，连键子都还在摸索就参战了。

“可是……”按错没他想的那么好糊弄。屏幕上顶着四张名字的鲁班被虐得太惨，她都不忍看了，咽了咽口水，鹌鹑小声说，“你是故意玩成这样的吗？你队友都不高兴了。”

她说得算含蓄，四张的队友岂止是不高兴，简直快疯了，频道里不断刷新的都是骂他的话。

“嗯？嗯，不高兴就对了。”他啪啪挥了两下斧头，又一下削到了队友的脑瓜顶，又是一阵关于母亲的“问候”。

鹌鹑听得刺耳：“你不会是故意的吧？”

“就是故意的，当初阿发认识那个血罗刹就是因为他被骂得惨。我问过了，那女的在这个区的出现概率是几个站最高的，我就在这儿蹲着，总能遇见她。赌赌看她会不会见义勇为第二次吧，不是说女人最容易被同一块石头绊倒第二回吗？”说这话的四张自己都不信，这女人得多傻啊，一摔摔两次？他偷瞄了一眼鹌鹑，这么蹩脚的谎话能唬住她吗？

然而，出乎意料的是，他的话不仅唬住了鹌鹑，还给他带来了一连串的gift。

鹌鹑把四张在做的事告诉给了秋小美……

正义同学听完脸露疑惑："四张是傻了吧，再说加上又怎样？"

"四张说了，告诉一声有个叫阿发的喜欢过她就行。"

"这个倒是可以，你瞧阿发这几天的状态那叫一个差。"

是啊，阿发已经几天不说话了，就连饭也不和他们一起吃了。

"那就让他干吧。"就算有猫儿腻她也正好看看。

"等会儿。"秋小美拉住要走的鹌鹑，她挤挤眼睛，"我有个想法……"

周末清晨，阿发照常在那个时间赶到店里，奇怪的是，平时这个时候店里都还没人，今天却一个不落到得齐全。不仅如此，他们没干活儿，除了安老头儿外，都是人手一台笔记本，他们店什么时候这么闲散了？

什么情况？

他推门进去，门开的瞬间，一屋子的人声差点儿把他淹没了。

秋正义："你那是什么鬼技能啊，90°，90°，告诉你了90°！"

于大庙："呀呀呸的，你后跳跳人家身上去啊，打得还不如鹌鹑呢！"

鹌鹑："四张只是不熟，四张你能从我身上下来吗？"

安富裕坐在于大庙身后，嗑着瓜子，神情惬意地说："四张啊，我看你不是故意不会玩，是天生就没玩游戏的那根弦，哟，阿发来了啊。"

"你们……"

"哦，我们在打游戏，骂四张，为了把你的血罗刹引出来。"

……

那一刻，阿发张张嘴想说什么，却又不知道该说些什么。

搓了搓指尖，他走了进去，拉把椅子坐在了四张旁边，闪烁的眼睛依旧躲在那头又乱又长的黄毛后面，偶尔他会抬起手，指着键盘上一个操作键，声音小且快速说一句：“按这个。”

四张快哭了，这就是传说中的弄巧成拙吗？他是没事找挨骂啊！

早知道不是那么回事的秋小美边乐边打，开心得不行。这个时候，在一个离她很近的地方，秋小美的木兰挥起长刀正要砍，不知从哪儿飞来三支冷箭，咻咻咻地都射在她身上，血条瞬间空了大半。

“谁啊？”

木兰回头，看着御龙山半山腰站着一个红衣女刺客，头顶ID正是血罗刹。

就在秋小美不信地揉着眼睛时，四张的鲁班收到了一条好友身份验证——

血罗刹请求添加你为好友。

四张清了清嗓子，背又挺直了，看到没有，他就是故意的。

屏幕上，血罗刹字幕刷得飞快，全是骂秋小美他们的词儿，什么“打得好了不起啊”，什么“欺负老实人有种跟我PK”啊。偶尔四张还能听见一两声语音，女生的声音挺好听的，听得身旁的阿发一愣一愣的。

四张看了眼他，点了下确定键。

系统自动弹跳出信息——你已和血罗刹成为好友，现在可以聊天。

呵呵。

【3】

看得出，这个血罗刹是个手速很快的人，边发着骂人字幕，边接连发镖，大庙、小美、鹌鹑都接连中招，屏幕上一时血花飞溅。

四张盯着小窗，没急着敲字，不是有那么句话吗？谁主动谁就先输了，他要等着那人先上门找他，趁着这个工夫，他也好想想一会儿说什么。

“四、四、四张，你要、要和她说什么？”

某个结巴凑过来，一脸不淡定。四张托着脸瞄了他一眼：“问她为什么拉黑你？你做啥了他要拉黑你？别紧张，我肯定不会吃了她。我真不会吃了她的，你别绞手了好吗，唉，算了，不问就不问，虽然我想问。”

眼睛从闷头点头的阿发身上移开，四张又气又无奈，阿发这性格也是绝了。

就在感叹的时候，屏幕上小窗一震，他挑了挑眉，点开一看，血罗刹发来个表情，还是个生气的表情。

血罗刹：下次不要和这种人组队了，看他们说话就生气。

（四张：我看见你也生气。）

四张：“她上次帮你时估计也是这么说的吧？”

阿发抬了下头，又迅速低下去，没说话，但他那快死了的表情已经说明问题了。

原来见义勇为也是套路啊。四张呵呵一声，别说，他现在真不想细究他怎么就被拉黑了，活动活动手指，指尖落在键盘上，敲下了第一个字。

鲁班：谢谢你帮我解围。

血罗刹：小意思。你太脓包了点，下次再有人骂你你就骂回去！

鲁班：嗯。你真是个热心的人。

血罗刹：举手之劳，路见不平一声吼，见义勇为嘛。

四张冷笑一声，继续用鲁班说话：你对别人也这么见义勇为过吗？

血罗刹沉默了，四张也不急，他要看看这个女的会怎么回答。

时间一分一秒过去了，御龙山上的骂战早平息了，血罗刹不出声，鹌鹑他们也干脆真人跑到四张身后观战。

鹌鹑："她怎么不说话了？"

"在回忆吧。"四张搓了搓下巴，你不说那只好我说了。

鲁班：你还记得一个ID是"那傻子有点帅"的人吧？你拉黑他没几天，你当初就是像今天帮我解围这样帮了他，不会这么快就忘了吧？他是我朋友，听说你设置了拒加好友，所以我今天来也没抱什么加上你的希望，不过既然加上了就有几句话要说说。那个傻帽儿喜欢你，喜欢一个人，不骚扰不伤害，他没做错什么，你却拉黑了他，你知不知道他是个社恐病人？我无法干涉你拉黑他的行为，但这几句话我必须要说。

输入完这一长串后，四张本想点右键直接把这人删掉，没承想，他还没行动呢，对方抢先一步把四张拉黑了。

狗脾气！

四张气得猛地站起来，恨不得冲进显示器里把这个可恶的血罗刹揪出来。

可瞅了一眼旁边神伤的阿发，他忍了。

"血罗刹下线了！"鹌鹑突然叫道。

"自惭形秽了呗。这种人不值得你喜欢，阿发。"

"嗯。我、我去搬货。"

阿发走了，平时堪比轻功的步伐此刻变得特别沉重。

"这是阿发的初恋呢，四张……"

初恋又怎样，总不能因为是初恋就和一个道貌岸然的家伙恋吧。

"有空研究研究社恐怎么治倒是真的。"

鹌鹑看着说话的四张，打心眼儿里佩服他的冷静，想一想，她也觉得没别的办法比四张选的这个好了。

“回头我……”鹌鹑想说回头她做块甜品给阿发吧，没想到一回头，阿发那个顶着乱发的脑袋就凑在了旁边。再看阿发，脸上竟然泛着一丢丢潮红。

“阿发你咋了？”鹌鹑往旁边挪了挪，让了个地方给阿发。

“好、好、好友申请。”

四张一看，阿发手机微信界面上新的朋友栏下多了个名字。

血罗刹！

“以我的经验，她这次加你肯定是在我那儿碰了壁，来骂你的。别加。”

“不能加吗？”四张的话让阿发失落。

失落也没招，四张站起身，手按住阿发的手机，强调道：“不、能、加。听到没？”

等了半天没等到阿发任何答复，当然，他那张纠结的脸除外。

四张摇摇头，算了，他怎么就那么多管闲事呢？管了人家也不听，有这工夫不如想想怎么和鹌鹑表白呢……四张揉着太阳穴，发愁，因为他发现他和鹌鹑之间的窗户纸也忒厚了！该咋捅破呢？

“我说别加，听不听就是你的事了。”去研究表白这个世纪课题前，四张又多嘴说了一句，也不知从什么时候起他也这么爱多管闲事了。

抱着电脑，他去柜台那边装箱，特意跟人租的呢，结果白忙一场。阿发那家伙啊，他摇着头，一眼瞥到秋小美的日历。

10月15，好像是鹌鹑的生日啊。他一拍大腿，有了主意。

没几天就到了10月15日，鹌鹑生日这天。甜品店营业半天，下午歇业。

安富裕说鹌鹑出生时，家里的好几盆花都开了，万紫千红总是春，所以起名安春。

这和鹌鹑知道的版本不大一样，她听家里的保姆讲，她出生那天，他爸正在麻将桌上摸牌，电话打来时刚好摸了一个幺鸡给对家点了炮，一气之下给鹌鹑起了这么个名，所以鹌鹑最开始的名字就是鹌鹑，笨鸟，安春才是谐音。

听了鹌鹑的叙述，安富裕脸上有点挂不住，一个劲儿地说你记错了，换来众人更鄙夷的眼神。四张倒是没工夫瞪老安，他躲在一旁确认着快递上门的时间，他准备了一点小心思在蛋糕上。

早知道他有小动作的于大庙贼兮兮地凑过来："到底安了什么机关，别太难，不然她应付不来的。"

"放心，有这个。"他掏出一个Casio计算器，一会儿等打开蛋糕，他就把这个给鹌鹑，计算器会告诉她他想说的话。

"不是，我好奇用蛋糕表白不就是写'我喜欢你''我爱你'吗？能搞出什么花样来？"以大庙的智商是想不出来什么的。

四张抿嘴乐了："告诉你也没事。去网上搜5201314计算公式。"

"还公式，我赌一包辣条鹌鹑看不懂。"吐槽归吐槽，好奇心还是战胜了其他东西，在去饭店的路上，大庙就手机百度了起来，"我去，你不会把那玩意儿印蛋糕上了吧，呜呜……"

四张捂着他的嘴，对前面回头瞧他们的人挤了个笑，牙缝里挤出句话："你再大点声儿……"

于大庙连连摆手，不敢了不敢了，再敢有生命危险啊。

四张松了手。

缓了口气的大庙连连摇头："你真是失忆了，也就14岁的屁孩才会谈个恋爱这么注意保密。"

眼刀飞来，大庙忙捂着嘴，摇摇头，找个借口跑到了阿发旁边，那家伙也是，最近话也不多，每天就知道玩手机："总玩手机对视力不好，哎？阿发你在搜什么？我去！”

大庙的嘴又被堵上了。

这一天天的被堵嘴算怎么回事啊，我又没把你搜5201314的事说出来。阿发的巴掌下面，大庙两行热泪。

瞅着打打闹闹的两人，四张摇摇头。

听说这是鹌鹑第一次像模像样地过生日，所以四张把地点定在了市里最好吃的一家饭店。

你要问了，别的霸道总裁请客都是吃最好的，到四张这儿怎么成了最好吃的了？因为吃最好的贵啊。

一行人到了这家最好吃的饭店，蛋糕店的人恰好也晃着车钥匙下楼，见了四张，忙说道：“先生，蛋糕放楼上了，按照你的要求做的，不过我们老板让我提醒您，请尽快食用，不然影响效果。”

“知道了。”四张应着，先一步上了楼。他得检查检查是不是万事都OK。

上了楼，包房里果然放着个蛋糕盒子，四张搓搓手，看了看周围同样布置过的房间，吊了一路的心放了下来，他挤出一个笑，回头：“鹌鹑，这是我给你……”

“去厕所了。”大庙坐在椅子上，揉着肿脸，四张和阿发这俩家伙，手劲儿这么大。他眼睛转了转，“要不咱们先把蛋糕拆了，让我看看什么样儿的。”

“不行。”

“人家送货的都说尽快食用了。”

“那也不行，是给鹌鹑的。”四张瞪着眼，母鸡护仔似的护住蛋糕，不让它遭大庙毒手。

抢了几下没抢成，大庙不乐意地坐回去：“小气样儿，非要等鹌鹑来……鹌鹑你回来了！”

大庙的眼睛亮了，四张的也亮了，他往后一退，让出拆蛋糕的最好位置。

“鹌鹑，这是给你的。”

鹌鹑手还湿着，听见他叫，手就着衣服蹭了蹭，迟疑又惊喜地走了过去。

“这是我第一个生日蛋糕呢。”

四张在一旁，有些心酸，有些紧张，心里想着：鹌鹑，以后我年年给你买蛋糕。

他看着鹌鹑拆线，再看着盒子慢慢被打开，准备递上计算器，却看着里面红艳艳的蛋糕，愣了。

为什么都是红果酱呢？他定的字呢？

就在他打算打电话给蛋糕店时，鹌鹑拿起盒子里的一张纸读了起来：“先生，由于你要求的字数过多，所以请尽量在收货30秒内食用，否则会糊掉。”

四张欲哭无泪，他知道尽快，但谁想到这么快了。

“四张你写什么了？”

四张看着鹌鹑，哑着嗓子说：“我让他们把生日快乐写了100遍。”

……

【4】

四张不得不承认，在恋爱方面，他就是个纸上谈兵的主儿。大庙说：喜欢她，直说就好了嘛！

那是能直说的事吗！他脸红地托着下巴，少男心事，像于大庙这种胡子拉碴的老男人是不会懂的。

10月16日，有家甜品店，到现在都没学会怎么把胡子刮好的已婚男士四张在为他的初恋告白发愁。

他揉了揉脑袋，唉声叹气地起身。他想找杯水喝，也就一个扭身的工夫吧，就被吓了一跳。原本身边这俩位子没人坐啊，什么时候多了俩人？他们是什么时候过来的？四张警惕地审视着依旧保持低头姿势的长毛阿发："他脸上那抹娇羞是个什么情况？"

"四张，阿发有事求你。"坐在他左边的于大庙像个皮条客，手自来熟地搭着四张的肩，四张瞪着他，他居然还痞痞地朝四张挤了挤眼。压根儿没懂四张的意思。

手！四张一抖肩膀，把头扭向另一边，这边被堵他走那边，反正现在心烦，没心思聊天。

然而，另一边也有人"堵门"。

被点到名的阿发凑了张大脸过来，鼻子刚好对着四张的鼻尖："四、四、四张，我有件事。"

"呃……"他往后缩了缩，"别告诉我和血罗刹有关，别告诉我你又加了她。"

瞧阿发那一脸比平时还不敢直视他的样儿，四张觉得阿发求他的这件事八九不离十，就是和血罗刹有关。

四张的眼睛像刀，特别锐利，被看得满身窟窿眼的阿发一哆嗦，"我、我"了半天也没我出个所以然来。

"还是我来说吧。"扒拉开紧张过度的阿发，于大庙抬起手，噼里啪啦张牙舞爪连比画带说明地说了一通，虽然言辞有些聒噪，但意思四张听明白了。哦，敢情阿发不仅加了血罗刹，两人竟意外地聊得挺好。人家妹子说了，拉黑是侄子干的。

这种骗小孩子的话他们也信？四张那叫一个无语啊，生无可恋地看着他俩："都聊挺好的了还来找我干吗？"

“还不是因为和你有关吗？”代言人于大庙二度上线，“鹌鹑生日你不是给她出了道表白题吗？被阿发发给血罗刹了。”

“What？！”四张眼珠子瞪得老大，“你……”

“别激动别激动，咱们都是一个店的人，知识共享共同进步嘛！嘿嘿嘿嘿，四张你别瞪我，听我说事。”哄孩子睡觉似的拍了拍四张，大庙递来了阿发的手机，“这不是阿发和人家一聊天就紧张吗？打字哆嗦，结果题出差了，题目明明是想一个数加上52.8再乘以5减去3.9343再除以0.5最后减去那个数的10倍吧，然后结果肯定是520.1314，我爱你一生一世是不是？”

四张真想说不是，要不是题目这么长、字太多、一个蛋糕写得太密，蛋糕怎么会糊掉……

“喂，四张，回神。”打了一个响指，大庙收回手，“你先别想你的事了，听我说。”

四张头一撇，他不想听。

“你得听，咱们仨里就你经验多。”

“是别人的经验，刘落程的经验。”四张强调。

“别管是谁的了。就是现在阿发手抖多打了几个数，估计结果错误，人家妹子生气了。你看。”

手机上，阿发对关莹说：你心中默念一个数，将这个数加52.8，得出数后再乘以5，得出后再减3.9343333，然后除以0.55，最后将得数与你心中默念的数的十倍相减，结果就是我想对你说的话。

真名原来叫关莹的女生回了七个字：还想好好玩耍吗？

“就阿发这公式，一个数一种答案。人家不生气才怪？”

唏嘘的大庙团着手，上身下伏，脚尖一下一下点着地面，后腿跷起的凳子跟着这一点一点一上一下：“阿发怕你生气不敢找你就跑来找了我，让我替他捉刀聊天，可撩妹这事我哪会啊，所以还得请你出山……”

“我生气了，所以我不管。”让他替阿发跟一个他觉得极有可能是骗子的人谈情说爱？他抖了抖身上的鸡皮疙瘩，他有空啊？

“我真劝你别和这人来往了。借过借过，让我出去。”

四张硬从两人中间挤了出去，他有自己的事要愁呢。

“怎么才能让鹌鹑知道呢？”他自言自语着，没走几步就撞上了一个人。

“对不起啊！”以为是哪个客人呢，四张忙低头道歉，道着道着就觉得哪里不对，“鹌鹑……”

鹌鹑一手拿着换下来的工作服，另一只拍着脑袋，撞得不重，摸了几下她就放下了手：“四张，你有什么事要让我知道啊？”

啊？这个这个……四张脑子蒙了：“我有什么事想让你知道，我……”

突然，他灵光一闪，想让你知道的事身边不就有吗？

松了口气的他扯着鹌鹑去到一边，瞅瞅四周，确定没人看他们这里，这才小声说：“阿发又和那个血罗刹混一起了。”

“啊？”

“我担心他再受伤，想和你商量商量看怎么办？”

“你不是说她不是好人吗？阿发怎么还……”

“用情太深，控制不住自己吧。”四张吐吐舌头，这话可不是一个三好学生优秀班干部该说的话，太肉麻了。

“那我们去告诉他，让他别再和那人联系了。”

四张拉住她，不行，不能去，他才说过不管的，这会儿就又回去，不是打脸吗？

算了算了，反正他晚上有时间，就当次雷锋，帮阿发揭穿这个女坏蛋吧。

“你先去忙，晚上说。”

入夜。

大型网游剑侠江湖。

集市厂上，有店主人在店前兜售商品，叫卖声里间或夹杂一两声砍价不成谈急眼的骂声，还有个男玩家领着个妹子进了首饰铺，总之好不热闹。

第二次进这游戏的四张开着他花高价从别人手里买来的新小号“二道贩子”沿街溜达，瞧着万家风景感慨：游戏里也是有钱人容易骗到小姑娘啊。二道贩子的职业是教书先生，所以装束是一身白衣，技能属性是靠背诵《三字经》把敌人念晕，属于整个剑侠江湖里炫富指数偏高的那种，听说光教书先生的衣服就分诗经款、楚辞款、黄金唐诗款和铂金山海经典藏版等等，但因为是早期角色，技能设置过于单调，攻击值不高，所以玩的人不多。

“那你还玩？”

鹌鹑坐在他旁边，面前的笔记本和四张的台式机并排放在一起。她也换了号，新号是女娲，龙首虎足蛇尾牛蹄。四张说御龙山一役血罗刹已经认识她原来的号了所以也得换个新号，可是……

鹌鹑盯着屏幕里她的角色，怎么瞅怎么觉得怪，也不知道之前玩这个号的人是怎么练的，把女娲练得头重脚轻，上身是开敞重型披风，头顶是个形状像卫星接收器一样的锅子形的帽子，人家的女娲是头顶仙髻，她可好，头上顶锅，这还不算，女娲的胸上前后还有两块紫金加厚护盾，这头重脚轻的造型离远了瞅就像个倒三角，平衡堪忧啊。

“这你就不懂了。之前玩二道贩子的人脑子少根弦，前后被骗了好几次装备……”四张斜眼瞅了她一眼，脸一红，“这个女娲丑是丑了点，可我钱全用来买鱼饵二道贩子了，剩下的钱又想买攻击值高点的，看来看去只有这个了。等我有钱再给你买好的。”

“我没嫌她丑，我就是担心走路不好走。”说着，女娲当街又摔一个大马趴，怎么爬也爬不起来，二道贩子贼兮兮地左右瞅瞅，确定血罗刹不在，这才悄悄过去扶起了她，“那个女罗刹就不像好人，我说了阿发就是不信，你没想想阿发那么闷这人为什么还主动和他做朋友？”

“为什么？”

“我分析是阿发性子弱，好骗，不然没法解释她拉黑我的原因，一定是她觉得我不像能中她圈套的人。”

“你肯定不会……等等，你的意思是她知道阿发是社交恐惧后，想骗他！”鹌鹑从座位上弹起来。

“你坐下。我分析是，不然没法解释。”

鹌鹑点点头：“可是阿发不信怎么办？”

“所以我们就是要证明它。”

“怎么证明？”

四张搓了搓手：“我偷看了阿发和她的聊天记录，他们今晚约了来这个区玩，血罗刹昨天装备坏了，肯定来这边采购，到时候你就装作要拉我组队刷怪的样子。我这个号几次被骗都是被队友坑，到时候我会假装说顾虑把这事说出来，如果她是骗子，见了傻肥羊肯定动心。”

“四张不像傻肥羊。”

四张脸一红：“其实我很自私的，估计大了会变本加厉，你到底喜欢我什么呢？”

“你的什么我都喜欢。”

“鹌鹑，其实我……”

就在他鼓足勇气想和鹌鹑吐露心事时，他的白衣飘飘的二道贩子旁边不知怎么就围了几个人，二话不说对着他就是一顿发招。

什么情况？一串惊叹号在脑子里刷着屏，被轰掉半条命的二道贩子从纷飞战火里爬起来，看着不知什么时候已经飞身过来挡在二道贩子前面的倒三角女娲，鹌鹑在保护他呢。

一记石破天惊轰飞了近身的一个鲁智深后，倒三角手握补天戟，霸气地看着那群人："你们为什么偷袭我们？"

说实话，不是倒三角一身行头有些滑稽，当时的画风真的很美。被护在她身后的二道贩子默默掏出小本子，写道：以后要给鹌鹑换套好看的装备。

"妹子，你是多管闲事的还是也在打这头肥羊的主意，如果是后者，咱们是一路人，我们也看上他身上的装备了，你让开，咱们分装备分钱等一会儿收尸时怎么都好说，如果是前面的，呵呵。"几个人里像是指挥的那个棍棒师侧身就是一个180° 扫堂腿，腿风里满是威胁。

四张以前就知道学习，班上的男生玩游戏他从来没参加过，在他看来打游戏会影响学习。可此时此刻他真后悔，如果当初玩过，哪怕一点点，这会儿也能想到一个总被骗的二道贩子在这里会被人惦记着啊，做个二道贩子不容易。他好失算啊。

四张的郁闷鹌鹑看在眼里，她握了握拳："别担心，我会保护你的。"

话音一落，游戏里的倒三角一连三招，砰砰砰打飞了棍棒师。

二道贩子叹声气：你忘了？我说过，我会保护你，就是我保护你。"

鹌鹑一愣，又是这句话，前些日子四张对她说过的，她吸吸鼻子："可你是游戏渣啊……"

"那就看看喽。"发招他不擅长，有件事是他长项啊。四张微笑着，他选教书先生这个职业可不是随便选的。

"我没大招，舞刀的那几个给你，剩下的交给我。"

说着，画面里的二道贩子转了个身，背靠着倒三角，紧接着，一阵噼里啪啦的声音在鹌鹑耳边响起，声音之快让她忍不住分心看了一眼。四张在打字，打《三字经》——人之初，性本善，性相近，习相远……

就在他打字的时候，一道堪比瀑布的口水就那么从二道贩子嘴里喷出来。

教书先生终极大招：瀑布碎碎念。

他这一招打乱了打劫者的节奏，也让鹌鹑有了信心，一时间补天戟闪着光，瀑布洪水出，那群打劫的顿时被打蒙圈了。

“我打字快。”四张微笑着说，他不介意鹌鹑某些方面比他强，因为他会找他擅长的方式去配合。

就这样，一边是口水漫天，一边是刀光剑影，高强度的键盘操作中，四张竟找到了点游戏的快乐。敲着字，他得意地对鹌鹑说：“他们抢错人了。咱俩再打几次会更默契。”

就在他得意忘形的时候，一个他一直在等的身影出现在了视野里。

血罗刹和阿发……来了！

虽然事情和他想的有些出入，钓鱼执法从骗改抢，可只要是心术不正的人总会上钩，四张这样想，却发现血罗刹和不听劝的阿发优哉游哉地朝他们走来又溜达着走过去了。不该是这样的啊。

四张急了，在公频喊话血罗刹：“喂，那个长得特好看的女侠，救命啊！”

不说还好，一说血罗刹“咻”的一下，没影了……

我去！这都不上钩？说好的见义勇为乐于助人活雷锋呢？

四张瞧着屏幕，一个没留神，一记飞刀从他面前掠过，脖子上就多了道伤口，二道贩子挂了。

这什么情况？再看一眼倒三角，不知道怎么的，从二道贩子挂了后发招动作也不像之前那么灵活了。

棍棒师一见这情况来了气焰，指挥队里的人照着鹌鹑的倒三角一顿猛砍，边砍还边说：“叫你逞英雄？咋不逞了？咋不逞了？”

四张快气疯了，他的女人，只能他欺负好吗？

“鹌鹑，这个怎么复活，我要去削死这帮家伙！”

“不能马上复活……”鹌鹑闷闷地说，说完，她放下手，倒三角也死了。

“你咋了？”四张觉得鹌鹑的情绪不对。

鹌鹑低头对对手指：“四张都没夸过我好看，我是说没失忆前的你。”

……

四张张张嘴，现在夸吗？现在夸会不会太突兀了，毕竟就在不久前他还叫嚣着要和鹌鹑离婚呢……

【5】

四张一整个晚上都没睡好，翻来覆去做了好些稀奇古怪的梦，他梦见自己在游戏里练就了一套绝世神功，自此带着鹌鹑在游戏里所向披靡、“为祸八方”；他还梦见他失手打碎了家里的大花瓶，玻璃破碎发出乒乒乓乓的声音；最后，他还梦到了红衣刺客血罗刹，她回来了，不仅加了他好友，还骗了他三千金币和两套装备。发现自己的计策实现了的四张欣喜若狂，拿着截图说要去找阿发。

“就知道你是个骗子。”他边笑边跑，不料恼羞成怒的血罗刹竟然追了上来，四张眼见着那张气急败坏的脸狰狞地靠近，靠近，再靠近……

她这是要抢物证啊？

“鹌鹑，快来，快点把截图拿给阿发看，她就是个骗子！快！”

“四张你醒醒，快醒醒！”

四张觉得有人在晃他，他迷迷糊糊地睁开眼："鹌鹑，我梦见……"

他脸一白，说不下去了。他终于知道自己怎么会梦到什么玻璃还有面目狰狞的血罗刹了，敢情是鹌鹑大早晨化妆了。

见他那么看着自己，鹌鹑不好意思地低下头："你以前给我买的化妆品，今天醒得早就画了画，好看吗？"

四张一愣，紧接着一种甜丝丝的感觉就浸润了心肺，他忙一撇头，不能让他看见自己笑。

"难看死了，快洗掉！"说完，他翻身下地，朝卫生间奔去。以前他们和自己说鹌鹑喜欢四张他是没感觉的，因为印象里他们口中的那个四张不是自己，而此时此刻，他才真真实实地感受到，他喜欢鹌鹑，鹌鹑也喜欢他！

什么表白不表白的，让它见鬼去吧。

店里的人并没有觉察出四张今天的兴奋，因为有另一件比四张兴奋更让大家兴奋好奇的事发生着，那就是阿发把头发理了，不只理了，他还主动跟人说话了，话还多，虽然还是结结巴巴的。

"这、这个是我、我、我们店新、新出的口味，你尝尝。"阿发嘴咧得好大，两排白牙齐刷刷地露出十二颗，可怜那个才进店的客人就这么被吓得步步退却，直到什么也没买就怎么来的怎么走了。

安富裕吐掉嘴里的牙签，把跟着客人去到门外的阿发拎了回来："不是，阿发，我不介意你突然抽风理了头发，可你知不知道，你这个阴阳脸再配你的大白牙真的很吓人。"

安富裕说的阴阳脸是因为阿发的头发长了不知多少年，导致上面半张晒不到太阳很白，这么一剪头发和下面半张黑脸一对比就更明显了。

"可、可是……"

阿发还想说话，被安富裕一下子给抢白了：“你别可是了，瞅瞅，都一个上午过去了，店里连个烧饼都没卖掉，客人无一幸免都被你吓跑了，你到底想干吗啊？”

你可能要问了，安老头儿不是个混吃等死的主儿吗？怎么突然一下子就关心起店里的业绩销量了？要说这还是四张的主意，当初安富裕欠了老高的债，又被于茉莉二次卷钱跑了，无处可去只能回了甜品店，店里的人不待见他，都不想收留，四张看着鹌鹑犹豫，就想出来以后店里业绩提高多少就定量给老安头儿分成，这一招，不仅让安富裕一头扎进怎么揽客卖货了，也让他比以前安分不少。所以今天阿发这一闹，他第一个不乐意了。

“我、我、我没想干吗。”

见阿发被老安头儿挤对得又缩了缩脖子，不知什么时候就和他成了一国人的于大庙从收银台前面的高脚凳上跳下来，走过去，胸脯一挺就把气焰嚣张的安富裕顶到了一边。

“阿发，你说说，到底怎么回事？别怕，有我呢。”大庙拍拍胸脯，那义气劲儿看得四张想笑，反正发生啥都和他无关，他现在满脑子想的都是鹌鹑为他化妆的事，这就是传说中的女为悦己者容吧？嘿嘿，嘿嘿，咯。他捂住嘴，悄悄瞧了瞧周围，幸好没人看见。

“没、没怎么。”阿发也不笑了，安富裕的话让他心生愧疚，“都、都怪我，给你、你们添麻烦了。”

“还知道啊？”安富裕哼了一声，又麻溜地往远处挪了挪，因为大庙举起了拳头，“就以为你有拳头啊？断片王。”

“挑事是吧？”断片王大庙拎着拳头就要揍他。

就在拳头快挨着安富裕的时候，屋里突然“咔吧”一声，秋小美扔了被她徒手掰断的木头条子：“阿发，你说，到底怎么回事？”

秋正义一出手，屋里果然没声了。阿发喉结一滚，说就说吧：“莹莹她鼓励我打、打开心扉，她说只要我能努力融入社会，就来见我，所以我想试、试、试一试。”

“不听劝，说了她有问题。”四张分心插了一嘴。

话才说完就发现阿发竟然“咻”的一下飘到自己跟前了，他咬着牙，拼命摇着头：“她、她、她不是，你不、不知道，昨天我们进、进游戏，有个出、出了名的人傻钱多、多的玩家被抢，好多人都、都趁、趁火打劫，抢那、那家伙的东西，莹、莹、莹莹连围观都没围观，不、不仅这样，她、她、她还告诉我不要和那、那傻子一样，身上带那么多钱，容、容易惹事。”

嗯嗯。四张的感觉那叫一个憋屈，一个结巴一口一个傻子地喊他，这感觉真够妙的，呵呵。

鹌鹑反应没他快，等他发现时，鹌鹑已经举着手问阿发了：“你说的那个傻子是不是叫二道贩子啊？”

四张捂紧脸，手下的表情要多复杂有多复杂。

现在就盼着阿发没听出破绽吧！啊啊啊！

事实证明，他多想了。

晚上，本来可以不上线的四张做贼心虚地开了电脑，登录了二道贩子。屏幕显示正在连接服务器时他双手合十，闭着眼祈祷——这辈子的英名别就这么毁了啊。

愿望很美好，现实却很残酷，系统显示登录的那一刻，一条信息也“叮”一声弹出了界面——

血罗刹请求添加你为好友。

天道好轮回，上次她来加自己那天发生的事四张还记得很清楚，情形……嗯，没这次尴尬。

“怎么了？”鹌鹑凑过来，“呀”了一声，“她怎么来加你了？”

“嗯哼？”

"不会知道你是谁了吧？"

"哼嗯。"

"她怎么知道的啊？"

四张托起腮帮子，生无可恋地拉着长腔："我哪知道？"

实情就不告诉她了吧，免得她和他一样心烦。

"那加不加啊？"

"加吧。"他可不是怕事的窝囊废。说着，他点了下"确认"。

通过后，对方半天没有动静，是没在线吗？四张正想着，屏幕上就跳出来一串字。

血罗刹：晚上我和他去刷骷髅城。

嗯？

二道贩子：什么意思？

血罗刹：你不是想鉴定我是不是坏人吗？组队看得清楚，你还能顺道保护他。

四张觉得自己受到了侮辱，他的生活为什么要别人安排？

二道贩子：是他告诉你二道贩子是我的吧？

血罗刹：不全是。

二道贩子：……

血罗刹：你的操作好认。全网没几个比你差的了。

……

二道贩子：几点？

血罗刹：七点。带上你老婆。

四张盯着那声"老婆"，脑袋晕乎乎的。他按动键盘，正想夸她有眼力见儿，血罗刹的第二句话紧跟着就来了——

她身手还可以，不然得被你拖死。

四张回头看眼身旁的鹌鹑，鹌鹑也在看他，他咬着牙，使出吃奶的劲儿才不让那声“靠”出口。

血罗刹，啊不，关莹，你给我等着！

夜晚，游戏里的骷髅城同现实一样，密云掩住繁星，风呜咽咽吹得枯树哗哗乱响，也吹乱树影里两道疾行的人影。

说是疾行，描述欠准，鹌鹑的倒三角平衡不好，除了短线作战可以外，跑起路来总是时不时卡一个跟头，想快也快不起来，至于四张的二道贩子，身段虽然轻盈，但操作不行，速度也是堪忧，两人就这么一路磕磕绊绊，等赶到骷髅城外的蝙蝠树下时，离约定时间已经过去一刻钟了，血罗刹和阿发已经在那儿等半天了。

“怎、怎么是你、你们？”阿发开着语音，结巴声灌进四张耳朵，有点不舒服，怎么就不能是他们了，当他们大晚上不睡觉跑来打游戏是有多闲？还不是担心他？

二道贩子敲了个“呵”字：“今天怎么开语音了？”

阿发：“莹莹、莹莹说要多说话才能病好。你们怎么来了？”

来关心你啊，啰嗦。四张懒懒地正想敲字，那头血罗刹已经先敲了一行出来。

血罗刹：“他们不放心你，与其让他们花心思设计机会观察我，不如就一起玩，近距离，想看什么都看得清。”

阿发：“我说了，莹莹不是坏人！”

四张撇撇嘴，点开血罗刹的小窗。

二道贩子：“你挺行啊，阿发现在张口闭口都是莹莹，短时间被洗脑，你是怎么做到的？”

血罗刹：“看看不就知道了。”

盯着屏幕上那七个字，四张觉得这个女人绝对不是个简单角色。

“等下我们都小心点儿，多观察，听见没有，鹌鹑？鹌鹑？”

喊了半天没人应，他回头一瞅，得，鹌鹑还在为让她的倒三角能好好走路费神呢。就他们俩这走道都走不好的，可别人没观察到反让人家给算计了，他得加倍小心，保护好鹌鹑才行，有了这个信念在，重新上路的四张心里坦然了不少。

翻过一座小山岗，城门就在眼前，血罗刹双刀一摆，停下脚，说出他们此行的目的，刷一个叫八目骷髅王的怪。

血罗刹："八目骷髅王攻击值不低，不过打好配合也不是太难刷。只要没人拖后腿就成。"

四张觉得她就是在说自己，一气，又是手边一阵猛翻。为了好好保护鹌鹑，他专门买了本游戏攻略指南，几天翻下来，什么开怪、发招、OT这些他以前听都没听过的词现在也都懂了。

他翻书的动静有点大，一旁的鹌鹑扭头看他："四张，你不用这么紧张，就一游戏。"

"我没紧张。"四张嘴硬着，他的二道贩子不是攻击型角色，一会儿进了游戏能不能行啊？"游戏也是奇怪，没个一二三排榜，有的话还能有点动力。"

"有的。"鹌鹑盯着屏幕，他们已经进了城，走在前头的血罗刹正双刀同砍着开怪，"你排名太低，所以没显示。"

四张一头黑线，还不如不问呢。

刚好两个被激怒的小怪从楼上跳下来要攻击鹌鹑，心里有气的四张上前一挡，一阵高手速打字，成股的口水就这么被二道贩子吐了出来。口水对骷髅的攻击值为0，因为水都漏了，可大家的注意力还是被这个废柴的二道贩子吸引了注意力，因为他文字泡里说的是——我要怎么揭穿关莹这个骗子？她就是想洗脑阿发。她是传销组织的吗？虽然上次她没趁火打劫，谁知道是不是另有居心？

眼见那个被他喷得浑身直滴答水的小怪已经离他只有两步距离了，

其中一个已经举起鬼火，鹌鹑想往前冲替他挡下这波攻击，不想有人动作比她还快。只见一片红云飘过，血罗刹飞起两刀，骷髅当即倒地。

她背对着四张，头回过来，给了他一个侧脸：“当着我面骂我，当我不存在？”

二道贩子：“不好意思，忘了你在了。”

血罗刹发了个笑脸，随后往边上一站，二道贩子当时就吓了一跳，什么时候来了这么多怪了！

四张这叫一个悔啊，当初只顾学习，怎么就没好好练练游戏操作呢？在鹌鹑面前丢人了吧？眼见两道鬼火朝他飞来，二道贩子看着过来保护自己的鹌鹑，心里不好过。

二道贩子：“看见没有，阿发，你家关莹坑队友、见死不救。”

血罗刹：“不好意思，忘了你在了。”

我去！四张心里边骂边想这个女的没下限的样子和他有一拼啊！

就这样，这支没少内讧的队伍杀了半天，终于和八目骷髅碰上了头，也就是在这个过程里，四张发现虽然口水不能像之前那样拦住骷髅，却能扑灭鬼火。有了这个发现，操作也就越来越顺手。不像之前那么应接不暇了，四张也有时间观察血罗刹了。这一观察不要紧，他发现血罗刹就是个小人，明明操作牛掰，还说什么这个怪有难度，虚伪吧。你瞅那个丑不拉几的骷髅血都快没了，就在吐槽的工夫，意外发生了，从远处树林杀出一拨人，横冲直撞地就朝他们队发了一波攻击。

四张：“这些什么人啊？”

鹌鹑：“好像是抢怪的。哎呀，莹莹被击倒了，咦，怪也死了。呀？这是什么？”

四张听鹌鹑说完这句，就看游戏里那群长得像地痞流氓似的家伙冲鹌鹑的倒三角嚷嚷：“宝在她那儿呢！快打！她还没捡！”

四张是听不懂什么“宝”啊“捡”的，他就知道一件事，谁打鹌鹑他揍谁！

于是遍地未熄鬼火的骷髅城内，挨了几下的倒三角瞧着她快见底的血条，努力想站起来，那群人快过来了。可有时候就是事与愿违，她越想站起来，却发现体力值越不够了。怎么办啊？她发着愁，正不知道该咋办时，一道白影就飘一样地朝她跑了过来。

四张的二道贩子跑姿真风骚啊，昂着胸，身子后倾，每迈一步就要倒一口气，呼哧带喘的。

倒三角：“四张你……”

二道贩子：“我（喘）来（喘喘）了。”

他挡在了倒三角的面前。

流氓里有人觉得这个体力不济的教书先生和血罗刹的队风格不搭，互相看了一眼，说：“老刹，你找这么个大喘气的家伙组队，是诚心不想要宝了吧，既然如此，我们就不客气收下这个你辛苦刷来的宝了，干那个女娲！”

真啰唆，二道贩子挺了挺胸，拜这份啰唆所赐，他气喘匀了，长袖一甩，二道贩子嘴里念念有词：“唧唧复唧唧，唧唧复唧唧，唧唧复唧唧——”

我去，口水，太……

“恶心”俩字没等说出来，奔着怪来的一拨人就这么被二道贩子喷散了。

一阵晕头转向后，为首的一个流氓站稳脚，脸上已经满是狠色：他们还没拾宝，给我抢！

穷凶极恶的流氓们齐齐发招，目标都是他身后的鹌鹑。看来口水是拦不住他们了，四张心一横，操作着他的二道贩子朝鹌鹑扑了过去。

让他意外的是关莹的血罗刹也来护着鹌鹑了，他们俩一上一下，压着倒三角，只见屏幕上一片刀光剑影，把骷髅城照得恍如白昼，亮得屏幕外面的四张都眯起了眼。

“鹌鹑，你没事吧？”

“我没事。”鹌鹑喘着粗气，像才经历了一场真的战役一样，她喘着气，回头看四张，“你也没事。”

是吗？没想到这么废物的职业还有点扛打。四张睁开眼，看着屏幕里的自己，血条还在，所剩不多了。

喂，没想到你……二道贩子站起身，想谢谢血罗刹，月光一闪，他发现了啥。

二道贩子：“你干吗呢？”

他以为血罗刹过来是保护鹌鹑的，没想到她是借着保护，实际一直在鹌鹑身子下面掏东西。

二道贩子：“你掏什么呢？”

去清理了没跑掉的几个流氓，阿发回来，声音依旧结巴：“莹莹、莹莹做药（游戏里的药，能治疗），就差八目骷髅这味。”

四张：“and？”

血罗刹：“你不是说我是坏人吗？坏人刚刚利用你们帮我夺宝啊，那群人每次都抢我，所以不转移下目标怎么行？”

四张很无语，他以为是来刺探她为人的，人家可好，借他们帮夺宝，还是鱼饵级别的。这人真不行！

“四张，莹莹给了我一件新披风。”

“什么？”四张还在郁闷。他看看鹌鹑的屏幕，后知后觉地发现自己也收到了关莹的礼物。

嗯，是玩知恩图报吗？好吧，气消点了。

四张不情不愿地戳开对话框，刺探归刺探，他也不是那么小气的人，谢谢还是要说的。字没打，那头倒先来了留言。

血罗刹：“今天找你们还真找对了，以我的血挡不住那群人那么轰，教书先生战斗力不行，血还是真厚，谢谢啊！”

四张仿佛看见屏幕那头一个坏女人正为她成功利用了俩傻子而扬扬得意呢。

#口是心非的代价#

秋小美发现青春期的小孩特别地口是心非。

于大庙：为什么这么说?

秋小美：你看啊，明明鹌鹑化妆很好看，四张偏偏说不，结果现在躲角落里哭呢。

于大庙回头瞅瞅：为什么哭啊?

秋小美：因为他这句话鹌鹑把化妆品都扔了。

于大庙：哦，那也不至于哭那么惨吧?

秋小美：关键是鹌鹑又买了一堆，什么香奈儿、Dior、Givenchy……

四张掩面：别说了，心疼!

只有我可以欺负你

如果没有失忆，如果没遇见，我的14岁应该依旧是灰色、刻板的，现在一切都不一样了，日子是彩色的，阳光有了节奏，今后的我每一个情绪都与你有关。

【1】

四张觉得他遇见了一个棋逢对手的人。

“你那叫干不过人家。”于大庙路过，随手端起一盆凉水，泼在四张身上。

四张没理他，而是伸出右脚。听见大庙“哎哟”一声差点儿摔了一跤，他脸上一点喜色也没有。

阿发依旧站在店门口，尽职尽责地吓跑每一个客人，因为他，老安头儿的头发快揪光了。店里没了流水，秋小美安心坐在柜台里嗑着瓜子听鹌鹑给她讲游戏里的那些事。每个人都做着他们觉得对的事，只有四张发现自己踏上了一条错误的道路。

他不擅长游戏，却要在游戏里揭穿一个擅长游戏的人，这不是以己之短攻彼之长吗？

从一开始他就错了。他点点头，又懊恼地揉起了脑袋，自己不该是这么糊涂的人啊，怎么就迷糊了呢？还有那个假装鹌鹑骗自己的招，那么烂的招他是怎么想出来的？

其实他不知道，现在的自己才更接近一个14岁少年该有的状态，会犯错、偶尔幼稚，有着自己的小骄傲。而这一切都是因为鹌鹑。

他看向鹌鹑，那家伙还在讲，不知道那是很丢人的事吗？想了想，他起身走过去，指头在柜台上敲了两下，他说：“鹌鹑你出来下，有事和你说。”

“哦，小美你等会儿哈。”鹌鹑边说边从柜台挡板下面钻出来，“四张，什么事啊？”

嗯，四张低着头，手摸着鼻子：“出去说。”

“哦，好。”

鹌鹑跟着四张出去了，经过门时，四张又看见了阿发那张阴阳脸，别说，晒了几天，上下脸色差没那么大了，就是笑得依旧夸张瘆人。四张抖抖肩膀，溜边走了出去。

边走他还边摇头：“鹌鹑，我以前也没像现在这么爱管闲事啊，现在也不知道怎么的，明知道管那个笨蛋没好处还总想把他拉回来。”

鹌鹑听了咯咯笑了：“我喜欢现在的你。”

“咳咳。”四张呛了。

“你想说什么事啊？”

抹抹嘴，四张指着不远处一个小超市，超市底下有台阶，看着还算干净：“去那儿坐着说，我觉得我们得换个思路，我实在不是玩游戏的料，所以想在游戏里揪到她的小辫子不容易。”

“那怎么办？”

“我打算找个人帮打听一下，如果她是坏人，游戏里说不定有人受过害，这比我这个菜鸟在游戏里浪费时间好。”

“嗯嗯，找谁呢？”

“你知不知道这个游戏里有没有什么角色是类似于江湖百晓生一样的？”

鹌鹑歪头想了想，她不知道。

“我可以打听一下。”

“不许和阿发、大庙以及店里任何一个人打听。”前车之鉴犹在眼前，他可不想再来一遍。瞧着坚定点头的鹌鹑，四张的心软了一下，“你就那么信我说的啊？”

“当然，你是四张啊。”

她笑得明媚，两只眼睛弯得像月牙，四张脸一红，别开脸，口是心非道：“哪天就把你卖了看你还信不？”

“四张你去哪儿？”瞧他扭头走了，鹌鹑以为自己说错了话，慌得跟着起身。

“口渴，买水。”

哦……鹌鹑又坐下了。

不知不觉天就转凉了，记得他们结婚时还是夏天，那时绿草如茵，不像此时已经满地枯黄。她抱紧膝盖，身体缩了缩，风有点大呢。

突然一个纸杯递到了她面前。

“这是……”

“超市活动，买一赠一。”四张倏地收回手，拧开瓶盖，扭头喝了一口。

买一瓶矿泉水……赠一杯热奶茶，这活动她第一次遇到，打开盖子，鹌鹑小小地抿了一口，傻傻地笑了：“好喝。”

“傻样儿。”四张闷头又是一口，不是他微微弯着的嘴角，或许没人知道他此时心情很好。

然而他还是低估了鹌鹑，说不让她问店里的人，鹌鹑做到了。

她没问店里人，而是把找百晓生的事发到了世界公频上（世界公频，和现实里的大喇叭广播差不多，在上面发的消息游戏里的人都看得到）。开始四张还不知道，直到血罗刹找上了门。

血罗刹：“听说你在找百晓生？”

二道贩子：……（四张：“鹌鹑！”）

血罗刹：还有赏金？

（四张：“怎么回事啊？怎么发到世界频道上去了？”

鹌鹑：“我没有啊，哎妈呀，我发错窗口了！”

四张：……）

二道贩子：“怎么了，想找他帮忙不行吗？”

血罗刹：“别闹，你一个不玩游戏的主儿找百晓生无非就是想和他打听我有没有作奸犯科过吧？”

（四张：……）

血罗刹：“和你打个商量，我替你证明我是好人，那些赏钱你给我，不能让别人白白赚我的钱啊。”

二道贩子：“……你糊弄鬼呢？自己怎么证明？”

血罗刹：“我要是证明得了，钱能给我吗？”

二道贩子：“你先证明看看。”

血罗刹不说话了。

四张擦把汗，笑：“一瞅就是骗子，她自己怎么证明？”

“四张……你看世界频道，有人出来骂血罗刹。”

什么？四张往屏幕前一凑，果然，世界频道上一个ID挂着双节棍又三截的人刷着屏：“血罗刹我追你到天涯海角，老子和你势不两立！”

这是什么套路啊？四张一时之间看不懂，又有些似懂非懂，他眯起眼看着下面的刷屏，开始是几条看热闹的，接着就有人跟着骂了，什么前天血罗刹抢了他的怪，什么血罗刹野外PK，捡了他不少装备，虽然都是骂骂咧咧的话，但意思不外乎这几个。

这时候，血罗刹的小窗又抖了。

血罗刹：“怎么样？如果我是骗子早有人爆了，可是没有吧？”

二道贩子：“……你怎么想到的？”

血罗刹：“你是想说为什么你没想到吧？阿发说你特别聪明，之所以想不到……你没听过一句话吗？恋爱让人智商归零。”

四张：……

【2】

好吧，他暂时承认这个关莹不是坏人了。

店里的人都在为阿发高兴，只有四张一个人坐得远远的，看那群人疯。

“四张，干吗呢？快来帮阿发看看他这样笑是不是好看点了。”

“我就……我就……”他摸摸耳朵，躲开了鹌鹑的目光。

“别我就了，咱们这里就你主意多，最能帮阿发了。”大庙不知道从哪儿冒出来，两手一架四张的胳肢窝，“还是你自己走吧，我还没你高呢。”也是处久了，搞得他总以为这个人高马大的四张是14岁的孩子呢。

经不住他们一而再、再而三地请，四张只得别别扭扭地走了过去，别说，几天过去再一瞧阿发，笑得的确比之前自然也好看了。

胡子拉碴的四张挠挠后脑勺：“那个，阿发，对不起啊！”

“没、没事，莹、莹莹说了你是为、为我好，怕我被骗，现、现在好了。”

四张真是打心底觉得不好意思，关莹是在帮阿发，他却拖了好久的后腿。

“阿发，我帮你追关莹吧！”四张意气风发地说。

他觉得之前从刘落程那儿看来的东西一点实用价值也没有，还不如按他的路子来。

于是，某个月黑风高的夜，帮扶阿发追爱小组开始行动了。

四张说，在不同情境，你都要让对方感觉你是在关注她的。所以这天，血罗刹约了阿发去墨云湖打怪，才一见面阿发就说：“莹莹、莹莹你去化个妆。”

血罗刹：“……干吗？”

阿发：“这样我就能说你化得真难看了！”

结果那天墨云湖里的鱼怪安然无恙，就是觉得湖上总有人撩拨，喂食就喂食呗，你倒好好喂啊，扔下一个腿没啃着就拽上去，再扔下一个人头，还拽上去，现在的玩家素质太差了。

第二天听了阿发的描述，四张无语地扶着额："你没让人家卸了就算大幸！"

"那、那怎么办啊？"阿发委屈地问，在搞对象这方面，他也不是一般差了。

四张啃着指甲："这招不行就换一招，对她好，死命对她好，这样总不会错了吧？"

"嗯嗯。"阿发猛劲儿点头。

四张以为这样总算万无一失了吧，等啊等等啊等，又是几天过去，阿发哭着来找四张："莹莹、莹莹生气了。"

"又怎么了？"

"我问莹、莹莹要了地址，结、结果今天她发我语、语音，问我是不是一……一天给她点十杯奶茶，我说是、是我，她说地、地址是她弟、弟弟家，一天十、十杯奶茶也就、就算了，可她弟一、一个大老爷们儿，快递员、员总嘱咐他趁、趁热喝好，暖暖宫是什么、什么情况？我、我真不知道。她还说我一、一天十杯，一次、次送一、一杯。"

听完他说的，四张很无语，无语之后，他不忘把事情原委原封不动地讲给鹌鹑听，言下之意，阿发也不怎么聪明啊。

"大庙也是。"听完四张的话，鹌鹑搓着下巴不住摇头："不行，我得告诉小美一声，以后再不能让阿发看那种乱七八糟的追女手册了，学的都是些什么烂招啊。"

"烂？"四张不服，想自证清白，可是一对上鹌鹑那双眼，他就没电了，他闷着嗓子，脚有一下没一下地踢着水泥地，"是烂，是烂，他从哪儿学的呢？奇怪。"

鹌鹑拉住四张的手，也不顾他这长相和他这动作是多么违和，一脸期待地说：“四张，你帮帮阿发吧，你看他现在多好，话也多了，也肯跟人来往了，血罗刹对他真的很重要。”

四张被她晃得直点头，心想他帮得还少吗？就是阿发这个copy太走样啊。

想了想，他有了办法，一个能让阿发表现男友力max的方法。

“我们可以找几个人去欺负血罗刹，关键时刻，让阿发出面英雄救美，这样阿发在血罗刹心里的形象也能有提高。”帮扶阿发追爱小组第二次会议上，四张这个提议得到了大家的一致赞同。

大庙边听边点头：“所以每次打牌，鹌鹑要啥牌你就不打啥，非等我们打鹌鹑了你灭完我们再打，人性啊人性……我不说了我不说了还不行，鹌鹑走了，没听见。”他讨好地躲着四张的拳头，心里感叹着被板砖砸的那个咋不是他呢，他也想“早恋”一回，你瞅四张那张脸，都快长褶子了偏偏能心安理得地装嫩。

同人不同命啊，摸摸下巴上的胡楂儿，他还是去给阿发找人去吧。

当晚，甜品店的人有一个算一个，都心虚地没敢上游戏。四张说了，血罗刹精得很，如果让她看见他们这群熟面孔，指不定就发现猫腻了呢。

虽然没上游戏，四张的心依旧悬着，往常他最愿意看的探索节目如今看也是干巴巴的。

“这次会顺利吗？”鹌鹑坐在一旁，剥着橘子问。

“应该没问题吧。”再有问题他就去撞墙算了！

“人是大庙找的吗？”

“嗯。”

电视里，男低音的播音员用和缓而颇具神秘色彩的音调解说着截至目前人类对火星的探索有了那些结果，神秘结果他一句也没听进去。

“那边是不是差不多了？”瞅了眼挂钟，他也沉不住气地开始讲话了。一讲话才发现，不知何时鹌鹑竟躺在地毯上睡着了。

“在这儿睡多凉啊？”他嘟囔着，随后小心翼翼伸出手，把鹌鹑的脑袋放在了自己腿上，“这儿暖和。”

他睁着眼睛，目视前方，说着瞎话，电视里正在插播广告，一个女明星拿着盒装奶在大草原上散步，她身后是成群结队的奶牛。

“明星也不容易，牛那东西味儿大。”他放大了些音量，自言自语，“鹌鹑，你睡了吗？”

结果当然是没人理他了。四张不自主地扭扭脖子，低下头，看着躺在他腿上安睡的鹌鹑，喉结一滚，头慢慢低了下去。

离得越近，他越紧张，好像连怎么呼吸都忘了，索性闭上眼，任凭心跳加速吧。他也不知道为什么，明明以为这辈子都会让自己活在那个最安全的壳里，见到她以后就有了出来看看的冲动。

“鹌鹑，我喜欢你。”

离她的脸颊那么近时，他轻声说。

四张闭上眼，慢慢地靠过去，他能感觉自己的呼吸打到鹌鹑脸上再折回来的奇妙触感，他也听得到自己扑通扑通的心跳声……还有特别不识时务的电话铃声。

……

他腾地坐直，指着还在振动的手机说：“电……电话。”

“嗯，我怎么睡着了？”之前也枕过四张大腿的鹌鹑没反应过来有什么不妥，她揉着眼睛慢吞吞地起身，摸到手机看了一眼，“四张，这是你手机。”

“哦哦，我的。”心虚的他拿过手机，跑去一旁接电话。鹌鹑瞅他脸红一阵白一阵的，跟着也紧张了。

等那边一挂电话，她忙凑过去问：“咋了，是阿发那边有消息了吗？”

四张点点头：“一个好消息，一个坏消息。”

好消息是关莹终于被阿发打动，答应过几天来看他。

“那坏消息呢？”

四张一瘪嘴。

坏消息就是大庙找的那几个人搞错了攻击对象，结果还是血罗刹救的阿发。

“就当条条大道通罗马了吧。”四张这么安慰自己以及自责的于大庙。

【3】

接下来的几天，整个甜品店都在为血罗刹的到来忙碌着，布置环境倒是其次，阿发的个人包装成了重点，为了让他有个特别棒的精神状态迎接女朋友关莹的到来，安富裕祭出了他压箱底的阿玛尼西装；鹌鹑提供了一双鞋；大庙穷得叮当响，摸遍口袋没摸到什么，就和鹌鹑预支了这个月的薪水买了瓶摩丝回来给阿发捯饬头发；秋小美也很慷慨，借了阿发一块手表充门面。

四张冷眼看着新造型登场的腼腆阿发，放下手里的可乐瓶子：“感觉怎样？”

“挺……挺好。”阿发挠挠头，笑容大得能看见他的后槽牙。

之前帮他打扮的一群人这时候都站到了四张那边，阿发看着没有笑容的他们，莫名紧张起来：“怎、怎么了？”

鹌鹑：“阿发你要记得西装要配皮鞋，而不是运动鞋。”她指了指阿发的脚。

“还有，板寸不需要摩丝，更不用抹那么多，瞅你，脑袋跟糊了一层猪油似的。”大庙上前，照着他的胸口顶了一下，“老铁，加油啊。”

然后他又退了回去，把对方让给秋小美。

阿发瞧着秋小美，眨眨眼：“表也不对。”

秋小美抿着唇点头：“女表。摘了吧。”

在秋小美摘了阿发腕子上的表以后，鹌鹑过来拿走了鞋，大庙拿块湿巾给他擦头发，就连安富裕也跑过来扒他身上的西服。

“西服也不对吗？”

“开线了你都没发现？”安富裕拽起衣角，指了指里衬。

“你、你们……”阿发以为他的小伙伴是在耍他，心里难受得很，眼圈都红了。

“我们是想告诉你，做好自己很重要。”秋小美收起手表。

于大庙：“自信不是靠你穿了什么就有的。老铁，你很棒的。”

鹌鹑：“所以别紧张，我们都会给你加油的。”

“你们……”阿发眼睛发酸，看着从后面走出来、手里捧着一身崭新运动服的四张时直接泪崩了。从来，从来没人这么对过他，从来没有。

“谢谢，谢谢！”

“我就当你是说了两次谢谢，等人来了争取别结巴。”四张按着他的肩膀，嘲笑地说，“至于吗？哭那样？”

“我不、不哭。”阿发使劲儿吸着鼻子，有这么一群好伙伴陪着他、鼓励他，什么他都不怕了！

就在这意气风发的时候，店门悬着的贝壳风铃哗啦哗啦响了起来，有人进店。

“请问，这里有个叫阿发的员工吗？”

甜甜的声音，是莹莹！

阿发内心一阵激动，莹莹来了！他看看手里的衣服，还没换怎么办？他看眼站在对面的四张他们，他们的眼神怎么有些怪？是暗示他不必在意穿什么吗？好吧，他就是他，他就要以现在的样子面对莹莹。

转回身，他看向门边，奇怪，莹莹呢？那里除了一个留着络腮胡子的大汉外，根本没有莹莹啊。

“莹莹呢？四张，你们看见莹莹去哪儿了吗？”他眼睛在屋子里踅摸了一圈，除了那个络腮胡子外就是店里的人了。

“大庙……”见四张没吱声，阿发又问于大庙，“莹莹呢？你咋了？便秘了？”

“咦，阿发你不结巴了？”

是吗？这个他没注意，他就想知道莹莹在哪儿。

“我就是关莹。”

是那个熟悉的声音，阿发兴奋地回头，可面前站的还是那个络腮胡大汉。

阿发：……

络腮胡翻起拇指，指了指自己：“我，叫关莹。”

被雷劈了啥感觉阿发以前不知道，现在知道了，因为莹莹的声音真的是从那个络腮胡嘴里冒出来的。

……！

……！

在接下来一段时间里，这俩符号就交替集结着在阿发脑袋里来回溜达。

欢迎用的花和彩条被手快的老安收了起来，大家坐在店里听络腮胡子版的关莹讲述事情始末。

“你们也看到了，我的声音从小不知给我惹了多少麻烦，当初帮他纯粹是因为看不惯。”络腮胡瞧了一眼阿发，和曾经的四张一样，如今的阿发也是深受打击躲得远远的，抿抿嘴，他继续讲，“后来我发现他对我有意思，那感觉就是被侮辱了，所以我拉黑了他。”

“你为什么不告诉我你是男的？！”阿发的声音激动得变了音。

络腮胡耸耸肩：“我承认，这个是我做得欠妥，可当时我们不熟，我没必要把我认为不大光彩的地方告诉你也正常吧？”

阿发没法反驳，红着眼圈扭回了头。

“后来呢？”

络腮胡挠挠头：“后来御龙山那次你和我说他有社恐，因为我的行为让他受伤了，这话说得我心里挺过意不去，再加上我俩的情况差不多，都是遭过人白眼儿的，所以我就想如果自己能帮他点什么也是好事。”

“所以你就鼓励他，让他接触社会。他的确好很多了。”四张瞧了一眼阿发，“为什么没把这个秘密坚持下去呢？”

络腮胡一拍大腿，从座位上站起来，隔着浓密的毛发四张都能看见那张羞红的脸：“坚持不下去了，你不知道他每天莹莹、莹莹地叫我让我都有错觉我是不是变态了！我明里暗里拒绝过很多次，可他就是不听，还追，追得我实在没招了只好过来了。”

“那你名字怎么回事？又是关莹又是血罗刹的？”

络腮胡一脸无辜：“关莹是爹妈给的，血罗刹是我前女友练的号，你要不信，我这儿有身份证，再不信我进游戏和你PK一把也行啊！”

屋里人的目光在络腮胡和阿发之间晃来晃去，他们都挺担心阿发的，因为这段日子，血罗刹是阿发生活的所有动力。

“再说了，哪个女的说话跟我似的这么糙啊，你说是不是？”络腮胡点了点四张。

嗯……这么想想，的确如此。

事情都讲清楚了，络腮胡也一身轻松，他挠挠头：“今后如果你愿意咱们还可以……”

阿发“咻”的一下从他面前飘了过去，用他的背影回答了络腮胡。

惹得没趣的络腮胡耸耸肩：“行吧，不玩就不玩。”

就这样，关莹来了又走了，甜品店的生活又恢复了往昔的节奏，阿发又成了过去那个沉默寡言的阿发。甚至更沉默了。

这天，四张和大庙凑在一起，商量着怎么帮阿发恢复的事，鹌鹑步履匆匆地从外面走进来，嘴里嚷嚷着：“阿发呢？”

“找他干吗？”四张一个激灵，立马儿警觉地站起身。

被叫住的鹌鹑停下脚，举着一张纸冲四张摇：“那个留学生又来问问题，我帮她问问阿发。”

“不许去！”

“四张你怎么了？”怎么这么激动地冲过来，还那样看着她。鹌鹑声音低了下去，脸跟着也红了。

“我不想你去问别人……”四张死死拽住鹌鹑的衣角，不让她走，“我承认我不会韩文不会日文不会许多文，我可以学，就是不想你去问其他人。我喜欢你，想做你无所不能的盖世英雄，行不行？”

“行！”鹌鹑说着，扑过去抱住了四张。

【4】

周末的甜品店，请假半小时后迟来的秋小美发现今天四张不在店里。

“四张呢？”

“我们小区家长委员会轮流组织周末看护活动，今天轮到四张了。”

“家长？”秋小美的声音听起来色色的。

工作间里传来一阵噼里啪啦声，鹌鹑像是打翻了什么，没一会儿，她探出头，秋小美瞅她那一脸面粉，扑哧一声笑了：“过来，我给你擦擦。”

走过来取湿巾的鹌鹑脸红红的：“不是那个意思，四张说等我们将来有了孩子再搞关系就晚了，所以他去提前学习了。”

“哦……”

“小美你能不能不要那个眼神啊？”

“我怎么个眼神了？我不就是在帮你擦脸吗？嘿嘿嘿嘿。”

两人打闹着，没注意大庙慌里慌张跑进来：“不好了，四张出事了。鹌鹑你没带电话吗？”

“啊，四张咋了？”

“听说带着小区的小孩跳皮筋把家长跳急眼了。”

顾不上擦脸，鹌鹑衣服都没换就冲了出去，边冲她边想，怎么好端端的就能把家长跳急眼了呢？

等去了才知道，四张带小朋友跳皮筋的这个“带”是他亲自下场跳。四张跳得太好，把把都赢，把对方那伙的孩子惹哭了。

孩子一哭，家长就不乐意了，意见纷纷跟上——你一个三十来岁的人了，掺和小孩子的游戏算怎么回事啊？

见惊动了鹌鹑，四张特别不好意思地说：“我又忘了。”

“没事……我和他们解释解释去，你……”鹌鹑话还没说完，只见旁边有人指着天，一阵尖叫。

怎么了？她抬头，看着两个正往下掉的花盆。

“四张！”

嗯？四张抬起头。

立冬这天，皇历写着“万事皆宜百无禁忌”八个字，这一天，两个被小孩失手扒拉下来的花盆一个砸中了四张，一个砸中了鹌鹑……

【5】

医院里，急忙赶来的大庙看着睡在一张病床上的两个人，愣了一下：“什么情况？”

年迈的医生捂着心脏，不忍看这有碍观瞻的一幕：“世风日下，那小子一醒过来就非跑人家女病房来，说什么补过洞房，世风日下世风日下啊，得亏这屋没其他病人。”

望了眼屋里两个明显装睡的人，大庙也捂着胸口走了，他受不了这刺激啊。

听见门外没声音了，四张捅捅鹌鹑：“老婆，人都走了，我们是不该干点什么？”

“这里是医院呢。”鹌鹑羞红了脸。

“想什么呢？我说的是收礼金。”

……

“鹌鹑。”

“嗯？”

“为什么你被砸就只砸了个包，没失忆呢？”

“你想我失忆啊。”

“如果你失忆了，我也会给你一个特别完美的童年，就和你给我的一样。”

“万一那时候我不喜欢你了呢？”

“不会。”

他相信，不管他们重新相遇多少次，在什么年纪相遇，爱上的都只会是彼此。

天是鸟的，海是鱼的，鹌鹑和四张永远都是彼此的。

#按脸分配#

丁点的学校组织学生排演话剧《哈利·波特与魔法石》，表演瘸腿的丁点担心被人笑，来求四张帮忙。

四张：“哈利·波特嘛，无非就是一副黑眼镜、闪电刀疤、爱思考、爱冒险的一个小孩，不信我演给你。”

自告奋勇演了一通，四张精湛的演技换来梁丁点的热烈鼓掌。

可他教得再好梁丁点却还是抓不到重点。

这天，丁点学校的老师来电话，因为丁点实在演不好哈利·波特，所以想四张去学校现场指导指导。

早上，四张志得意满地去了，晚上却愤愤不平地回来。

鹌鹑问怎么回事。

四张：“他们说我演技不错，就是一看脸就改让我去指点邓布利多了！”

【全文完】

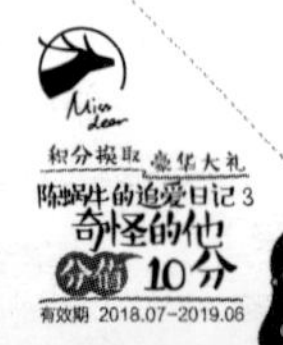